DIRK ZANDECKI

Rauschgoldengel

WEIHNACHTSALBTRAUM Ein Rauschgoldengel schwebt an den Fenstern einer Schule vorbei. Alle glauben an ein Wunder, doch stattdessen beginnt für Kommissar Ben Ruste und seinen Assistenten Schröder ein vorweihnachtlicher Albtraum. Ben, der eigentlich im idyllisch verschneiten Sauerland das Herz der Bäuerin Anna erobern will, steht einer Erpressung ungeahnten Ausmaßes gegenüber. Zudem verschwinden immer mehr holländische Feriengäste spurlos, während ein nahe gelegenes Restaurant mit dubiosem Wildgulasch Furore macht. Zu allem Überfluss gerät Bens Angebetete Anna in Lebensgefahr.

Dirk Zandecki arbeitet als freiberuflicher Werbetexter und Autor in Südwestfalen. Vor seiner Selbstständigkeit war der gebürtige Duisburger als Creative Director für Werbeagenturen in Düsseldorf tätig.

Bisherige Veröffentlichungen im Gmeiner-Verlag:
Mordsidyll (2013)

DIRK ZANDECKI

Rauschgoldengel

Ein bitterböser Weihnachtskrimi

GMEINER SPANNUNG

Besuchen Sie uns im Internet:
www.gmeiner-verlag.de

Im Ehnried 5, 88605 Meßkirch
Telefon 07575/2095-0
info@gmeiner-verlag.de

1. Auflage 2015

Lektorat: Ricarda Dück, Frankfurt
Herstellung: Julia Franze
Umschlaggestaltung: U.O.R.G. Lutz Eberle, Stuttgart
unter Verwendung eines Fotos von: © chribier / photocase.de
Druck: GGP Media GmbH, Pößneck
Printed in Germany
ISBN 978-3-8392-1760-3

*Personen und Handlung sind frei erfunden.
Ähnlichkeiten mit lebenden oder toten Personen
sind rein zufällig und nicht beabsichtigt.*

1

Die Nacht war sternenklar, und im Licht des Vollmonds glitzerte der Schnee, als hätte der Himmel Tausende kleiner Diamantsplitter auf der Erde verstreut. Es war so ungewöhnlich hell, dass man die einzelnen Fichten am Waldrand erkennen konnte. Sie sahen aus, als wären sie mit einem Zuckerguss überzogen, der schwer auf den Zweigen lastete und diese tief herunterhängen ließ. Eine dicke Schneedecke hatte sich in den letzten Stunden über das hügelige Gelände gelegt. Die Weidezäune und Büsche waren darunter verschwunden und nur noch als sanft geschwungene Erhebungen zu erkennen. Das helle Mondlicht tauchte die Landschaft in einen unwirklichen bläulichen Glanz, als wollte die Natur ein perfektes Gemälde schaffen. Eine Pracht für das Auge – und zwar ausschließlich für das Auge, denn mit minus 22 Grad war es derart klirrend kalt, dass sogar eine Amsel tiefgefroren vom Ast in den Schnee fiel.

»Ist das eine Grabeskälte heute da draußen«, sagte der dicke Mann, der in dieser Nacht mit seinem Bruder in der Küche arbeiten musste. Er trat ans Fenster und blickte auf das Thermometer, das außen an der Fensterlaibung hing und dessen rote Flüssigkeit in der gläsernen Säule ganz nach unten gesunken war. »Solch eine Kälte hatten wir zuletzt vor fünf Jahren. Kannst du dich noch daran erinnern? Wir hatten so viel Schnee, dass wir drei Tage hier festsaßen.«

Der Angesprochene nickte zustimmend. Er war ebenso füllig wie sein Bruder, sodass sein Doppelkinn hin und her schwang, auch als er den Kopf wieder ruhig hielt.

»Hey! Ich rede mit dir«, beschwerte sich der Dicke am Fenster, weil er das Nicken seines Bruders nicht bemerkt hatte.

»Ja, hast recht. War ein schlimmer Winter. Und jetzt lenk mich mit deinem Gequatsche nicht von der Arbeit ab. Ich schneide mir wegen dir noch die Finger ab!« Der Mann saß an einem Tisch und trennte mit einem scharfen Metzgermesser das wertvolle Muskelfleisch vom Knochen, um es anschließend mundgerecht zu würfeln. In der rechten Hand hielt er die Klinge, während seine Linke in einem Kettenhandschuh steckte, der ihn vor Schnitten schützen sollte. Doch er war kein gelernter Fleischer, und so kam es immer wieder zu gefährlichen Momenten, wenn sein Messer an einer Sehne hängen blieb und er es mit seiner gewaltigen Kraft befreite, indem er die Sehne durchtrennte. Dabei kam die Klinge ruckartig frei, sodass er sie unkontrolliert in seinen Ober- oder Unterarm rammte. Dreimal war ihm das schon in der Vergangenheit passiert, glücklicherweise hatte jedoch die Fettschicht seiner Gliedmaßen ernsthafte Verletzungen verhindert. Zurückgeblieben waren kleine Narben, die nicht weiter auffielen, da zahlreiche Hundebisse ebenfalls ihre Spuren hinterlassen hatten.

»Wir können ja die ganze Nacht stumm wie Fische arbeiten«, meinte sein Bruder beleidigt und setzte die Knochensäge an. Der massive Edelstahltisch wankte unter den heftigen Sägebewegungen.

»Na meinetwegen, mach das Radio an«, lenkte der andere ein, während er mit der Messerschneide gewürfelte Fleischstücke über die Kante der Arbeitsfläche in eine saubere Edelstahlbox schob, die auf Rollen neben dem Tisch stand. Zufrieden betrachtete er den Knochen, den er blitzblank vom Fleisch getrennt hatte, und warf ihn in den Behälter mit den Abfällen.

Sein Bruder drehte mit blutigen Fingern an dem Sendersuchknopf des alten Radios, das in Kopfhöhe auf einem Eckregal aus Buchenholz stand. Deutsche Schlagermusik auf WDR 4 erklang leise aus dem Lautsprecher. Was den Musikgeschmack anging, lagen die Brüder auf einer Wellenlänge: Volkstümlich musste es sein oder zumindest deutschsprachig.

Die beiden trugen weiße Fleischerschürzen aus abwaschbarem Kunststoff, und ihre Füße steckten in weißen Gummistiefeln. Man konnte sie mit ihrer stattlichen Statur für gelernte Metzgermeister halten, doch sie hatten sich das Handwerk mühevoll anhand von Anleitungen aus dem Internet selbst beigebracht. Dank eifriger Jäger bot Youtube reichlich Anschauungsmaterial.

Bis auf die zwei Edelstahltische machte die Küche einen renovierungsbedürftigen Eindruck. Die meisten Geräte waren alt, die Türen der vollgestopften Schränke drohten, aus den Angeln zu brechen, und auf den Töpfen und Dosen in den Regalen hatte sich die Patina von Jahrzehnten angesammelt. Im Gegensatz zur Küche war der kleine angrenzende Kühlraum penibel sauber. Die Brüder hatten ihn erst vor zwei Jahren von der Küche abgetrennt, gefliest und mit einem Kühlaggregat ausgestattet. Die spezielle Tür mit extra dichter Isolierung hatten sie im Fachhandel gekauft und bar bezahlt, um keine Spuren zu hinterlassen.

Der Dicke mit dem Kettenhandschuh legte den großen Hebel der Tür um. Kleine Schwaden kondensierter Luft drangen in die Küche. Der Mann nahm eine Rolle breiter Klarsichtfolie, die auf seiner Arbeitsfläche bereitlag, und deckte damit sorgfältig die mit Fleischstücken gefüllte Edelstahlbox ab. Dann rollte er den Behälter in die Kühlkammer. Es war nicht nötig, dass er dazu die Neonlampe einschaltete. Der Raum war winzig und das hereinfallende Licht der Küche reichte aus, um sich zurechtzufinden.

Doch plötzlich stellten sich seine Nackenhaare auf. Von Kopf bis Fuß bekam der schwergewichtige Mann Gänsehaut. Nicht etwa wegen der eisigen Temperatur, sondern weil er etwas aus dem Augenwinkel bemerkt hatte. Sein Herzschlag beschleunigte sich. Etwas hatte ihm einen ungeheuren Schreck eingejagt. Und dieses Etwas befand sich direkt hinter ihm. Er konnte es förmlich in seinem Rücken spüren. Ganz langsam, wie in Zeitlupe, drehte er sich um. Und tatsächlich: Im Regal neben der Tür des Kühlraums lagen zwei abgetrennte Köpfe. Die Augen der Toten waren geschlossen.

»Ich habe dir bestimmt hundertmal gesagt, du sollst die Köpfe in Plastiktüten packen! Ich mag es nicht, wenn sie offen daliegen. Man hat immer den Eindruck, die machen gleich die Augen auf!«, schimpfte der dicke Mann und kam wutschnaubend aus der Kühlkammer heraus. »Das ist widerlich. Los, geh jetzt rein und pack sie in eine Tüte!«

Sein Bruder ließ die Knochensäge sinken, mit der er soeben ein weiteres Bein vom Torso abtrennen wollte. Er lachte, als er den Kühlraum betrat.

»Das ist nicht witzig!«, ermahnte ihn der andere.

»Komm, krieg dich ein, die sind mausetot. Ich weiß gar nicht, was du immer hast. Glaubst du, die wollen dir noch was sagen?« Mit seinen fleischigen Händen packte er die beiden abgetrennten Köpfe und ließ sie in eine große Plastiktüte mit dem Werbeaufdruck einer Modehauskette plumpsen. »So besser?«

2

Sophia blickte müde zur Tafel, auf der ihre Lehrerin Frau Schürmann unendliche Reihen mit Multiplikationsaufgaben notierte. Rechnen langweilte Sophia. Überhaupt dauerte die ganze Schule zu lange. Wann war endlich Weihnachten? Konnte es nicht schon morgen sein, damit sie ihre Geschenke bekam? Sie hatte dieses Jahr einen sehr langen Wunschzettel verfasst. Gedankenverloren steckte Sophia die Spitze einer ihrer Haarsträhnen in den Mund und kaute darauf herum. Alle anderen schrieben eifrig die endlosen Zahlenkolonnen ab. Gott, war das öde! Wozu sollte das überhaupt gut sein, Zahlen malzunehmen? Es reichte doch aus, wenn man plus- und minusrechnen konnte, oder? Sophia ließ ihren Blick aus dem Fenster des Klassenraumes im ersten Stock wandern. An den Scheiben klebten Bastelarbeiten aus buntem Transparentpapier mit Weihnachtsmotiven. Die aufgehende Sonne schimmerte hindurch, der Himmel erstrahlte in prächtigen Orangetönen. »Christkind backt Plätzchen«, sagte ihre Mutter immer, wenn sich der Winterhimmel im Abendrot färbte. Ob es auch schon am Morgen Plätzchen backte? Sophia konnte es kaum erwarten. Weihnachten war nach ihrem Geburtstag das zweitschönste Fest. Oder doch sogar das schönste?

Mit einem Mal wurde Sophia aus ihren Gedanken gerissen. Sie starrte durch das Fenster und konnte nicht glauben, was sie sah. Ein Engel! Ein goldener Engel flog vorbei. Ungeachtet der Ausführungen ihrer Lehrerin verbreitete Sophia das Wunder lauthals: »Ein Engel! Da, seht doch, ein Weihnachtsengel!«

20 Köpfe drehten sich zu ihr um, und die Blicke folgten ihrem ausgestreckten Zeigefinger. Er deutete auf einen Engel mit hellblonden Haaren, in ein goldglänzendes Gewand gehüllt, auf seinem Rücken mächtige weiße Flügel, die im Licht der Morgensonne magisch funkelten … Dieses himmlische Wesen schwebte genau vor den Fenstern des Klassenzimmers der 2a. Sofort sprangen die neugierigen Kinder auf, um den Engel aus der Nähe zu betrachten. Einigen war die Erscheinung überhaupt nicht geheuer, obwohl sie nicht Furcht einflößend, sondern wunderschön aussah. Sie wirkte irgendwie gütig. Und da ein Engel vom Himmel kam, quasi direkt vom lieben Gott, falteten ein paar der Schüler die Hände, um

zu beten. Nur was? Vielleicht war das der Weihnachtsengel und man musste ihm seine Wünsche mitteilen?

Aufgrund des plötzlichen Tumults in ihrem Rücken drehte sich Frau Schürmann von der Tafel zu ihren Schützlingen um und wollte sie zur Ruhe ermahnen. Im letzten Moment sah sie noch die Flügel des Engels, dann war er entschwunden. Sie rang um Fassung und befragte die Kinder nach dem Wunder, denn daran hatte die strenggläubige Christin keinen Zweifel: Es war ein Weihnachtswunder! Die Schüler schilderten ihr den Engel in all seinen Facetten. Alle waren sich einig: Es konnte keine Täuschung durch die tief stehende Sonne gewesen sein! Der Engel war wirklich und wahrhaftig vor den Fenstern vorbeigeschwebt. In seiner überirdischen Schönheit – auch in diesem Punkt stimmten alle überein – konnte es nur ein Gesandter des Himmels sein.

Frau Schürmann glaubte mit jeder weiteren Beschreibung der Kinder fester daran, den Engel selbst in seiner goldglänzenden Herrlichkeit gesehen zu haben. Schon nach kurzer Zeit war sie sich sicher, nicht nur einen Blick auf die Flügel erhascht zu haben, sondern höchstselbst Zeugin der gottgesandten Erscheinung geworden zu sein. Beseelt von diesem tief religiösen Erlebnis, rannte Frau Schürmann auf den langen Flur des Schulgebäudes und verkündete die frohe Botschaft: »Ein Wunder ist geschehen! Ein Wunder! Ein Engel des Herrn ist uns erschienen! Ein Zeichen der Heiligen Weihnacht! Es ist ein Wunder! Kommt alle herbei!«

3

Ben Ruste trat aus der Tür des modernen Olper Mehrfamilienhauses, in dem er ein kleines Zweizimmerapartment bewohnte. Es war zwar eiskalt, aber sonnig. Der Schnee strahlte in der Morgensonne so grell, dass der Polizeikommissar seine Sonnenbrille aufsetzen musste. Er blickte fröhlich in den klaren blauen Winterhimmel. Heute war ein glücklicher Tag. Endlich wurde seine Anna entlassen, nachdem sie ihre Haftstrafe in der JVA Willich II abgesessen hatte. Ben freute sich darauf, seine Angebetete abzuholen und sie nach Hause auf ihren Bauernhof zu fahren.

Ben sah auf seine Armbanduhr. Noch hatte er genügend Zeit. In der Nacht hatte es zwar Neuschnee gegeben, doch mittlerweile würden die Autobahnen frei sein. Erst einmal eine rauchen. Ben schob sich eine Marlboro zwischen die Lippen und wollte sie gerade anzünden, als er sich eines Besseren besann. Er schob die Zigarette zurück in die Schachtel. Anna mochte es nicht, wenn er nach Tabak roch. Ben hatte mit dem Gedanken gespielt, für sie das Rauchen aufzugeben, aber nach zwei Tagen Abstinenz hatte die Abhängigkeit die Oberhand gewonnen. Dabei war es mit 60 eigentlich höchste Zeit, einen Schlussstrich unter die Nikotinsucht zu ziehen. Zumindest gab er sich Mühe, dachte Ben und versuchte, sein schlechtes Gewissen zu beruhigen.

Nach zweieinhalb Stunden Autofahrt von Olpe nach Willich traf er 20 Minuten zu früh auf dem Besucherparkplatz der JVA ein. Das Gefängnis war der modernste Frauenknast in Deutschland. Ben hatte seine Kontakte spielen lassen, damit Anna hierher verlegt werden konnte. Und nicht nur dafür hatte er sich eingesetzt: Dank seiner Beziehungen war es ihm gelungen, dass der Fall von Anna Lobbisch von einem wohlgesonnenen Staatsanwalt, einem gemäßigten Richter und dem besten Anwalt in der Region, verhandelt wurde. Versuchter Mord war keine Lappalie, doch zum Glück hatte der Mafiaboss, den Anna vor der JVA Attendorn niedergestochen hatte, ohne Folgeschäden überlebt. Zudem hatte der Richter mildernde Umstände gelten lassen und ihr aufgrund des Verlustes ihres Ehemanns eine besondere psychische Belastung zugestanden, hatte sie doch den Anschlag auf dessen vermeintlichen Mörder ausgeübt. Anna war in der Verhandlung mit einem blauen Auge davongekommen. Aufgrund guter Führung wurde sie nun nach zwei der verhängten dreieinhalb Jahre Haftstrafe entlassen. Zwei Jahre, in denen Ben ihr zur Seite gestanden hatte. Heute sollte er zum letzten Mal den Weg zum Gefängniseingang gehen.

»Ben!«, rief Anna freudig, als er den Besucherraum betrat. Sie hatte bereits ihre große Reisetasche gepackt und alle für die Entlassung nötigen Papiere unterschrieben.

Ben drückte Anna an sich. »Endlich«, flüsterte er ihr vorsichtig ins Ohr.

Er war sich nicht sicher, was Anna für ihn empfand. Es war ein ständiges Auf und Ab. Mal schien es, sie halte ihn lediglich für einen guten Freund, dann wieder glaubte er, in ihren Blicken und den kurzen Berührungen eine gewisse Leidenschaft zu bemerken. Heute jedenfalls blitzten Annas hellblaue Augen vor Freude, sodass die kleinen dunklen Sprenkel in ihrer Iris hervorstachen. Diese Besonderheit der Natur faszinierte Ben. Anna sah blendend aus. Sie schien während der Haftzeit nicht einen Tag gealtert zu sein und hatte sich ihre sportliche Figur bewahrt. Ihr blondes kinnlanges Haar glänzte in dem Sonnenlicht, das durch die Fenster in den Besucherraum hereinfiel.

»Tja, dann wollen wir mal, oder?«, forderte Ben sie auf und nahm ihr die schwere Reisetasche ab.

Anna atmete durch. »Ja, dann wollen wir mal.«

An der Besucherschleuse musste sie ihre Papiere vorzeigen, bevor sich die automatische Sicherheitstür öffnete. Ben ließ Anna den Vortritt. Anna ging hinaus und blieb stehen, holte tief Luft und genoss den Augenblick. Endlich wieder in Freiheit.

Es hätte ein perfekter Moment sein können, hätte ihr die korpulente Vollzugsbeamtin nicht jovial hinterhergerufen: »Und wir möchten Sie hier nicht wiedersehen!« Dann lachte sie rasselnd und verschloss den Ausgang.

Ben und Anna schauten sich an und rollten mit den Augen. Anna war überglücklich, dass die unüberwindbaren Gefängnismauern nun hinter ihr lagen. Auch wenn es die modernste Haftanstalt war, auch wenn der Umgang freundlich und menschlich gewesen war und das Arbeits- und Freizeitangebot gestimmt hatte – eingesperrt bleibt eingesperrt. Diese Gewissheit war ein unerträgliches Gefühl gewesen, das sich mit jedem Tag verstärkt hatte. Wem sie einmal, selbst für nur kurze Zeit, genommen wurde, wusste wirklich, was Freiheit bedeutet. Anna schien es, als sei die Luft, die sie außerhalb der Gefängnismauern einatmete, eine andere. Alle Farben wirkten intensiver, die Verkehrsgeräusche der nahen Straße lauter und die Sonne heller. Anna konnte die Tränen nicht zurückhalten, sie liefen ihr wie Bäche über die Wangen. Ohne ein Schluchzen. Als ob sich alle Schleusen geöffnet hätten.

»Hey, ist doch alles gut jetzt«, tröstete Ben sie. Er kramte mit der freien Hand nach einem Taschentuch, fand aber keines, weder in seiner Jacke noch in seiner Hose. Dabei wollte er heute der perfekte Kavalier sein, um den ersten Tag in Freiheit für sie so schön und angenehm wie möglich zu gestalten.

Anna nahm Bens freien Arm und hakte sich lachend ein. »Komm, lass uns fahren, bevor die da drin es sich noch anders überlegen!«

4

Fabian Drexler schaute ungeduldig auf seine Uhr. Sein Praktikant Thorsten Küsters hätte bereits vor einer halben Stunde mit den letzten Materialien eintreffen sollen. Drexler ließ nochmals seinen prüfenden Blick durch den langen Gang des Einkaufszentrums wandern. Er war zufrieden. Sein Unternehmen Drexler Shop- und Event-Design hatte den großen Auftrag zur Weihnachtsdekoration der Shopping-Mall erhalten. Die künstlichen Tannen waren überwiegend mit goldenen Kugeln geschmückt und von Tausenden winziger LED-Leuchten festlich illuminiert. Rundherum waren Geschenkattrappen und elektrische Eisenbahnen drapiert. Alles entsprach den Vorstellungen der Kunden von einem idealen Weihnachtsfest, und das sollte sie zum Einkaufen in den zahlreichen Geschäften animieren.

Wenn doch nun endlich dieser Praktikant käme! In einer Stunde sollte die Abnahme der Dekoration mit dem Manager des Einkaufszentrums stattfinden. Bis dahin musste alles bis aufs letzte i-Tüpfelchen stimmen, denn der Mann war kritisch. Noch fehlten einige wichtige Accessoires. Bisher hatte Drexler immer gute Erfahrungen mit Hilfskräften gemacht, aber dieser Thorsten Küsters war wahrlich eine Schlaftablette! Der Job verlangte eben, dass man länger arbeiten musste. Ja, auch mal die Nacht durch, um pünktlich fertig zu werden. Sie konnten ja schlecht alles aufbauen, wenn die Kunden durch die Gänge strömten! Aber Küsters war nun mal der Sohn des Marketingleiters einer großen Brauerei, von der sich Drexler mehr Aufträge erhoffte. Also würde er ihn nicht allzu sehr kritisieren können … Endlich, da war er!

Mit den Händen in den Taschen schritt Thorsten Küsters gemächlich auf Drexler zu, der ihm mit den Armen fuchtelnd entgegentrat. »Wo bleibst du denn? Die Zeit drängt! Wir müssen fertig werden. Wo hast du geparkt?«

Küsters zog eine Hand aus der Tasche und deutete zu den verglasten Eingangstüren. »Direkt da vorne. Wir können sofort auspacken und Zeit sparen.«

Wenigstens das hatte er gut gemacht.

»Dann aber los jetzt!«, spornte Drexler seinen Praktikanten an und lief eilig auf den Ausgang zu. Als er durch die Glastür ins Freie schritt, glaubte er, seinen Augen nicht zu trauen. Er wandte sich zu Küsters, der sorglos hinter ihm her getrottet kam. »Du, du … Du bist doch wohl so nicht durch die Gegend gefahren?«, stotterte Drexler.

»Wie denn sonst? Der Transporter steht schließlich hier«, gab Küsters lakonisch zurück.

»Aber, aber … Ich glaube es nicht!«

»Was habe ich denn jetzt schon wieder verkehrt gemacht?«, wollte der Praktikant genervt wissen. »Es sind wirklich alle Sachen auf der Ladefläche. Ich bin extra am Lager nochmals die Checkliste durchgegangen und habe jede Position abgehakt.«

»Und der Engel? Den hast du … Ich meine … Hast du ihn etwa so transportiert?«

»Ach der. Ich hatte ihn in Folie eingewickelt und die am Boden festgeklebt. Vielleicht hat sich auf der Autobahn etwas gelockert? Das muss kurz vor dem Einkaufszentrum passiert sein.«

Drexler blickte von der Ladefläche seines Firmentransporters in den Himmel: In über drei Metern Höhe schwebte sein Rauschgoldengel gefährlich frei in der Luft. Er sollte das Prunkstück der Weihnachtsdekoration bilden. Drexler hatte eigens dafür eine Konstruktion aus Heliumballons, dünnen Geweben und extrem leichten Kunststoffen angefertigt. Das Resultat: Der Auftrieb der unter dem Kostüm versteckten Ballons reichte aus, um den Engel fliegen zu lassen. Er war lediglich mit einer hauchdünnen, für das bloße Auge unsichtbaren Nylonschnur an einer Bodenplatte befestigt. Drexler wollte die prächtige Gestalt, wie scheinbar von selbst, knapp über einem künstlichen Weihnachtsbaum schweben lassen und hatte diesen Effekt in seiner Werkshalle getestet. Die Wirkung war verblüffend. Seine filigrane Erfindung war allerdings nicht für den Transport auf einer ungesicherten Ladefläche vorgesehen. Doch genau so hatte sein Praktikant das zarte Geschöpf durch die Stadt gefahren. Drexler war fassungslos. Wenn das mal keinen Ärger gab!

5

»Nanu? Neues Auto?«, wunderte sich Anna, als Ben auf dem Parkplatz des Gefängnisses einen schwarzen VW Polo aufschloss.

Ben stellte Annas Reisetasche in den Kofferraum. »Eigentlich wollte ich dich damit später überraschen: Der ist für dich!« Er klimperte mit den Autoschlüsseln vor Annas Nase.

»Ben!« Anna lief rot an. »Das ist sehr lieb von dir, aber das kann ich unmöglich annehmen.«

»Nun stell dich nicht so an. Es ist ein gebrauchter Wagen. Du brauchst jetzt ein Auto, um wieder auf die Beine zu kommen.«

»Das hat bisher auch ohne geklappt«, erwiderte Anna lächelnd und tätschelte Bens Wange, der betrübt dreinschaute.

Ben hatte gehofft, Anna würde ihm angesichts dieser Überraschung um den Hals fallen. Falsch gedacht.

Auf der Fahrt schwiegen Anna und Ben. Anna betrachtete die Landschaft. Zwei Jahre hinter Gittern konnten eine Ewigkeit sein. Objektiv betrachtet, war es eine milde Strafe gewesen, dessen war sich Anna bewusst, doch die Zeit war ihr endlos erschienen. Umso schöner war es nun, die Bäume, Felder und Häuser zu bestaunen, die wie im Zeitraffer am Fenster vorbeiflogen. Sie wünschte sich, die letzten zwei Jahre würden in diesem Strudel verschwinden.

Anna spürte, dass ihre Zurückweisung Ben sehr getroffen hatte. Ihr war klar, dass es dabei weniger um das Auto ging als vielmehr um die Tatsache, dass die Beziehung nicht so tief war, wie er es sich wohl erhoffte. Sie war einfach noch nicht so weit. Vielleicht würde sich das in Zukunft ändern, aber jetzt musste sie zuerst ihr eigenes Leben wieder in Ordnung bringen. Sie musste sich eine Grundlage schaffen, einen kompletten Neuanfang wagen. Das bedeutete allerdings nicht, dass diese schwermütige Stimmung in diesem Moment zwischen ihnen bestehen bleiben musste. Ganz im Gegenteil, dachte Anna. Ben hatte sie nicht nur während ihrer Haft regelmäßig besucht, sondern sich zudem rührend um ihren Bauernhof und andere Angelegenheiten gekümmert. Sie schuldete ihm sehr viel. Vor allem schuldete sie ihm einen schönen ersten gemeinsamen Tag in Freiheit.

»Und? Neue Fälle auf deinem Tisch?«, fragte Anna, weil sie wusste, dass Ben seine Arbeit über alles liebte, auch wenn er immer wieder grantig das Gegenteil behauptete.

»Och, nicht der Rede wert«, antwortete Ben und blickte weiter konzentriert auf die Straße.

»Jetzt komm, erzähl!«, forderte Anna ihn neugierig auf.

Immer wenn Ben versuchte, einen Fall herunterzuspielen, entpuppte der sich als besonders interessant. Bei seinen zahlreichen Besuchen hatte er häufig von ungewöhnlichen Fällen erzählt. Anna mochte diese Geschichten. Allerdings betrachtete sie mittlerweile das idyllische Sauerland aus einem ganz anderen Blickwinkel: Zwischen Fichten, Eichen und Kiefern geschahen zwar bei Weitem nicht so viele Straftaten wie in den Häuserschluchten der Metropolen. Doch es gab schon eine nennenswerte Anzahl. Und die Delikte hatten es in sich – von wegen Provinz! Das Verbrechen blühte im Sauerland wie der Löwenzahn auf den Kuhweiden. Anna hätte sich sehr gut vorstellen können, ebenfalls bei der Kripo zu arbeiten, wäre ihr Leben nicht anders verlaufen. Zugegeben, Bäuerin oder Kripobeamtin, das waren zwei extrem unterschiedliche Berufswege, aber in beiden Jobs musste man große Misthaufen aufräumen. Im Gefängnis hatte Anna abends oft wach gelegen und sich ausgemalt, wie sie mit Ben gemeinsam Verbrecher jagte. Es waren kindliche Gedanken, dennoch schöne. Denn eines war sicher: Sie mochte diesen großen, schlaksigen Polizeikommissar. Sie hatte Ben als etwas schmuddeligen Rebellen kennengelernt, der nicht altern wollte, im Verlauf ihrer Bekanntschaft jedoch hatte er sich zu einem attraktiven Mann gemausert. Und das jungenhafte Wesen steckte immer noch in ihm, und genau das machte ihn begehrenswert.

»Och, war wirklich nichts Besonderes«, wich Ben ihrer Frage aus. »Nur ein Jäger. Ein toter Jäger, um genau zu sein.«

»Das klingt doch schon mal spannend. Wäre ein guter Anfang für einen Krimi«, schmunzelte Anna. »Woran ist er gestorben?«

»Erstickt.«

»Nicht erschossen?«

»Nein, nicht erschossen. Der alte Witz funktioniert hier nicht: Treffen sich zwei Jäger …«

»Okay, komm zum Punkt. Was ist passiert? Wurde er erwürgt?«

»Nein, sein Tod war eigentlich ein tragischer Unfall.« Ben machte eine bedeutsame Pause und schaute kurz von der Fahrbahn zu Anna hinüber. Er lächelte sie vielsagend an. »Also, wir haben einen Handyanruf von Spaziergängern bekommen und sind daraufhin zu einem Waldstück bei Ratemicke gefahren, ganz in der Nähe deines Bauernhofes. Die Autos mussten wir stehen lassen, weil der Schnee so hoch lag. Als wir dann endlich vor Ort waren, war der Anblick schon sehr ungewöhnlich.« Ben hielt erneut inne.

»Ben, jetzt sag schon, was war los? Ein erhängter Jäger an seinem Hochsitz?«

»Nein, besser. Viel besser: Aus einem riesigen Schneehaufen lugte ein Hintern in grüner Jägerhose heraus. Darauf saß ein Rauhaardackel und kläffte uns und die verfrorenen Spaziergänger an. Wir haben gemeinsam versucht, den Mann rauszuziehen. Keine Chance. Wir hatten natürlich keine Spaten dabei. Erst die Feuerwehr konnte ihn ausgraben. Er ist nicht, wie vermutet, im Schnee stecken geblieben, sondern in einer Erdhöhle. Wahrscheinlich ist sein Dackel reingekrochen und er hinterher. Dabei muss die Höhle zusammengebrochen sein. Der Dackel kam vermutlich durch einen anderen Ausgang wieder ins Freie, sein Herrchen konnte sich allerdings nicht befreien und ist erstickt. Aber du hättest den Köter auf dem Hinterteil sehen sollen …« Ben prustete los.

»Man lacht nicht über Tote«, ermahnte ihn Anna.

»Stimmt. Der Mann sah eigentlich sehr lebendig aus. Das ist das Schöne am Winter im Sauerland: Die Leichen bleiben länger frisch.«

»Ben!«, feixte Anna. »Ich habe übrigens auch ein neues Rätsel für dich.«

Während Bens Besuchen in der JVA waren sie zufällig auf das Thema Krimirätsel gestoßen, und es hatte sich eine Art Wettstreit zwischen ihnen entwickelt, in dem Ben trotz seines kriminalistischen Berufs hoffnungslos zurücklag. Anna hatte ein Gespür für die Lösungen.

»Ein Mann kommt an einem Fenster vorbei. Kurz darauf ist er tot. Was ist passiert?«, fragte sie ihn und ergänzte: »Es ist ein Klassiker unter den Rätseln.«

»Nun …«, überlegte Ben. »Hat ihn jemand durch das Fenster hindurch getötet?«

»Nein.«

»War jemand Bestimmtes in dem Raum?«

»Äh … Nein, kann man so nicht sagen.«

»Dann wurde er vor dem Fenster überfahren?«

»Auch nicht.«

So ging es noch eine Weile hin und her, doch Ben kam der Lösung keinen Schritt näher. »Okay«, resignierte er. »Sag es!«

»Nö, musst du herausfinden. Es ist ganz einfach.«

Bens weitere Ansätze schlugen ebenfalls fehl, aber Anna weigerte sich, ihm einen Hinweis zu geben, sodass er schließlich frustriert aufgab. Mittlerweile hatten sie die A4 erreicht und Ben musste sich ohnehin beim Fahren stark konzentrieren. Die Straße war zwar vom Schnee geräumt, der sich links und rechts zu einem schmutzig grauen Wall auftürmte, doch immer wieder setzte sich auf der Windschutzscheibe ein feiner Nebel salziger Flüssigkeit ab, der von den Autos aufgewirbelt wurde. Sobald Ben die Scheibenwischer einschaltete, hinterließen sie einen milchigen Schmierfilm, der ihm jegliche Sicht nahm. Ben sorgte sich um das restliche Frostschutzmittel in der Scheibenwischanlage. War es aufgebraucht, könnte er nicht weiterfahren.

Anna schaute derweil verträumt aus dem Seitenfenster. Mit dem stetigen Anstieg der Autobahn ins Bergische Land und schließlich ins Sauerland hinauf veränderte sich auch die Landschaft. Im Rheinland hatte der Schnee noch einem verwaschenen Grau geglichen, doch je höher sie kamen, umso strahlend weißer sah er aus. Anna lächelte zufrieden, als ihre Blicke über die waldreichen Berge wanderten. Bald würde sie wieder zu Hause sein. Manchmal konnte sie es gar nicht fassen, dass sie auf einem Bauernhof in einer Region lebte, die andere für das perfekte Urlaubsparadies hielten. Annas Herz machte einen kleinen Sprung, als sie an dem braunen Autobahnhinweisschild für Sehenswürdigkeiten vorbeifuhren, auf dem groß »Sauerland« stand.

Die restliche Fahrt verging wie im Fluge. Je näher sie dem Hof kamen, desto mehr fühlte Ben sich verpflichtet, sich bei Anna zu entschuldigen. Als Anna ihre Haftstrafe angetreten war, hatte Ben zusammen mit dem alten Bauern Wernike den Hof bewirtschaftet. Mit der neuen Aufgabe schien der über 70-jährige Rentner zunächst aufzublühen. Ben kam nach Feierabend, um ihm zu helfen – vor allem bei den kaufmännischen Arbeiten, denn der alte Herr wollte nichts mit einem Computer oder Datenübertragung zu tun haben. Allerdings zeigte sich bald, dass eine moderne Viehwirtschaft eben doch kein Jungbrunnen für einen betagten Bauern war. Wernike hatte sich übernommen, und der Arzt verordnete ihm strikte Ruhe, woran sich dieser allerdings nicht hielt. Dennoch mussten die beiden Sauerländer den Viehbestand verkleinern und molken nur noch zwei- statt dreimal täglich. Aber auch dieses Pensum schaffte Bauer Wernike nicht mehr, wie er sich schließlich schweren Herzens eingestehen musste. Ben konnte den Betrieb zwar mit Aushilfskräften über Wasser halten, bei den spärlichen Milchpreisen lagen jedoch die Einnahmen bald unter den Ausgaben. Selbst wenn Ben seine gesamten Ersparnisse in Annas Hof gesteckt hätte, hätte er die Pleite lediglich hinauszögern können. Also erklärte er Anna bei seinen Besuchen im Gefängnis die Situation und empfahl ihr, den Hof bis zu ihrer Entlassung stillzulegen. Anna war sofort einverstanden gewesen, denn sie wollte nicht, dass sich die beiden Männer finanziell oder gesundheitlich für sie ruinierten. Sie hatte auch Bens Vorschlag akzeptiert, ihren geliebten Traktor zu verkaufen, um die laufenden Kredite für den neuen Kuhstall zu begleichen. Trotzdem machte sich Ben nach wie vor Vorwürfe, weswegen er die Angelegenheit jetzt auf der Fahrt nochmals zur Sprache brachte. Immerhin hatte er sie in Schwierigkeiten gebracht.

»Ben, ich bin dir nicht böse. Ganz im Gegenteil, das weißt du. Wenn du mit Bauer Wernike nicht den Hof weitergeführt und nicht frühzeitig die Tiere und den Traktor verkauft hättest, stünde ich heute vor dem Nichts. So kann ich wieder anfangen. Ich habe ein Zuhause und eine Basis. Das ist doch toll!«, beteuerte Anna.

Ben starrte verlegen auf die Straße. »Na, wenn du das so siehst, bin ich ja beruhigt.«

Als sie die Autobahn verließen und in Richtung Ratemicke fuhren, konnte Anna ihr Glück kaum fassen. Die gut geräumte und gestreute Landstraße schlängelte sich durch die verträumte Winterlandschaft. Als sie endlich Annas Heimatdorf erreichten, schaute sie aufgeregt aus dem Fenster, glücklich, die vertrauten Gebäude nach so langer Zeit wiederzusehen. Ratemicke schien in eine Art Winterschlaf gefallen zu sein. Auf den ersten Blick hatte sich nichts verändert, kein Mensch war auf der Hauptstraße zu sehen, die quer durch das Dorf führte. Die weiße Kirche mit ihrem schieferbedeckten Zwiebelturm hob sich vom blauen Himmel ab und strahlte eine idyllische Ruhe aus, die sich auf Anna übertrug. Sie fühlte sich in dieser Umgebung behütet. Sie entdeckte die Dorfschenke, links und rechts säumten die alten Fachwerkbauten die Straße, und die Hänge hinauf erstreckten sich die gepflegten Einfamilienhäuser der Ratemicker. Armdicke Eiszapfen hingen an den Regenrinnen der Dächer und brachen das Sonnenlicht wie Edelsteine. Vor einigen Gebäuden waren provisorische Schilder mit der Aufschrift »Achtung, Dachlawine« in den Schnee gesteckt worden. Der Schnee lag so hoch, dass die Bewohner auf den Gehsteigen kleine Gänge freigeschaufelt hatten. Und wo es noch eine unbebaute Fläche im Ort gab, hatte man den Schnee zu mannshohen Bergen aufgeschüttet.

Nun war sie also zu Hause. Fast jedenfalls, denn Annas Bauernhof lag etwas außerhalb des Dorfes. Nach wenigen Minuten konnte sie die Auffahrt zu ihrem Grundstück sehen. Anna wunderte sich, dass der Schotterweg, der zum Hof hinaufführte, geräumt war.

»Hast du das gemacht?«, fragte sie Ben.

»Was?«

»Na, den ganzen Schnee weggeschafft? Der Räumdienst ist doch gar nicht dafür zuständig.«

»Och, ich habe den alten Deutz-Traktor wieder flottbekommen, und im Geräteschuppen stand noch ein alter Schneepflug als Vorsatz, der an den Deutz passte«, erklärte Ben fröhlich.

»Danke«, erwiderte Anna verdattert.

Ben parkte den Polo auf dem kleinen Hof, der von dem alten Bauernhaus und der Scheune, die als Geräteschuppen diente, eingesäumt war. Etwas abseits, auf einem Hügel hinter den Gebäuden, befand sich der große Kuhstall.

»Willkommen daheim«, sagte Ben, als er den Motor abstellte.

Anna fehlten in diesem Augenblick die Worte. Sie war zu ergriffen und drückte nur stumm Bens Arm als Dankbezeugung. Dann stieg sie mit puddingweichen Knien aus. Ihr Bauernhof, das war ihr Ein und Alles. Sie betrachtete das alte Fachwerk, das vor fast 300 Jahren kunstvoll erbaut worden war und bis heute Bestand hatte.

Ben öffnete den Kofferraum und hob Annas prall gefüllte Reisetasche heraus. »Ist alles so geblieben, wie es war«, erklärte er und deutete auf die Fassade des Bauernhauses.

»Magst du reinkommen?«, fragte er Anna, die noch immer wie angewurzelt neben dem Wagen stand.

»Ja, ja … sicher … gerne.«

Als Anna über die Schwelle trat, erlebte sie eine weitere schöne Überraschung: Ihre drei Katzen, die sonst frei auf dem Hof lebten, kamen ihr in der Diele neugierig entgegen. Nach so langer Zeit erkannten sie ihre Herrin nicht sofort und beschnupperten sie zunächst vorsichtig, bevor sie sich von ihr streicheln ließen.

»Ja, wo kommt ihr denn her? Das ist aber eine schöne Begrüßung!«, freute sich Anna. Die Katzen strichen um ihre Beine. Anna schaute sich um und sah Fress- und Wassernäpfe in der Diele sowie ein ordentliches Katzenklo mit Streu.

»Ich dachte mir, die können bei diesem strengen Winter doch nicht draußen bleiben«, erklärte Ben verlegen. »Jetzt, nachdem oben der Stall leer steht, haben die ja gar kein warmes Plätzchen mehr.«

Anna gab Ben spontan einen schmatzenden Kuss auf die Wange. »Das ist lieb von dir, danke.«

Der stattliche Kommissar, der überall mit seiner schroffen Art aneckte und bereits die schlimmsten Dinge erlebt hatte, errötete wie ein kleiner Junge.

»Gerne … Das habe ich doch gerne gemacht«, nuschelte er. »Das ganze Haus ist geputzt, nur der Kühlschrank ist leer. Ich habe es nicht mehr geschafft einzukaufen. Aber ich würde dich gerne einladen.«

Anna runzelte die Stirn. Ihren ersten Tag in Freiheit hätte sie gerne in ihrem Zuhause verbracht. Sie wollte am liebsten sofort den ganzen Betrieb inspizieren. Allerdings wollte sie Ben nicht enttäuschen, immerhin kümmerte er sich rührend um sie. Warum also eigentlich nicht? Der Hof konnte warten. Mit Ben auszugehen und die Freiheit zu genießen, das wäre doch ein guter Anfang. Nie wieder wollte sie nach dem Abendessen in ihre Zelle eingesperrt werden.

»Es wäre mir eine große Freude. Unter einer Bedingung.«

»Und die lautet?«

»Ich zahle.«

»Hm … Prinzipiell habe ich nichts dagegen, aber für heute Abend habe ich einen Tisch in der ›Wildhütte‹ reserviert. Vielleicht erinnerst du dich an das Restaurant ›Bigge-Stern‹ mit dem schönen Ausblick auf den Stausee? Die beiden dicken Brüder, denen die Gaststätte gehörte, sind fast pleitegegangen und haben dann das Lokal vor Monaten als ›Wildhütte‹ neu eröffnet. Seitdem rennen ihnen die Leute die Bude ein.«

»Oh, das hört sich nach einer guten, rustikalen Küche an«, freute sich Anna.

»Die ist bestimmt gut, ich bin froh, dass ich einen Tisch bekommen habe.«

»Dann bin ich mal gespannt. Aber vorher möchte ich noch alle Zimmer sehen, so viel Zeit haben wir doch noch?«

»Sicher.«

Ben begleitete Anna bei ihrem Rundgang durch das Haus. In jedem Raum, den sie betrat, strich sie mit den Fingerspitzen über die alten Möbel. Sie musste sich mit all ihren Sinnen davon überzeugen, dass sie nicht in ihrer Zelle einem schönen Traum nachhing, sondern wirklich zu Hause war. Als Anna alle Zimmer inspiziert hatte, war sie zufrieden. Ben hatte sich wirklich um alles gekümmert. Nichts roch muffig, obwohl das alte Haus einen eigentümlichen Duft hatte, wie ein jahrhundertealter Atem.

»Picobello, Ben. Ich kann mich gar nicht oft genug bei dir bedanken.«

»Es wäre das Größte für mich, wenn du jetzt mit mir essen gehst«, sagte Ben lächelnd.

»Von mir aus können wir losfahren. Was ist denn die Spezialität auf der Speisekarte?«, erkundigte sich Anna.

»Wildgulasch. Die müssen ein vorzügliches Wildgulasch machen, nach dem die Leute ganz verrückt sind.«

6

»Mama, Papa … Guckt mal, der Weihnachtsmann!«

Aufgeregt zerrte der kleine Sven Winkler am Arm seiner Mutter. Die beiden gut situierten Olper Eltern, die ihrem einzigen Zögling jeden Wunsch erfüllten, folgten lächelnd dem Aufruf ihres Sohnes. Sven zeigte mit dem Finger jedoch auf einen Obdachlosen, der einen langen, ungepflegten grauen Bart trug. Seinen Kopf bedeckte eine löchrige rote Wollmütze, sein schmutziger Parka war mit einer Kordel lose zusammengebunden. Der Mann wühlte in einem der zahlreichen Abfallbehälter, die auf dem Olper Weihnachtsmarkt verteilt waren.

Als der Mann die Blicke des Jungen bemerkte, lächelte er ihn an. Ein Schneidezahn fehlte, was Sven aber nicht weiter irritierte. »Kommt, lasst uns zum Weihnachtsmann gehen!«, forderte der Kleine aufgeregt seine Eltern auf.

»Äh, nein, Sven. Das ist nicht der Weihnachtsmann!«, erwiderte Margot Winkler und zog ihren Sohn energisch zu sich. »Das ist ein … ein … Nun ja, jedenfalls nicht der Weihnachtsmann.«

»Ich glaube, ich habe den echten Weihnachtsmann gesehen«, mischte sich der Vater ein. Robert Winkler deutete lächelnd in das Gewühl von Menschen, die sich zwischen den Verkaufsbuden durch die Gänge schoben.

Die kleine Familie stand nahe der großen Bühne, wo soeben ein Jungendchor die ersten Töne eines bekannten Weihnachtsliedes anstimmte. Das Podium war festlich mit Tannengrün geschmückt, und davor verbreiteten zwei Metallschalen mit brennenden Holzscheiten eine gemütliche Atmosphäre. Die meisten Erwachsenen hielten einen dampfenden Glühwein in der Hand oder aßen ein Würstchen im Brötchen, die Kinder naschten aus Tüten mit Süßigkeiten und blickten fasziniert in die offenen Flammen. Einzig und allein der Anblick des Obdachlosen störte die gutbürgerlich beschauliche, frühabendliche Winterstimmung, die unter dem hoch aufragenden, hell angestrahlten Turm der St.-Martinus-Kirche herrschte.

Sven ließ sich von seinen Eltern ablenken und folgte ihnen an der Hand seiner Mutter über den Platz, auf dem die Stände wie auf einem mittelalterlichen Markt angeordnet waren. Der Junge bestaunte alles mit großen Augen.

Der Besuch auf dem Weihnachtsmarkt war für ihn ein großes Erlebnis. Die weihnachtliche Musik, die Düfte von gebrannten Mandeln, Reibeplätzchen und gegrilltem Fleisch, die sich mischten, und die Strohballen an den Wegrändern ebenso wie die Holzschnitzel, mit denen die schmalen Gassen zwischen den Buden und Zelten bestreut waren, machten das Bild perfekt. Und dann gab es natürlich die lockend leuchtenden Stände, an denen auch Spielzeug auslag.

»Da ist ja der richtige Weihnachtsmann!«, rief Svens Vater, als sie an einem Waffelstand um eine Ecke bogen.

Ein Mann in rotem Mantel und mit roter Mütze, mit einem langen weißen Bart und einem prall gefüllten Jutesack wurde von einer Schar Kindern umringt. Für Robert Winklers Geschmack hatte er eine zu hagere Gestalt, um wirklich als Weihnachtsmann durchzugehen, denn sein Kostüm schlotterte lose um seinen Körper, statt sich über einen stattlichen Bauch zu spannen. Die Kinder schien das allerdings nicht zu stören, und auch Sven war nicht mehr aufzuhalten.

»Geh nur!«, ermunterte Svens Mutter ihren Sohn.

Ihr Mann legte zärtlich einen Arm um ihre Hüfte, und die beiden schauten sich glücklich in die Augen. Genau so sollte ein Abend auf dem Weihnachtsmarkt ablaufen! Strahlend und stolz beobachteten sie, wie ihr Nachwuchs zwar nicht ehrfürchtig, aber immerhin respektvoll vor den Weihnachtsmann trat.

»Wie heißt du denn?«, fragte der Bärtige den Jungen mit betont tiefer Stimme.

»Sven«, antwortete der Kleine schüchtern und schaute kurz über seine Schulter, um sich zu vergewissern, dass seine Eltern in der Nähe waren. Das konnte bestimmt hilfreich sein, falls der Weihnachtsmann böse auf ihn war.

»Und warst du auch immer artig?«

Sven überlegte kurz, bevor er bestimmt nickte.

»Na, dann hast du dir ein Geschenk verdient«, lobte ihn der Weihnachtsmann und tätschelte seinen Kopf.

Er griff in seinen Jutesack und holte einen Schokoladennikolaus hervor, den er dem Jungen feierlich überreichte. Sven strahlte über das ganze Gesicht und rannte mit dem Geschenk zu seinen Eltern.

»Habt ihr das gesehen?«, wollte er freudig wissen.

»Das hast du ganz toll gemacht«, bestärkte Robert Winkler seinen Sohn.

»Ja, Sie haben wirklich einen aufgeweckten Jungen. Da können Sie stolz sein«, mischte sich plötzlich eine tiefe Stimme hinter ihnen in das Gespräch ein.

Robert Winkler und seine Frau drehten sich erstaunt um. Der Stadtstreicher, der die Abfalleimer durchsucht hatte, stand ihnen gegenüber. Seine schwieligen Hände hielten zwei große Mülltüten, aus denen leere Plastikflaschen herausschauten.

»Ich … äh …« Margot Winkler war sichtlich irritiert. Ihr war es nicht recht, dass der fremde Mann sie in Gegenwart ihres Sohnes ansprach. Nervös nestelte sie an ihrem Hermès-Tuch, das sie um den Hals trug.

»Als wir klein waren, gab es das nicht, dass man einfach einen so prächtigen Nikolaus aus Schokolade geschenkt bekam«, fuhr der Obdachlose redselig fort.

»Ja, ja«, erwiderte Margot Winkler höflich, aber ausweichend. »Die Kinder werden heute sehr verwöhnt. Entschuldigen Sie uns bitte, aber wir müssen jetzt gehen.«

Sie zog ihren Sohn von dem Stadtstreicher fort, der ihnen lächelnd hinterherschaute.

»Möchtest du noch in das Zelt mit den Tieren?«, fragte Robert Winkler seine Frau.

»Nein, ich glaube, für heute reicht es. Lass uns bitte nach Hause fahren.«

Als die Familie im Auto saß, erlaubte Margot Winkler ihrem Sohn ausnahmsweise, den Schokoladennikolaus sofort auszupacken und zu essen. Aber er sollte unbedingt aufpassen, keine Flecken auf die Polster zu machen.

7

»Du hattest recht, hier ist ja wirklich viel los!«, staunte Anna, als sie sich in dem Restaurant »Wildhütte« umsah, während eine Kellnerin sie und Ben zu ihrem reservierten Tisch führte.

Sämtliche Plätze in dem gemütlichen Gastraum waren belegt. Es herrschte ein undurchdringliches Stimmengewirr, darunter mischten sich das Klappern von Besteck auf Tellern und das helle Klirren von Biergläsern. Außerdem roch es nach würzigem Essen und angenehm nach Holzrauch, der von dem Kamin herrührte, in dem dicke Scheite prasselten. Der Gastraum war rustikal eingerichtet, mit karierten Decken auf den Tischen und ausgestopften Wildtieren neben Gemälden von Hirschen und Wildschweinen an den Wänden. Das gesamte Konzept war stimmig – es war wirklich eine Wildhütte. Und zwar eine weihnachtliche. Die festliche Dekoration bestand aus einem imposanten Adventskranz, der von der Decke hing, sowie einem bunt geschmückten Weihnachtsbaum, in dessen Kugeln sich das Licht spiegelte. Aufgestellte Skis, Schlitten und Strohballen machten die Kulisse perfekt.

»Gefällt es dir?«, fragte Ben, als sie sich an ihren Tisch setzten.

Anna hatte in den letzten zwei Jahren lediglich die alltägliche Gleichförmigkeit hinter Gefängnismauern erlebt und war von dem turbulenten Wirrwarr um sich herum etwas überfordert. »Ja … ja, schon«, stammelte sie. Dann schweifte ihr Blick durch das Fenster nach draußen. Der Biggesee schimmerte silbern im Mondlicht, idyllisch eingerahmt von schneebedeckten Fichten am Ufer. Bei diesem romantischen Anblick stockte ihr der Atem. Obwohl sie im Sauerland aufgewachsen war, hatte sie diese Aussicht noch nie zuvor erlebt. »Es ist wunderschön«, sagte sie schließlich und wandte sich wieder Ben zu.

»Das freut mich«, erwiderte der sonst so ruppige Kommissar lächelnd. »Ich dachte mir, die geballte Ladung Heimat wäre für den ersten Abend ganz schön. Außerdem möchte ich mit dir über etwas sprechen, was mir schon seit längerer Zeit am Herzen …«

»Guten Abend, die Herrschaften«, fiel die Bedienung Ben ins Wort. »Hier die Karte. Darf es schon etwas zu trinken sein? Wir haben Wildgulasch auf der Tageskarte, unsere Spezialität.« Die junge Frau trug eine zum Stil des Restaurants passende weiß-blaue Bluse und eine mit Jägermotiven bestickte Schürze, doch ihre Piercings passten nicht ins rustikale Bild.

»Zwei Pils und zweimal Gulasch«, fuhr Ben sie in seiner gewohnt mürrischen Art an. Dann zögerte er kurz. »Oder möchtest du etwas anderes?«, erkundigte er sich bei Anna.

Die lächelte. »Ist schon alles recht. Bier und Gulasch. Ich bin gespannt.«

»Gute Wahl«, sagte die Kellnerin und machte auf dem Absatz kehrt.

»Also«, versuchte Ben den Gesprächsfaden wieder aufzunehmen, »ich dachte mir, dass du anfangs vielleicht noch Unterstützung brauchst … Und dann würde ich … nun ja …«

»Die zwei Pils.« Die gepiercte Bedienung stellte ruckartig große, frisch gezapfte Pilstulpen auf den Deckeln ab, die sie zuvor routiniert auf den Tisch geworfen hatte.

»Könnten Sie sich uns vielleicht demnächst etwas höflicher nähern und uns nicht immer mit Ihrem plötzlichen Auftreten überraschen?«, maßregelte Ben die Frau.

»Also, so was … pah!« Die Kellnerin rang nach Worten und stampfte mit einem Fuß auf den Boden.

»Werden Sie hier fürs Rumstehen bezahlt?«, erkundigte sich Ben.

Sprachlos und mit hochrotem Kopf drehte sich die Frau um und rauschte davon.

»Also, entweder bekommen wir jetzt unser Essen sehr spät oder es wird kalt sein«, bemerkte Anna.

Sie kannte zwar Bens gewöhnungsbedürftige Art mittlerweile gut, doch das bedeutete nicht, dass sie sie guthieß. Anna konnte Bens Wesen nur schwer einschätzen. Ihr gegenüber war er stets höflich und fürsorgend, aber anderen Menschen begegnete er bärbeißig. Was sollte sie davon halten? Wer war der wahre Ben?

»Was ich dir sagen wollte, ist, dass ich mir meine Gedanken gemacht habe«, fuhr Ben unbeirrt fort. »Also, wie es so mit dir weitergehen könnte …«

»Wie es so mit mir weitergehen könnte?«, wiederholte Anna amüsiert. »Glaubst du nicht, dass ich das selber weiß?«

»Doch, doch. Aber es wäre vielleicht ganz gut, wenn du zu Beginn etwas mehr Unterstützung hättest. Also, das meine ich.«

»Ben, du sprichst in Rätseln. Du weißt, dass ich kein Auto als Geschenk annehmen kann. Du und Bauer Wernike, ihr habt so viel für mich getan, das kann ich ohnehin nicht wiedergutmachen.«

»Ach, darüber redet doch keiner. Ich meine so … na, konkrete Unterstützung.«

»Ben, ich bin nicht hilflos oder krank. Wir haben jetzt Winter, da läuft sowieso nichts in Sachen Viehwirtschaft. Ich werde mir in Ruhe meine Finanzen anschauen, den Zustand des Hofes mit der Bank bereden, und dann mache ich weitere Pläne.«

»Ja, aber worauf ich hinauswollte, ist, dass ich beispielsweise …«

»Ihr Wildgulasch!« Die Kellnerin knallte Bens Teller

vor ihm auf den Tisch, dass es schepperte. Im Anschluss ging sie um den Tisch herum, servierte Annas Gericht höflich von der rechten Seite und fand deutlich freundlichere Worte: »Wenn ich Ihnen noch etwas bringen darf, geben Sie mir bitte einfach ein Zeichen. Ich wünsche Ihnen einen guten Appetit.« Nach einigem Zögern fügte sie hinzu: »Ihrem Mann auch.«

»Oh. Dafür bekommt sie ein richtig dickes Trinkgeld«, sagte Ben grinsend.

»Dafür, dass du so unfreundlich zu ihr warst?«

»Nein, weil sie uns für ein Ehepaar hält.«

Anna hatte bereits ein Stück Fleisch mit der Gabel aufgespießt und hielt kurz inne. »Ach, Ben, bitte lass uns heute Abend nicht darüber reden.«

»Nein, so meinte ich das doch gar nicht! Oh Gott, Anna, wie konntest du nur denken, dass ich … Nein, also wirklich. Ich wollte dir vorschlagen, dass ich als Untermieter auf deinen Hof ziehe und nach Feierabend quasi als Knecht für dich arbeite. Unentgeltlich. Also, für Kost und Logis, dachte ich mir.«

Anna wäre fast der Bissen im Hals stecken geblieben, so sehr überraschte sie Bens Vorstoß. »Ich …«, murmelte sie mit vollem Mund, »ich meine, du überrumpelst mich damit ein wenig.«

»Och, besser direkt als nie, oder?«, erwiderte Ben und machte sich gierig über sein Gulasch her.

Nachdem sie eine Weile schweigend dagesessen hatten, fragte Ben: »Schmeckt es dir auch?«

»Vorzüglich. Aber um auf deinen Vorschlag zurückzukommen …« Anna wischte sich den Mund mit ihrer Serviette ab und trank einen Schluck Bier. »Bitte gib mir etwas Zeit. Es ist doch in Wahrheit nicht so, dass du bei mir nur als ›Knecht‹ einziehen möchtest. Du erhoffst dir doch mehr?«

Ben war baff. Derart offen hatte noch nie eine Frau mit ihm gesprochen. Was sollte er darauf antworten?

»Nein, Anna«, entgegnete er demonstrativ entrüstet. »Ich erwarte überhaupt nicht mehr. Nur habe ich in den letzten zwei Jahren die meiste Zeit auf deinem Bauernhof verbracht. Und der ist mir, ehrlich gesagt, ans Herz gewachsen.«

»Du bist jederzeit willkommen, das weißt du. Wirklich jederzeit. Allerdings, das mit dem Einziehen … Ben, ich weiß nicht, ob ich das kann.«

»War ja nur eine Idee … Mmmh, dieses Wild ist vorzüglich, findest du nicht?«, versuchte Ben das Thema zu wechseln. »Die haben hier zu Recht die Bude voll. Wirklich ein gutes Konzept, solch ein Restaurant an diesem Standort zu eröffnen. Wild aus den Sauerländer Wäldern und derart schmackhaft zubereitet. Toll gemacht!«

»Lenk nicht ab. Das Wild ist erstklassig, aber das mit uns … Ben, du musst etwas Geduld haben. Ich muss noch so viel verarbeiten und erst einmal mit mir ins Reine kommen. Ich bin heute den ersten Tag in Freiheit. Weißt du, wie sich das anfühlt? Selbst so ein einfacher Abend wie in diesem Lokal überfordert mich total. Ich bin es nicht mehr gewohnt, so viele Menschen um mich zu haben. Im Gefängnis waren wir zwar auch nicht wenige, aber nur Frauen und alle in der gleichen Situation. Das war etwas völlig anderes. Das hier heute Abend … Ich weiß gar nicht, wie ich damit umgehen soll, verstehst du? Ich kann nicht einfach den Schalter umlegen: Zack, so, jetzt bin ich frei! Ich muss mich erst daran gewöhnen. Für dich ist es normal, hier zu sein, doch für mich ist es etwas Besonderes. Die ganzen Eindrücke, die herrliche Natur da draußen, das gute Essen, diese wohlige Gemütlichkeit! Ben, das kenne ich alles gar nicht mehr!«

»Schon gut, schon gut.« Ben hob entschuldigend die Hände in die Höhe. »Tut mir leid. Darüber habe ich wirklich nicht nachgedacht. Ich glaubte, es würde dich freuen, wenn du jemanden an deiner Seite hast, auf den du dich verlassen kannst.«

Anna saugte mit dem letzten Stückchen Knödel die Wildsoße von ihrem Teller auf und führte den Bissen zum Mund. Sie genoss den guten, eigentümlichen Geschmack. »Ich weiß hundertprozentig, dass ich mich auf dich verlassen kann. Und ich weiß das ebenso sehr zu schätzen, Ben. Aber heute ist nicht der passende Abend dafür. Auch wenn ich tief in deiner Schuld stehe.«

»Komm, jetzt hör mal auf, immer von Schuld und Dankbarkeit zu sprechen! Ist schon okay. Ich verstehe dich vollkommen. Ich habe dich mit meinem Vorschlag überrumpelt. Heute wollen wir deine Freiheit feiern. Darauf kommt es an.« Ben hob sein leeres Bierglas und hielt nach der Kellnerin Ausschau.

8

»Mama, mir ist so schlecht«, stöhnte der kleine Sven mit kreidebleichem Gesicht. Er war barfuß im Schlafanzug ins Wohnzimmer getappt, wo seine Eltern fernsahen.

»Du bist ja ganz blass. Hast du Fieber?«, fragte seine besorgte Mutter und schnellte sofort von der Couch hoch. Sie legte ihre Hand auf seine Stirn.

»Mir ist nicht warm, nur so schlecht im Bauch. So …« Sven konnte den Satz nicht beenden. Er wurde von Krämpfen geschüttelt und musste sich erbrechen.

Nun sprang auch Robert Winkler vom Sofa auf, schnappte sich seinen Sohn und trug ihn auf dem Arm eilig ins Badezimmer.

»Meine Güte«, rief seine Frau hinter ihm her. »Bestimmt haben wir uns auf dem Weihnachtsmarkt Keime eingefangen. Wir hätten da nichts essen sollen! Die packen doch alles mit den Fingern an. Aber du weißt es ja immer besser!«

»Margot, es ist gut!«, unterbrach ihr Mann sie resolut. Er hielt den Kopf seines Sohnes über den Badewannenrand. Der Junge würgte erneut.

»Wir haben gar keine Elektrolyte mehr im Haus«, jammerte Margot, die ins Bad gekommen war. »Der arme Sven, es hört gar nicht mehr auf! Ich glaube, wir müssen ins Krankenhaus. Mir ist auch schon ganz schummerig. Ich rufe Doktor Lautschläger an.« Sie ging zurück ins Wohnzimmer.

Sven schnappte nach Luft. Offenbar waren die Würgeanfälle vorbei. Sein Vater griff mit der freien Hand zur Klopapierrolle, zog einen langen Streifen ab und wischte damit dem Kleinen den Mund ab.

»Na, besser?«, fragte er seinen Sohn.

Der nickte tapfer, hatte jedoch Tränen in den Augen. »Aber mein Bauch tut noch so weh. Papa, mach bitte, dass das aufhört.«

»Margot, hast du den Arzt erreicht?«, rief Robert Winkler Richtung Wohnzimmer.

»Nein, nur eine Notdienstansage. Typisch Ärzte! Wenn man sie braucht, sind sie nicht da. Ich frage mich, warum wir noch privat versichert sind!«

»Dann fahren wir jetzt ins Krankenhaus!« Robert nahm den ermatteten, schlaffen Körper seines Sohnes erneut auf den Arm und schob ihm ein Badetuch unter das Gesicht.

»So können wir nicht raus …«, fiel Margot ein, als sie in der Diele standen. »Draußen ist es eiskalt!«

»Packen wir Sven in meinen Mantel. Los, wir haben keine Zeit zu verlieren!«

Als das Kind warm eingehüllt war, rannten Robert und Margot Winkler zur Garage, deren elektrisches Tor sich in dieser Notsituation viel zu langsam zu öffnen schien. Ungeduldig warteten die Eltern in der arktisch kalten Luft. Sie trugen keine Jacken und froren erbärmlich.

Sven stöhnte leise vor sich hin. »Oh, mir ist schlecht, und es tut weh.« In kurzen Abständen krampfte sich sein Körper zusammen.

Sein Vater fuhr so schnell, wie es die winterlichen Straßen zuließen. Als sie am Olper Krankenhaus ankamen, waren zu seinem Ärger alle Parkplätze in der Nähe des Eingangs belegt.

»Ich steige mit Sven aus, und du kommst nach«, entschied Margot Winkler und streichelte zärtlich den Kopf ihres Sohnes, den sie auf der Rückbank in ihren Schoß gebettet hatte.

Als ihr Mann den Wagen anhielt, hob sie Sven, der mittlerweile völlig apathisch wirkte, aus dem Auto. »Alles wird gut, Sven. Alles wird gut, hörst du? Jetzt sind wir gleich beim Doktor, der wird dir helfen«, tröstete sie den Kleinen.

Sie hastete mit ihrem Kind auf dem Arm in die Empfangshalle. »Wo ist die Ambulanz? Ein Notfall!«, rief sie der Frau hinter dem Informationsschalter zu.

»Geradeaus und dann die Treppe hinunter!«

Margot Winkler rannte weiter. Als sie den unteren Treppenabsatz erreichte und in die Wartezone der Ambulanz stürmte, traute sie ihren Augen nicht. Der Raum war überfüllt mit Eltern und ihren Kindern. Es waren bestimmt 30 bis 40 Personen. Krankenschwestern liefen hilflos mit Papieren in den Händen umher. Es herrschte Chaos. Margot Winkler stand wie unter Schock. Die meisten hatten Plastiktüten dabei, in die sich die weinenden Kinder mit lautem Würgen reihenweise übergaben.

9

Der Besitzer der Sauerländer Süßwarenfabrik Eduard Lierenfeldt und sein Privatsekretär Martin Ganske starrten in dem altehrwürdigen Chefbüro der großen Fabrikantenvilla ungläubig auf den Bildschirm des Laptops. Nur der spärliche Schein des Monitors und die antike Lampe auf dem reich verzierten Schreibtisch warfen Licht auf ihre erschrockenen Gesichter, während der Rest des mit schweren Eichenmöbeln ausgestatteten Raumes im Dunkeln lag. In Lierenfeldts repräsentativem, klassisch eingerichtetem Büro war einzig und allein der Computer ein Zugeständnis an die modernen Zeiten. Doch die Bedienung des Geräts überließ der Unternehmer seinem stets distinguiert auftretenden Privatsekretär, der ihn über wichtige Angelegenheiten dann umgehend informierte.

Noch einmal lasen Lierenfeldt und Ganske die E-Mail, die der Sekretär soeben entdeckt hatte. Schon die Betreffzeile war eine Katastrophe: »Nikoläuse der Sauerländer Süßwarenfabrik vergiftet!« Doch der Text hatte es wirklich in sich:

Sehr geehrter Herr Lierenfeldt,

zahlen Sie 5 Millionen Euro auf ein Online-Konto, das wir Ihnen noch bekannt geben. Andernfalls werden wir weitere mit Gift versetzte Schokoladennikoläuse der Sauerländer Süßwarenfabrik in Umlauf bringen.

Die Vorkommnisse auf dem Olper Weihnachtsmarkt waren lediglich ein Vorgeschmack auf das, was Sie noch erwartet. Nun sollte selbst Ihnen klar sein, dass wir es ernst meinen und in der Lage sind, eine weitreichende Vergiftungsaktion durchzuführen. Sollten Sie die Polizei einschalten, werden wir diese sofort beginnen.

»Was meinen diese verrückten Schreiberlinge mit ›Vorkommnisse auf dem Olper Weihnachtsmarkt‹? Haben Sie etwas gehört, Ganske?«

»Tut mir leid. Ich habe keine Ahnung. Wir haben dort keinen Verkaufsstand. Weder für Schokoladennikoläuse noch für Süßwaren«, antwortete der Sekretär.

Eduard Lierenfeldt dachte nach. Eine Erpressung war seiner Meinung nach eines der verabscheuungswürdigsten Verbrechen. Niemals würde er sich den Forderungen beugen! Er ging zwar auf die 80 zu, aber er würde das Familienunternehmen auch weiter durch schwierige Gewässer steuern und das Kommando keinem Geschäftsführer überlassen. Da er selbst keine Kinder hatte, könnte möglicherweise einer seiner zahlreichen Neffen oder eine seiner Nichten seine Nachfolge antreten, und denen wollte er die Firma schon gar nicht anvertrauen. Nach seinem Tod würde er das Unternehmen einer Stiftung überlassen, doch noch war es nicht so weit! Noch fühlte er sich körperlich und geistig in der Lage, die Firma mit fester Hand zu führen und gegen kleinkriminelle Gauner zu verteidigen.

Bedacht strich sich der Süßwarenfabrikant über seinen dreiteiligen schwarzen Anzug, der seine geradezu asketische Figur, die er sich mit strenger Disziplin erhalten hatte, elegant zur Geltung brachte und in dessen Westentasche wie immer seine goldene Taschenuhr an einer Kette steckte. »Was schlagen Sie vor, was wir tun sollen, Ganske?«, fragte er seinen Sekretär, obwohl sein Entschluss schon feststand. Er wollte lediglich Ganskes Verhalten in dieser Extremsituation testen, immerhin kam dieser als Vorsitzender der künftigen Stiftung infrage.

»Ich würde vorschlagen, keinesfalls auf die Forderungen einzugehen. Niemand weiß, dass solch eine Drohung existiert. Ich sehe daher auch keine Veranlassung, prophylaktisch unsere Ware aus dem Handel zu nehmen. Der wirtschaftliche Schaden wäre immens. Hinzu kämen ein Image- und Vertrauensverlust. Beides würde uns noch jahrelang anhaften. Die Sauerländer Süßwarenfabrik – wenn Sie mir erlauben, das noch zu ergänzen – hat zwei Weltkriege und zahlreiche Wirtschaftskrisen überstanden. Da werden wir uns doch nicht von einer Erpressergruppe in die Knie zwingen lassen, oder sehen Sie das anders, Herr Direktor?«

Lierenfeldt schüttelte den Kopf. Er war mit der Einschätzung äußerst zufrieden. »Gut analysiert, Ganske. Dennoch dürfen wir diese Bedrohung nicht auf die leichte Schulter nehmen. Wir müssen feststellen, ob es in der Produktion Schwachstellen gibt, sodass jemand Gift einschleusen könnte. Ferner sollten Sie feststellen, wer der Absender dieser elektronischen Post ist. Das kann man doch heutzutage bei diesem Mail-Schnickschnack, oder?«

Der Privatsekretär klickte mit der Maus auf den Absender der Mail. »noreply@freehackhost.to« erschien als Adresse auf dem Bildschirm. »Ich fürchte, das bringt uns nicht weiter«, murmelte er, während er bei Google »freehackhost.to« eintippte. Er überflog die Suchergebnisse und klickte eines an. »Wie ich es mir gedacht habe: ein anonymer Server in Tonga.«

»Was bedeutet das?«

»Das heißt, dass man sich anonym bei einem Computer in dem fernen Inselstaat anmelden und von dort aus unerkannt E-Mails verschicken kann. Aber ich kann gerne die Firma, die unsere IT betreut, nochmals nachforschen lassen.«

»Veranlassen Sie das bitte. Aber diskret.«

»Selbstverständlich.«

Eduard Lierenfeldt fuhr sich gedankenverloren mit der Hand durch seinen dichten, weißen Bürstenschnitt, dann nestelte er an der Kette seiner Taschenuhr herum. Nach einer Weile fragte er: »Mal angenommen, es gelangen wirklich mit Gift versetzte Weihnachtsmänner von uns in den Handel – was kann uns passieren?« Er blickte Ganske prüfend über den Rand seiner schmalen Goldbrille an.

»Nun dann … Wie gesagt, solange niemand etwas von der Erpressung erfährt, waschen wir unsere Hände in Unschuld. Das soll heißen: Unsere Versicherung würde für eventuelle Personenschäden aufkommen.«

»Personenschäden? Sie meinen vergiftete Kinder«, schnaubte der Unternehmer.

»Wenn Sie belieben, es so drastisch auszudrücken … Ja, im schlimmsten Fall müssen wir damit rechnen – falls diese E-Mail überhaupt einen ernsthaften Hintergrund hat, was ich zum jetzigen Zeitpunkt bezweifle.« Ganske schaute auf die Standuhr, deren Ziffernblatt er im Halbdunkel vage erkennen konnte. »Darf ich Ihnen jetzt Ihren Cognac servieren? Es wäre nun die übliche Zeit.«

»Ja, bitte.« Lierenfeldt machte eine zustimmende Geste mit der Hand. »Können Sie herausbekommen, was da in Olpe auf dem Weihnachtsmarkt geschehen sein soll?«

Der Sekretär zog eine Augenbraue hoch, während er seinem Chef einen großen Cognac-Schwenker reichte. »Ich müsste sehr zurückhaltend vorgehen. Vielleicht einige Angestellte anrufen? Oder wir können online prüfen, ob es eine Meldung in den Lokalnachrichten gibt.«

»Dieses Internet macht mich noch ganz verrückt«, meckerte der alte Herr und steckte seine Nase in den Schwenker. »Fahren Sie selbst in die Stadt und stellen Sie fest, was los ist. Das lässt mir keine Ruhe. Wir haben nun mal diese unsägliche E-Mail erhalten! So einfach ist das.«

»Wenn Sie mich entbehren können, mache ich mich sofort auf den Weg.«

»Nur zu, nur zu!«, stimmte Lierenfeldt zu und winkte seinen Sekretär aus dem Büro heraus.

Ganske unterdrückte beim Hinausgehen die Bemerkung, dass die Einrichtung des Online-Shops und der Direktversand der »Original Sauerländer Pralinen« sowie der »Original Sauerländer Schokoladennikoläuse und Osterhasen« in Geschenkboxen das Unternehmen in den letzten Jahren gerettet und dem Absatz einen ungeahnten Aufschwung verliehen hatten. Der Anstoß dazu stammte von ihm. Genauso wie der neue Slogan »Sauerländer Nikoläuse – ein Hochgenuss aus Schokolade«. Doch Lierenfeldt mochte es nicht, wenn jemand außer ihm Ideen hatte.

10

Als Anna erwachte, konnte sie ihr Glück kaum fassen. Keine karge Zelle. Keine verschlossene Tür. Kein vergittertes Fenster. Sie stand aus dem Bett auf und blickte aus ihrem Schlafzimmer auf den Hof hinaus. Es hatte in der Nacht leicht geschneit, und nun schimmerte der Schnee in der Morgenröte auf den Hügeln und Fichten. Der Himmel war zwar bedeckt, doch die Strahlen der aufgehenden Sonne bahnten sich ihren Weg zwischen den Wolken hindurch und ließen die Bergrücken in einem Farbenspiel leuchten, das alle Facetten vom zarten Rosa über flammendes Rot bis hin zu einem tiefen Lila umfasste. Anna genoss diesen nahezu kitschigen Anblick. Schöner hätte ihr erster Morgen in Freiheit nicht beginnen können.

Sie schlüpfte in ihre Hausschuhe, zog den Bademantel über und ging ins Bad, um sich die Zähne zu putzen. Eine Dusche oder ein ausgiebiges Bad konnte bis nach dem Frühstück warten. Anna stieg die knarzende Holztreppe in die Küche hinunter. Auch in diesem Raum hatte sich seit ihrer Verhaftung nichts geändert. Es war, als hätte sie ihre Küche erst gestern verlassen. Ben hatte alles in Ordnung gehalten, alle Dinge waren an ihrem angestammten Platz. Anna öffnete die Kaffeedose, die mit frisch duftendem Pulver gefüllt war. Mit routinierten Handgriffen brachte sie die Kaffeemaschine in Gang, die schon nach kurzer Zeit in gewohnter Weise vor sich hin röchelte.

Anna schaltete das Radio an und eine Kinderstimme ertönte aus dem Lautsprecher: »Dann ist der Engel an unserem Klassenzimmer vorbeigeflogen und alle haben ihn angeschaut. Er war ganz aus Gold und wunderschön. Er kam aus dem Himmel.« Anna drehte lauter. Es war offensichtlich eine Reportage, denn direkt nach dem Kind war die sonore Stimme eines Nachrichtensprechers zu hören: »Die Lehrerin bestätigte die Aussage ihrer Schüler, dass es sich bei dem Phänomen nicht um Einbildung handele. Die Grundschüler werden derzeit von Psychologen betreut, die in Zusammenarbeit mit Vertretern der Kirchen feststellen wollen, ob tatsächlich eine Engelserscheinung oder eine kollektive Vision vorliegt. Und nun weitere Meldungen aus der Region …«

Anna staunte nicht schlecht. Eine Engelserscheinung? Bestimmt war das eine Täuschung! Eine verrückte Nachricht, aber im Grunde schön, da sie in die vorweihnachtliche Stimmung passte, überlegte Anna, während sie den Kühlschrank öffnete. Ben hatte nicht die Wahrheit gesagt, wie sie lächelnd feststellte. Der Kühlschrank war mit allen notwendigen Lebensmitteln gefüllt. Er hatte vermutlich nur das Gegenteil behauptet, um sie zum Essen ausführen zu können. Anna nahm ein Glas Erdbeermarmelade heraus, ein Stück Butter und warf einen Blick in die Brottruhe. Die war leider leer.

Anna goss sich einen Becher dampfenden Kaffee ein, gab reichlich Milch hinzu und nahm einen großen Schluck. Mittlerweile waren auch ihre drei Katzen erwacht und strichen ihr hungrig um die nackten Beine. Ein herrliches Gefühl! Anna inspizierte die kleine Vorratskammer neben der Küche. In den Regalen standen palettenweise Dosen mit Katzenfutter. Sie fütterte ihre Stubentiger und gab ihnen frisches Wasser in die Näpfe. Ben hatte sich wirklich rührend um ihren Hof und Haushalt gekümmert, dachte Anna zärtlich, während sie ihre Katzen streichelte. Nur, wie sollte sie damit in Zukunft umgehen? Sie fühlte sich von ihm überrumpelt. Natürlich konnte sie seinen Standpunkt verstehen. Zwischen ihnen hatte sich mehr als Freundschaft entwickelt, das spürte sie ebenfalls. Und es war ihr klar, dass er sich mit seinem Werben zwei Jahre lang hatte zurückhalten müssen, und nun brach es wahrscheinlich aus ihm heraus. Doch sein Vorschlag, bei ihr einzuziehen, kam einfach zu früh …

Ein heulendes Motorgeräusch riss Anna schlagartig aus ihren Gedanken. Durch das Küchenfenster sah sie, wie Ben versuchte, den VW Polo mit hochtourigem Antrieb und durchdrehenden Rädern über den frisch gefallenen Schnee die Einfahrt hinaufzufahren. Wie eine Schneefräse schleuderten die vorderen Reifen die weiße Pracht in die Luft. Er wäre nicht Ben Ruste, wenn er nicht unter allen Umständen versucht hätte, den steilen Weg zu bezwingen – koste es, was es wolle, dachte Anna amüsiert und ging zur Haustür, um ihn willkommen zu heißen.

Nachdem er endlich den Wagen auf den Hof bugsiert hatte, schmiss Ben hinter sich die Autotür mit Schwung zu, sodass das Fahrzeug wackelte. Anna winkte ihm im Bademantel von der Türschwelle zu.

»Guten Morgen, komme ich zu früh? Habe ich dich aus dem Bett geworfen?«, fragte Ben.

»Nein, nein … Ich bin schon vor ein paar Minuten aufgestanden. Magst du einen Kaffee?«

»Gerne. Mir ist eingefallen, dass ich vergessen habe, Brot für dich zu kaufen. Hier, ganz frisch aus der Backstube.« Ben hielt eine große Tüte hoch.

Als sie gemeinsam in Annas gemütlicher Küche mit den alten Möbeln saßen, nahmen beide schweigend ihr Frühstück zu sich.

»Wir benehmen uns wie ein altes Ehepaar«, versuchte Anna die Stille zu brechen.

»Wir testen nur das Klischee, dass wir Sauerländer wortkarg und humorlos sind«, erwiderte Ben grinsend.

»Dann denkst du nicht über unser gestriges Gespräch nach und bist nicht beleidigt?«

»Ich denke selbstverständlich die ganze Zeit darüber nach. Mir ist aber klar geworden, dass ich einen Gang zurückschalten muss.«

»So wie bei der Auffahrt«, schmunzelte Anna.

»Auffahrt?« Ben runzelte die Stirn.

»Die Auffahrt zum Bauernhof. Du hast doch den Wagen im ersten Gang raufgetrieben.«

»Ach so. Ja, da kann man mal sehen, dass man auch auf diese Weise zu seinem Ziel kommt.«

»Ben!«, ermahnte ihn Anna, »hör auf, mir andauernd Avancen zu machen!«

»Na, hör mal! Ich sitze mit der schönsten Frau Südwestfalens beim Frühstück. Sie trägt einen Bademantel, und dann soll ich so tun, als sei das das Normalste der Welt? Ein wenig hormongesteuert sind wir Männer schon.«

»Gut, dann gehe ich jetzt duschen.«

Ben wollte soeben etwas sagen, doch Anna kam ihm zuvor: »Und bitte keine dummen pubertären Kommentare!«

Ben verschränkte die Arme und schaute demonstrativ schmollend aus dem Küchenfenster.

Als Anna mit einer Jeans und einem Baumwollhemd bekleidet in die Küche zurückkam, rubbelte sie mit einem Handtuch ihre blonden Haare trocken. »Und? Wollen wir heute etwas gemeinsam unternehmen? Ich möchte mir ein Bild vom Zustand des Hofs machen«, schlug sie vor.

»Ich würde dir gerne dabei helfen, aber ich habe Dienst. Es wäre nett, wenn du mich ins Büro fahren könntest, dann kann ich dir den Wagen vorübergehend leihen. Du brauchst einen fahrbaren Untersatz, und ich habe ja noch das Dienstfahrzeug.«

Anna überlegte kurz. »Das ist ein guter Vorschlag. Das mit dem Leihen, meine ich. Ich föhne mir noch kurz die Haare, dann kann es losgehen. Du kannst ja noch einen Kaffee trinken.« Sie schenkte Ben eine Tasse nach.

In der Polizeikreisbehörde bestand Ben darauf, Anna sein Büro im Kriminalkommissariat zu zeigen. Es war ein zweckmäßig eingerichteter Raum mit zwei Schreibtischen, Computern und grauen Aktenschränken. An den Wänden hingen Poster mit Initiativen zur Verbrechensvorbeugung, die das Amtszimmer jedoch nicht verschönerten oder ihm gar einen persönlichen Charakter verliehen, sondern allein den Eindruck verstärkten, dass man sich in einer Behörde befand.

»Frau Lobbisch, schön Sie in Freiheit zu sehen«, sagte der junge Mann am Schreibtisch, während er sich erhob und Anna die Hand reichte.

»Vielen Dank, Polizeimeister Schröder. Ich freue mich auch, hier zu sein«, erwiderte Anna betont förmlich, doch sie freute sich wirklich, Bens Assistenten wiederzutreffen. Sie war ihm das erste und letzte Mal kurz vor ihrer Verhaftung persönlich begegnet, hatte aber aufgrund von Bens zahlreichen Erzählungen das Gefühl, den schlaksigen, sommersprossigen Kerl mit den flammend roten Haaren schon seit Jahren zu kennen.

»›Polizeimeister‹ ist in der Tat sein Vorname«, witzelte Ben.

Schröder hob die Augenbrauen, offensichtlich erstaunt über den Anflug von Ironie bei seinem sonst so mürrischen Chef. Nur Anna kannte eben Bens liebenswürdige, humorvolle Seite.

Nachdem Schröder seine Verwunderung überwunden hatte, wandte er sich ohne Umschweife an seinen Vorgesetzten: »Hier ist eine mysteriöse Geschichte reingekommen, die zwar nicht in unseren Bereich fällt, aber da heute Samstag ist und wir Dienst haben, sollten wir uns wohl darum kümmern.«

»Worum handelt es sich?«, erkundigte sich Ben, nun wieder knapp angebunden.

»Gestern wurden 21 Kinder mit starken Bauchkrämpfen, Erbrechen und Durchfall ins Krankenhaus eingeliefert. Sie alle hatten zuvor den Olper Weihnachtsmarkt besucht.«

»Dann ist das Sache des Ordnungsamtes. Lebensmittelvergiftungen fallen nicht in unsere Zuständigkeit.«

»Die haben uns informiert. Es gibt da wohl einige Ungereimtheiten. Die zuständigen Beamten sind im Krankenhaus und haben um Amtshilfe gebeten. Soll ich hinfahren?«

»Nein, nein, nicht nötig. Ich übernehme das selbst. Sie kümmern sich um den Papierkram hier. Es muss noch einiges aufgearbeitet werden.« Ben verabscheute die bürokratische Seite seines Berufs und ließ keine Gelegenheit aus, dem Schreibtisch zu entfliehen.

»Soll ich dich hinfahren?«, fragte Anna.

Ben, der wusste, dass sie große Freude an Kriminalfällen hatte und am liebsten selbst ermitteln würde, schüttelte den Kopf. Er wollte sie nicht hineinziehen. »Danke für dein Angebot, aber ich brauche anschließend sowieso den Dienstwagen.«

»Aber ich könnte ja so lange auf dich warten oder dabeibleiben …«, schlug Anna mit unschuldiger Miene vor. Als Ben sie anlächelte, blickte sie ertappt zur Seite. »Na gut, dann lass ich mal die Polizei ihre Arbeit machen.«

Sie verabschiedete sich von Schröder, der ihr freundlich die Hand schüttelte.

»Kranke Kinder. Das ist genau das, was ich am Wochenende brauche«, brummte Ben und wollte ebenfalls das Zimmer verlassen. Doch dann hielt er kurz inne und wandte sich an seinen Assistenten: »Ach, wissen Sie was, Schröder? Begleiten Sie mich doch zu dem Termin. Der Bürokram kann warten, außerdem schreiben Sie vorzügliche Protokolle. Habe ich Sie dafür eigentlich schon mal gelobt?«

11

Als Ben Ruste und Schröder im Krankenhaus eintrafen, beschrieb ihnen die Empfangsdame den Weg zur Ambulanz. Die Station schien überfüllt, es herrschte reges Treiben. Im Gang standen Betten, auf denen Eltern mit ihren Kindern saßen und ihnen Geschichten vorlasen. Einige der Kleinen hüpften spielend auf dem Flur herum.

»Wir haben keine Kinderstation und sind nicht dafür eingerichtet, aber was sollten wir machen?«, empfing sie der zuständige Arzt, der sich als Doktor Sommerscheidt vorstellte.

Die beiden Kripobeamten nannten ihre Namen und fragten nach den konkreten Vorkommnissen. »Vielleicht folgen Sie mir bitte in unser Besprechungszimmer. Dort haben wir einen kleinen Krisenstab aufgebaut. Was ich jetzt schon sagen kann, ist, dass es vermutlich keine ansteckende Krankheit ist und auch keine lebensbedrohliche«, erklärte der Arzt, während er Ruste und Schröder in einen kleinen Konferenzraum führte.

Dort wurden sie von einer jungen Frau und einem jungen Mann mit Bürstenhaarschnitt begrüßt, die sich als Elke Hellmann und Ralf Brand vom Ordnungsamt Olpe vorstellten. Auf den Tischen, die in U-Form angeordnet waren, stapelten sich Papiere mit handschriftlichen Notizen, zwei Laptops liefen, und ein Flipchart in der Ecke war mit Strichen und unleserlichen Buchstaben vollgeschrieben. Zudem gab es einen Tisch, auf dem sich

Weihnachtsgebäck und angebissene Schokonikoläuse in durchsichtigen Plastiktüten türmten.

Elke Hellmann vom Ordnungsamt ergriff ohne Umschweife das Wort: »Also, wir haben es hier mit einer Anhäufung von ungewöhnlichen und unerklärlichen Symptomen wie Erbrechen, Bauchschmerzen und Durchfällen bei 21 Kindern zu tun. Die Symptome haben sich bei allen über Nacht deutlich gebessert. Wir sind natürlich zunächst von einer Infektionskrankheit ausgegangen, doch Schnelltests und erste Untersuchungen konnten diese Vermutung nicht bestätigen. Wir haben alle Eltern befragt, wo und was die Kinder gegessen haben, um Gemeinsamkeiten herauszuarbeiten und dadurch den möglichen Infektionsherd zu identifizieren. Sicher ist, dass alle den Olper Weihnachtsmarkt besucht haben. Aber nicht alle haben an den gleichen Ständen gegessen. Unsere Auswertungen zeigen jedoch eine große Übereinstimmung: Alle Kinder haben Schokoladennikoläuse geschenkt bekommen und diese entweder komplett oder teilweise gegessen. Wir haben die Eltern gebeten, uns die Reste zu übergeben. Falls sich dieser Verdacht erhärtet, liegt entweder ein Produktionsfehler des Schokoladenherstellers vor oder ein gezielter Anschlag.«

»Was veranlasst Sie zu letzterer Vermutung?«, fragte Ben.

»Ein seltsamer Umstand«, sagte Ralf Brand, der junge Beamte vom Ordnungsamt. »Alle Eltern haben ausgesagt, dass ein verkleideter Weihnachtsmann die betreffenden Schokoladennikoläuse verteilt hat. Allerdings haben weder wir als Stadt noch die Aussteller einen Weihnachtsmann gebucht. Vielleicht gehörte er ohne unser

Wissen zum Ausstattungspaket dazu, denn die gesamte Gestaltung des Marktes wurde von einem Dekorationsunternehmen übernommen. Jedenfalls konnten wir bisher keinen Auftraggeber des verkleideten Weihnachtsmanns ermitteln. Daher unser Verdacht, dass hier jemand gezielt Schaden verursachen wollte.«

Der Kommissar hob anerkennend die Augenbrauen. Die beiden Ordnungshüter verstanden ihren Job. »Und der Weihnachtsmarkt? Wird der geschlossen?«, hakte Ben nach.

»Selbstverständlich«, antwortete Brand. »Wir haben aus den umliegenden Gemeinden bereits Amtshilfe beantragt, die wir trotz des Wochenendes auch bekommen werden, um insbesondere die Imbissstände zu untersuchen.«

»Sie meinen also, jemand im Weihnachtsmannkostüm hat die Kinder vergiftet?«, wollte Schröder es nochmals genau wissen.

»Es sieht alles danach aus«, bestätigte Elke Hellmann mit besorgtem Gesichtsausdruck.

Allen Anwesenden war klar, was diese Vermutung bedeutete: Falls ein Verrückter dahintersteckte, könnte dieser jederzeit wieder unbemerkt auf einem Weihnachtsmarkt in der Region zuschlagen und noch mehr Kinder schwebten in Gefahr.

»Wir müssen sofort einen Krisenstab einberufen«, überlegte Ben laut. »Am besten im Rathaus oder im Kreishaus. Informieren Sie die zuständigen Verwaltungsstellen der Stadt und des Kreises. Dann brauchen wir die Leiter von Feuerwehr und THW. Außerdem Informationen aus den umliegenden Krankenhäusern, ob weitere betroffene

Kinder eingeliefert wurden. Wir stellen unser polizeiliches Personal zusammen, und falls notwendig, fordern wir Unterstützung aus Hagen oder Siegen an. Ja, dann müssen wir noch …«

»Herr Ruste, das ist alles bereits in die Wege geleitet«, unterbrach ihn Brand freundlich. »In einer Stunde trifft sich der große Krisenstab im Kreishaus. Ich gehe davon aus, dass Sie neben den leitenden Beamten der einzelnen Polizeidirektionen ebenfalls teilnehmen? Der Landrat ist auf dem Weg in die Stadt. Was wir aber in der Zwischenzeit von Ihnen bräuchten, ist eine Analyse der verdächtigen Schokoladennikoläuse als wahrscheinliche Quelle der Erkrankungen. Sie müssen sie bitte so schnell wie möglich labortechnisch analysieren lassen«, forderte der junge Beamte Ben auf.

Schröder ahnte, was nun folgen würde. Niemand machte Kommissar Ben Ruste Vorgaben, was er als Nächstes zu tun habe.

»Tja, wir sind aber nicht bei ›CSI‹«, erwiderte Ben knapp. »Die Proben müssten nach Düsseldorf ins kriminaltechnische Labor des LKA. Kann man denn nicht hier im Krankenhaus Proben untersuchen?«, wandte er sich an Doktor Sommerscheidt, der bisher schweigend zugehört hatte.

Schröder wunderte sich indessen, dass sein Chef nicht wie sonst völlig aus der Haut gefahren war.

»Wir sind für solche Untersuchungen nicht eingerichtet. Wir konnten allerdings in Schnelltests feststellen, dass die Kinder nicht an einem Virus oder einer Infektionskrankheit leiden. Demnach muss es unserer Ansicht nach eine leichte Lebensmittelvergiftung sein. Alle Krankheitsverläufe deuten zudem darauf hin. Wir haben die Kinder zur Beobachtung hierbehalten, aber allen geht es körperlich wieder gut, wie Sie sich soeben im Gang selbst überzeugen konnten.«

Ben nickte nachdenklich. »Und was ist mit denen, die ihren Schokonikolaus noch zu Hause haben? Die ihn noch nicht gegessen haben?«

»Deswegen müssten wir eine Warnung in den Medien verbreiten lassen, um die Menschen kurzfristig zu erreichen. Doch dazu sind wir nicht ermächtigt, das muss der Krisenstab in die Wege leiten«, erklärte Elke Hellmann.

»Ich lasse jetzt eine Streife kommen, die einige Proben ins Labor nach Düsseldorf bringt«, sagte Ben mit leicht resignierter Stimme. »Ist den Eltern sonst noch etwas aufgefallen? Hat sich der verkleidete Weihnachtsmann verdächtig benommen? Hat jemand beobachtet, woher er kam, wohin er ging, in welches Auto er einstieg?«

»Danach haben wir nicht gefragt. Wir waren zu sehr damit beschäftigt, die Quelle der Krankheit ausfindig zu machen«, antwortete Brand.

»Dann übernehmen wir das. Haben Sie eine Liste mit den Adressen aller Familien?«

»Ja, sicher.« Der Mann vom Ordnungsamt kramte in den Papieren. »Hier ist sie. Ich muss nur schnell ins Sekretariat, dort ist ein Kopierer. Bin gleich zurück.«

»Schröder, Sie trommeln sämtliche Kollegen zusammen, die Sie erreichen können, und dann sprechen wir nochmals mit den Eltern. Ich hoffe, dass in der Zwischenzeit der Krisenstab alles in die Wege leitet, damit keine weiteren Kinder erkranken?« Bens Frage war an Elke Hellmann gerichtet.

»Ich werde mich dafür einsetzen.«

»Gut, an die Arbeit.«

Der Kommissar und sein Assistent warteten, bis Ralf Brand ihnen die Namensliste überreichte. Ben bedankte sich und machte sich gemeinsam mit Schröder auf den Weg in die Olper Polizeikreisbehörde. So hatte er sich seinen Wochenenddienst nicht vorgestellt. Er war davon ausgegangen, dass es ruhig bleiben würde und er einen Spaziergang durch die Sauerländer Winterlandschaft mit Anna unternehmen könnte.

12

Hans Steuber war Inhaber und gleichzeitig Platzwart des Campingplatzes an der Biggetalsperre. Er machte seine übliche Runde über das Gelände. Steuber trug einen warmen Parka, und sein Atem stieg in kleinen Dampfwolken in die eisige Luft. Trotz der arktischen Kälte war er hochzufrieden. Der frühe Schneefall hatte zahlreiche Wintercamper ins Sauerland gelockt. Die Wohnwagen seiner Gäste waren wintertüchtig mit Gasheizungen ausgestattet, und er hatte zudem eine ordentliche Anzahl seiner eigenen beheizten Caravans an Touristen vermietet. Die Leute unternahmen Ausflüge zu dem kleinen, aber feinen nahe gelegenen Skigebiet am Fahlenscheid oder ausgiebige Spaziergänge in die winterliche Landschaft rund um die Talsperre. Selbstverständlich war der Campingplatz nicht wie in den Sommermonaten ausgebucht, doch in seinem Kiosk herrschte täglich reger Betrieb, und die sonst zu dieser Jahreszeit mageren Einnahmen waren ordentlich.

Mit einem Lächeln auf den Lippen marschierte Steuber über die geräumten Wege, grüßte Gäste und hielt mit einigen einen kurzen Plausch über die Schönheit der Natur und die Besonderheiten des Wintercampings. Da die meisten Stammkunden aus dem Ruhrgebiet waren, erregte auch Foxtrott, sein zahmer Hausfuchs, den er immer mit auf seine Runde nahm, kein Aufsehen. Foxtrott war die eigentliche Attraktion des Campingplatzes, vor allem bei den Kindern. Streicheln durften sie ihn allerdings nicht, da der Fuchs das nicht mochte und nach der Hand schnappte. Zwar biss er nie fest zu und verletzte niemanden, doch er machte unmissverständlich klar, dass niemand sein Fell berühren durfte. Abgesehen davon verhielt sich Foxtrott allerdings wie ein gewöhnlicher Hund. Die Menschen durften sich ihm nähern, was diese auch ausnutzten, denn wann hatte man schon die Gelegenheit, einen Fuchs aus solch geringer Entfernung zu betrachten? Doch Steuber versuchte eigentlich, den Besitz seines außergewöhnlichen Haustiers nicht an die große Glocke zu hängen. Behördenvertreter hatten in der Vergangenheit schon mehrfach versucht, ihm Foxtrott wegzunehmen. Allerdings fand sich kein eindeutiger Paragraf, der das Halten von zahmen Wildtieren auf einem privaten Grundstück untersagt hätte. Dennoch war Steuber darauf bedacht, sich und seiner Familie weiteren Ärger zu ersparen.

Hans Steuber und seine Frau Maria hatten den kleinen Fuchs bei sich aufgenommen, nachdem er tagelang am Rande des Campingplatzes herumgeschlichen und von Gästen mit Wurst und mit Milch versorgt worden war. Steuber hatte sofort dafür gesorgt, dass die Fütterungen aufhörten, damit keine weiteren Wildtiere aus dem angrenzenden Waldgebiet angelockt wurden. Er hoffte, dass der junge Fuchs von seiner Mutter gefunden werden würde, doch selbst nach mehreren Tagen zeigte sich keine Füchsin, und das kleine, helle Fellknäuel wurde zusehends schwächer. Hans und Maria Steuber entschlossen sich zu handeln. Sie nahmen den Kleinen bei sich auf und päppelten ihn mit einer Flasche groß. Foxtrott wurde so zahm, dass er aus der Hand fraß und keinerlei Anstalten machte, in die Wildnis der Wälder zurückzukehren. Statt eines Wachhundes besaß der Campingplatz fortan einen Fuchs mit rot glänzendem Fell und buschigem Schwanz. Das Tier war mittlerweile derart an Menschen gewöhnt, dass Steuber ihn häufig mit in den Kiosk nahm, wo er sich ohne Leine frei bewegen konnte.

Steuber und Foxtrott erreichten die oberen Wege des Campingplatzes, der am ansteigenden Ufer des Biggesees terrassenförmig angelegt war. Der Platzwart ließ seinen Blick über das Areal schweifen und überprüfte die abgestellten Wohnwagen auf Einbruchsspuren oder andere Auffälligkeiten. Diese Sorgfalt machte ihn und seinen Betrieb bei den Urlaubern beliebt. In dem oberen Abschnitt des Geländes, der von allen nur »Nordholland« genannt wurde, weil hier hauptsächlich holländische Gäste campierten, war zurzeit kein Caravan belegt. Die Stammgäste aus den Niederlanden waren dieses Jahr ausgeblieben.

Plötzlich zerrte Foxtrott an der Leine. Er hatte seine spitze Nase in die Luft gereckt und scharrte mit seinen Krallen im festgetretenen Schnee.

»Was ist denn los? Was hast du denn?«, fragte Steuber erstaunt und versuchte, den Fuchs zu beruhigen.

Doch Foxtrott zog Steuber nervös zu einer Campingparzelle, die von einem kleinen Zaun eingesäumt war. Wegen des hohen Schnees waren nur noch die einzelnen Pfosten zu sehen. Auf dem winzigen Grundstück vor dem Wohnwagen waren keinerlei Spuren zu erkennen, wie Steuber feststellte. Was hatte also Foxtrotts Aufmerksamkeit derart erregt, dass er unnachgiebig zu diesem Caravan wollte?

»Okay, okay«, lenkte der Campingplatzbesitzer ein und suchte mit Foxtrott an der Leine die unmittelbare Umgebung ab. Nach einer Weile legte er mit seiner freien Hand, die vor Kälte rot angelaufen war, das kleine Eingangstor frei. Der Fuchs sprang durch die hohen Schneewehen auf das Grundstück. Steuber stapfte mit ausholenden Schritten hinter ihm her. Als sie an der Tür des Campingwagens ankamen, begann Foxtrott, daran zu kratzen. Sein Herrchen zog ihn behutsam an der Leine zurück. »Na«, ermahnte er ihn, »du machst noch die ganze Tür kaputt, und dann bekommen wir Ärger. Was ist denn los mit dir?«

Kaum hatte er seine Worte ausgesprochen, wusste er, was den Fuchs aus der Ruhe gebracht hatte. Jetzt bemerkte er es auch: In der frischen Schneeluft lag ein seltsamer Gestank. Nein, es stank nicht, dachte Steuber, es roch. Doch wonach? Der Geruch war süßlich, aber unangenehm. Sogar so unangenehm, dass ihm übel wurde. Steuber erinnerte sich, diesen Geruch schon mal wahrgenommen zu haben. Es roch nach Aas. Nach totem Fleisch. Und das trotz der Kälte. Das war kein gutes Zeichen. Was mochte in dem Wohnwagen liegen?

Steuber wollte sich kein Bild davon machen, sondern lief mit Foxtrott schnurstracks in Richtung Kiosk, um die Polizei zu benachrichtigen. Hoffentlich bewahrheitete sich seine Befürchtung nicht.

13

Ben Ruste stand am Fenster seines Büros im ersten Stockwerk und starrte frustriert auf die Wand des gegenüberliegenden Supermarktes. Im Zuge einer Renovierung, bei der die ehemals hässliche naturfarbene Waschbetonfassade in einem eleganteren Grauton gestrichen worden war, hatte man auch das große Plakat mit den ansehnlichen Models entfernt. Irgendwie vermisste Ben die dauerlächelnden Damen, die für saisonale Angebote geworben hatten. Nun blickte er auf eine aschfahle Fläche. Das war nicht besonders inspirierend. Doch das Grau entsprach seiner momentanen Stimmung.

Die Befragung der Eltern, von der Schröder vor einigen Minuten zurückgekehrt war, hatte keine neuen Erkenntnisse gebracht. Auch die Sitzung des Krisenstabes, an der Ben persönlich teilgenommen hatte, weil Polizeidirektor Junge nicht erreichbar war, war stockend verlaufen: Da man nicht eindeutig feststellen konnte, was der Auslöser für das reihenweise Erbrechen der Kinder war, konnte man auch keine öffentliche Warnung aussprechen. Die meisten Versammelten äußerten ihre Sorge vor möglichen Regressforderungen, falls man eine Falschmeldung herausgab. Einig war man sich allein darüber, dass der Weihnachtsmarkt geschlossen blieb, bis die Ergebnisse der Laboruntersuchung vom LKA aus Düsseldorf eintrafen. Und darauf wartete Ben nun ungeduldig. Er hatte während der endlosen Wartezeit bereits so viele Zigarettenpausen gemacht, dass sein Hals kratzte.

Als ständige polizeiliche Kontaktperson im Krisenstab hatte Ben seinen Kollegen Tobias Lerke genannt. Sollte der sich doch mit den Führungskräften herumschlagen, die außer vielen Worten und bunten Landkarten, die sie per Beamer auf die Leinwand warfen, zu keiner brauchbaren Lösung beitrugen, geschweige denn eine vernünftige Aktion durchführten. Heute waren lediglich zwei weitere Kinder erkrankt, die sich zudem ebenso schnell erholten wie alle anderen. Der Krisenstab hoffte daher, dass sämtliche verdächtigen Nikoläuse vertilgt waren und es zu keinen weiteren Vorkommnissen kam. Vorausgesetzt, die Schokolade war wirklich die Quelle allen Übels!

»Und jetzt?«, unterbrach Schröder den Gedankengang seines Chefs. »Was können wir noch unternehmen?«

»Füße stillhalten. Und das Maul auch«, raunzte ihn Ben an.

»Soll ich mal die Eventagenturen nach Einsätzen für Weihnachtsmänner abklappern?«, schlug der junge Assistent vor.

»Macht wenig Sinn an einem Samstag.«

»Ich könnte es ja wenigsten versuchen?«

»Herrgott, Schröder! Selbst die Kinder haben nicht so gequengelt wie Sie! Wir warten jetzt ab, was das Labor sagt. Dann sehen wir weiter.«

Eingeschnappt blickte Schröder auf seinen Computermonitor. Er konnte sich aber nur wenige Minuten beherrschen. »Und Polizeidirektor Junge? Soll ich nochmals versuchen, ihn zu erreichen?«

»Ach, hat doch keinen Sinn. Dieser Freizeitermittler schlägt sich wahrscheinlich gerade den Bauch mit Weihnachtsplätzchen voll und erklärt seiner Frau und seinen Freunden, wie wichtig er ist.«

»Wer ist wichtig?«, fragte Polizeidirektor Junge, der in diesem Augenblick seinen Kopf durch die Bürotür steckte. Er trat ins Zimmer, zog seine Lederhandschuhe aus, nahm den Schal ab und öffnete den Knopf seines Mantels. »Also, meine Herren, wer ist wichtig? Und kann mir einmal jemand sagen, was in der Stadt los ist? Warum ist der Weihnachtsmarkt geschlossen?«

»Hätten Sie Ihr Handy eingeschaltet, wären Sie informiert«, erwiderte Ruste barsch.

Um die Wogen zu glätten, sprang Schröder von seinem Schreibtisch auf und ergriff sofort das Wort: »Kommissar Ruste meint, dass unerklärliche Vergiftungserscheinungen bei Kindern festgestellt wurden, die gestern den Weihnachtsmarkt besucht haben. Der Grund könnte der Verzehr von Schokonikoläusen sein. Im Kreishaus ist ein Krisenstab gebildet worden, zu dem Sie ebenfalls erwartet worden sind, aber wir konnten Sie nicht erreichen. Im Augenblick warten wir die Laborergebnisse der Schokolade ab, die wir zur Analyse nach Düsseldorf zum LKA geschickt haben.«

Junge blickte irritiert von Schröder zu Ben, der sich wieder der grauen Wand des gegenüberliegenden Supermarktes zugewandt hatte.

»Na, das sind ja üble Neuigkeiten. Sie konnten mich nicht erreichen, weil mein Enkel mit meinem Smartphone gespielt hat, jetzt ist der Akku leer. Und als wir gerade am geschlossenen Weihnachtsmarkt angekommen sind, dachte ich mir, ich erkundige mich mal hier auf der Dienststelle. Aber ich muss mich wohl nicht vor Ihnen rechtfertigen!« Die letzten Worte sprach der Polizeidirektor betont laut aus.

Ben drehte sich unbeteiligt zu seinem Vorgesetzten um. Schröder nickte geflissentlich. Seine Ohren hatten sich hochrot gefärbt.

Der Direktor wickelte indessen seinen Schal wieder um den Hals und machte Anstalten, das Büro zu verlassen. »Ich begebe mich jetzt zum Krisenstab …«

In diesem Moment klingelte das Telefon auf Bens Schreibtisch. Schröder hechtete Richtung Apparat und wollte gerade den Hörer abheben, als er sich eines Besseren besann und es seinem Chef überließ, das Gespräch anzunehmen. Ben meldete sich, versuchte jedoch, im Verlauf des weiteren Gesprächs so wenig wie möglich zu verlautbaren. Sollten die Wichtigtuer doch vor Neugier brennen!

Junge, der bereits die Türklinke in der Hand hatte, hatte innegehalten und trat unruhig von einem Bein aufs andere. Und Schröders Hautrötung war mittlerweile von den Ohren über das gesamte Gesicht gewandert, was wunderbar mit seinen flammenden Haaren harmonierte.

»Und der Hersteller? Können Sie den bestimmen?«, fragte Ben schließlich mit einer gewissen Genugtuung den Anrufer.

»Ach so … Steht auf der Silberfolie, in die die Nikoläuse eingewickelt sind … Hm, verstehe …« Ben machte eine kurze Pause, ehe er in scharfem Ton fortfuhr: »Aber Sie könnten den Firmennamen doch jetzt von der Folie ablesen und ihn mir durchgeben? Das geht auch ohne kriminaltechnische Untersuchung, oder brauchen Sie dazu ein Mikroskop oder eine Spektralanalyse? … Nein, ich bin nicht unverschämt! Ich habe höflich nach dem Hersteller gefragt, und Sie sagten mir, dass der Name auf der Verpackung steht. Ich habe aber keine Verpackung hier. Da ist es doch wohl das Einfachste der Welt, dass Sie ihn mir vorlesen? Oder haben Sie ein Problem damit? Wie …? Sie wollen sich bei meinem Vorgesetzten beschweren? Da brauche ich Ihnen keinen Namen zu nennen, den können Sie direkt sprechen! Der steht nämlich neben mir und will ebenfalls wissen, wer die Schokolade produziert!«

Ben winkte Junge zu sich heran und drückte ihm den Hörer in die Hand.

»Äh … Polizeidirektor Junge hier«, meldete sich Bens Vorgesetzter völlig überrumpelte. »Ich … Nein, das ist ein Missverständnis … Ich … Sauerländer Süßwarenfabrik. Ja dann …« Junge hob den Hörer weg von seinem Ohr und starrte ihn verständnislos an. »Einfach aufgelegt. Der hat einfach aufgelegt. Was haben Sie wieder angerichtet, Ruste?«

»Ich? *Der* wollte Sie persönlich sprechen. Den Gefallen habe ich ihm getan.«

»Das war der Laborleiter vom LKA. Ich weiß gar nicht, welchen Dienstgrad der hat!«, schimpfte Junge. »Wenn Sie mich da erneut in eine unangenehme Situation gebracht haben, dann hat das dieses Mal für Sie Folgen, Ruste. Da können Sie sicher sein!«

»Ist die Sauerländer Süßwarenfabrik wirklich der Hersteller?«, fragte Ben, in keiner Weise bereit, auf die Vorwürfe von Junge einzugehen.

»Ja! Es ist die Sauerländer Süßwarenfabrik!« erwiderte Junge ärgerlich.

»Dann statte ich denen mal einen Besuch ab«, sagte Ben und nahm seine Winterjacke von der Rückenlehne seines Schreibtischstuhls.

»Aber vorher klären Sie uns gefälligst auf, was es mit diesen Schokoladennikoläusen auf sich hat!«, befahl der Polizeidirektor energisch.

»In der Schokolade fand man ein harmloses Brechmittel. In einer geringen Konzentration. Bei Kleinkindern kann dies allerdings zu heftigen Reaktionen führen, ist jedoch nicht lebensbedrohlich. Jetzt sollten wir die Frage klären: Wie kommt ein Brechmittel in die Schokolade? Oder hat die Sauerländer Süßwarenfabrik etwa eine neue Geheimrezeptur? Also Schokolade, die nicht dick macht …«

»Ihre Scherze sind nicht angebracht«, wies Junge Ben zurecht. »Zur Sauerländer Süßwarenfabrik begleite ich Sie selbstverständlich. Der Besitzer Eduard Lierenfeldt und ich kennen uns seit Jahren aus dem Vorstand des Golfklubs. Es ist daher passender, wenn ich die Fragen stelle.«

»Und der Krisenstab?«, mischte sich Schröder ein.

»Ach so! Ja, da muss ein Stellvertreter für mich hin. Die aktive Ermittlung ist jetzt wichtiger. Eigentlich wären Sie der geeignete Mann, Ruste.«

Der Direktor lächelte. Er dachte wohl, zwei Fliegen mit einer Klappe schlagen zu können.

»Ich habe Lerke bereits dort hingeschickt«, entgegnete Ben mit ernstem Tonfall. »Wir sollten jetzt keine weitere Zeit verlieren. Wir müssen verhindern, dass noch mehr Kinder diese Nikoläuse essen. Und Schröder, Sie kommen auch mit!«

Man sah dem jungen Polizeimeister an, dass er lieber im Büro bleiben wollte. Es herrschte zwischen Junge und Ruste immer eine gewisse Anspannung, und Schröder musste nun mal beiden gegenüber loyal sein. Ben mochte seinen Assistenten, er war ein anständiger Junge, doch er konnte ihm die Unannehmlichkeit nicht ersparen. Schröder blieb nichts anderes übrig, als nach seiner dick gefütterten Jacke und der Wollmütze zu greifen, die ihm seine Mutter gestrickt hatte. Ben wusste, dass es für Schröder, der sich vor über zwei Jahren von Bottrop nach Olpe hatte versetzen lassen, unbegreiflich war, dass die meisten Sauerländer bei eisigem Winterwetter ohne Kopfbedeckung das Haus verließen.

»Nun machen Sie hin«, trieb Ben seinen Assistenten an.

Doch erneut schellte ein Telefon. Dieses Mal war es das von Schröder. Der blickte seinen Chef fragend an. Mit einem Kopfnicken deutete Ben auf den Apparat.

Eilig hob Schröder ab. »… Auf dem Campingplatz … an der Bigge? Aha … ja, ja … kenne ich.« Der junge Polizeimeister kramte aus seiner Jackentasche einen Schreibblock hervor, klemmte den Hörer zwischen Schulter und Kopf und machte sich Notizen. »Es stinkt wonach?«, fragte er ungläubig. »Es stinkt nach Leiche? Wir schicken sofort jemanden! Rühren Sie nichts an, verstanden?«

Schröder legte auf und blickte zu seinen Vorgesetzten. »Das war der Besitzer vom Campingplatz am Biggestausee. Er meint, aus einem Wohnwagen dringt Leichengeruch. Sein Fuchs hat angeschlagen, und er hat es ebenfalls gerochen. Trotz der Kälte.«

»Sein Fuchs? Was meint er damit?«, erkundigte sich der Polizeidirektor. »Meint er sein Pferd? Oder eine Hunderasse, die ich nicht kenne?«

»Keine Ahnung. Er sagte Fuchs.« Schröder zuckte mit den Schultern.

»Ein stinkender Wohnwagen, ein undefinierbarer Fuchs, Schokonikoläuse mit Brechmittel – tolles Wochenende!«, knurrte Ben. »Dann fahren Sie zum Campingplatz, Schröder, und sehen Sie, was da los ist. Und wir machen uns auf den Weg zur Sauerländer Süßwarenfabrik, wenn es Ihnen recht ist, Herr Polizeidirektor?«

»Äh, ja klar. Aber wir nehmen meinen Wagen. Der hat Allrad und die Villa von Lierenfeldt liegt etwas außerhalb. Ich weiß nicht, wie gut die Wege geräumt sind.«

14

Nachdem Anna Ben zur Polizeikreisbehörde nach Olpe gebracht hatte, war sie mit dem geliehenen Polo zurück zu ihrem Bauernhof gefahren. Der Schnee türmte sich auf dem Dach ihres alten Fachwerkhauses und auf der angrenzenden Scheune, in der sie die Landgeräte unterstellte. Es schmerzte Anna, dass der etwas abseits gelegene Kuhstall oberhalb des Bauernhauses nach ihrer Haftzeit leer stand, obwohl sie ihn vor nicht allzu langer Zeit modernisiert hatte. Andererseits konnte sie dadurch den heutigen Tag nutzen, um sich mit ihren vier Wänden wieder vertraut zu machen.

Ben hatte in ihrer Abwesenheit nicht nur alles unverändert gelassen, alle Räume waren zudem gut in Schuss. Die Zimmer waren sauber und gut gelüftet worden, sodass sie nicht feucht oder moderig rochen. Auch der Gastank, der hinter dem Haus in der Erde steckte, war gefüllt, wie Anna zufrieden feststellte, als sie im Keller die Heizung überprüfte. Ein Heizungsausfall wäre zwar nicht schlimm, denn es gab ja noch die Öfen, die an den funktionierenden Kamin angeschlossen waren, sodass sie die wichtigsten Räume mit ihren Holzvorräten heizen konnte. Doch der Gasbrenner war bequemer und er sorgte darüber hinaus für heißes Wasser.

Nachdem sie sich vom guten Zustand des Gebäudes überzeugt hatte, zog es Anna ins Freie. Sie musste eine Weile in der Wäschekammer suchen, bis sie ihren warmen

Wintermantel und die gefütterten Nylonstiefel fand. Die Kleidungsstücke waren keinesfalls modisch, aber für den rauen Alltag auf dem Land zweckmäßig. Anna kaufte ihre Kleidung hauptsächlich in der Genossenschaft und nur selten in einem Kaufhaus oder gar in einer Boutique. Dick angezogen wagte sie sich hinaus in die Kälte. Anna wunderte sich, wie schnell die Zeit vergangen war. Obwohl es noch früh am Nachmittag war, herrschte draußen nur trübes Licht. Der Schnee leuchtete heller als der graue, wolkenverhangene Himmel.

Als Erstes nahm Anna die Geräteschеune in Augenschein. Sie aktivierte die altersschwache Neonröhre, die nach einigem Flackern schließlich anging. Etwas erschrocken stellte Anna fest, wie viel Platz der Raum nun bot. Ihr großer, moderner Traktor und die dazugehörigen Geräte für die Landarbeit fehlten. Stattdessen stand in der Mitte der Scheune der gute Deutz-Trecker, der bestimmt schon 50 Jahre oder mehr auf dem Buckel hatte. Immerhin: Er war neu lackiert und sah tadellos aus. Auch der alte Schneepflug, der an der Front des Traktors angebracht war, machte einen soliden Eindruck. »Danke Ben«, flüsterte Anna, als sie mit den Fingern über das Lenkrad der Landmaschine strich. Das Problem allerdings war, dass sie mit diesem beschaulichen Oldtimer allenfalls einen Hobbybetrieb auf ihrem Hof aufrechterhalten konnte, aber niemals eine profitable Milchviehwirtschaft. »Nun ja«, sprach sich Anna selbst Mut zu, »zumindest kann ich den Hof damit in Ordnung halten. Ist ein Anfang.« Auch alle anderen Geräte in der Scheune schienen sorgfältig gewartet worden zu sein. Annas Hochachtung Ben gegenüber nahm stetig zu, hatte er sich doch um alles in seiner Freizeit gekümmert. Doch zugleich wuchs das Gefühl, noch tiefer in seiner Schuld zu stehen. Ein Umstand, den Anna nicht mochte. Sie wollte nach der Haft völlig frei und unabhängig sein. Sie wusste noch nicht, wie sie Ben ihre Dankbarkeit erweisen konnte, ohne sich zugleich verpflichtet und gebunden zu fühlen. »Jetzt ist keine Zeit für Gefühlsduselei, Frau Lobbisch. Jetzt ist der Hof dran!«, versuchte Anna sich auf andere Gedanken zu bringen.

Sie verließ die Scheune in Richtung Kuhstall. Allerdings war der steile Weg nicht geräumt, sodass Anna mit großen Schritten durch den hohen Schnee stapfen musste, der bei jedem Tritt geräuschvoll unter ihren Sohlen knirschte. Sie begann, unter ihrem Mantel zu schwitzen, und war außer Atem, als sie schließlich am Schiebetor ankam. Ihr Herz pochte vor Anstrengung, aber auch vor Aufregung. Dieser Ort war mal der Mittelpunkt ihres Lebens gewesen: der Stall mit ihren Kühen. Nun war keine einzige mehr da. Nachdenklich schob sie das Tor beiseite und tastete an der rechten Wand nach dem Lichtschalter. Die modernen Strahler hoch oben an den Dachbalken sprangen sofort an und tauchten den weitläufigen Raum in taghelles Licht. Obwohl die Gatter leer waren und an dem modernen Innenmelkerkarussell die Melkbecher lose an den Schläuchen herunterhingen, stiegen sofort Bilder der Vergangenheit in ihr auf. Es kam ihr vor, als hätte sie erst gestern ihre Kühe versorgt und durch die Melkstation geführt. Sie konnte an ihren Fingerspitzen förmlich das warme Fell der Tiere spüren. Der gewohnte Stallgeruch stieg ihr in die Nase, und sie glaubte, das entspannte Muhen ihrer geliebten Milchkühe zu hören. Doch plötzlich fand sie sich in dem kahlen Stall wieder – der genauso leer war, wie sich ihr Inneres mit einem Mal anfühlte. Was sollte sie jetzt nur machen? Alles, wofür sie gearbeitet hatte, alles, was sie glücklich gemacht hatte, existierte nicht mehr.

Ratlos blickte sich Anna um, dann verließ sie kopfschüttelnd den großen Raum und ging nebenan in den kleineren Teil des Stalls. Hier befanden sich die Boxen der Kälbchen, die Anna mit Tränkeimern aufgezogen hatte. Sofort kamen ihr die kleinen, zotteligen Tiere in den Sinn, die unsicher auf ihren Beinen gestanden und sie mit großen Augen angeblickt hatten. Auch in diesem Raum herrschte eine aufgeräumte Leere. Die ungefüllten Eimer hingen ordentlich in einer Reihe an den Gattern der Boxen, als ob sie nur darauf warteten, dass die Kälbchen jeden Augenblick wiederkehrten. Anna musste bei diesem Gedanken lächeln, und doch flossen ihr gleichzeitig die Tränen über die Wangen. »Hilft ja nichts«, murmelte sie und wischte mit dem Handrücken die Tränen weg. »Ich muss nach vorne blicken. Nur nach vorne.«

Als sie die Lampen im Kuhstall löschte und das große Schiebetor hinter sich schloss, dämmerte es bereits. Anna ging zügig zu ihrem Bauernhaus zurück, doch das war in dem Schnee gar nicht so einfach. Schließlich stolperte sie und fiel der Länge nach hin. Anna spürte die lähmende Kälte im Gesicht, die jedoch zugleich etwas Belebendes hatte. Sie drehte sich auf den Rücken und wischte mit den Armen hoch und runter, während sie lauthals zu lachen begann. Nach einer Weile stand sie auf und betrachtete glücklich den Schneeengel, den sie in der weißen Pracht hinterlassen hatte. Als sie sich gerade den Schnee von der Kleidung klopfen wollte, ließ sie sich stattdessen wieder fallen und rollte jauchzend einige Meter den Berg hinunter. »Was soll mir schon passieren?«, rief sie in den Himmel. »Ich habe nichts zu verlieren! Ich habe ein schönes Zuhause, einen guten Freund, und ich bin gesund! Was soll all die Trübsal, Anna Lobbisch?«

Anna kniff sich selbst in ihre feuchte Wange und rappelte sich auf. Vergnügt wie ein kleines Kind rannte sie durch den hohen Schnee zurück zu ihrem Bauernhaus. Als sie ihre nassen Sachen auf einem Wäscheständer zum Trocknen aufgehängt hatte, wühlte sie aus ihrer Reisetasche, die sie immer noch nicht ausgepackt hatte, ihren bequemen Jogginganzug und dicke Wollstrümpfe. Mollig warm angezogen ging sie in die Küche, um sich eine große Portion Bratkartoffeln zuzubereiten, die sie nach ihrem Ausflug ins Freie mit Heißhunger verschlang. Anschließend setzte sie sich mit einer heißen Tasse Tee in ihr Arbeitszimmer. Anna musste unwillkürlich lachen, als sie ihren alten Computer hochfuhr. Selbst in der Vollzugsanstalt gab es modernere Rechner mit neuem Betriebssystem. Ihr PC kam ihr wie aus der Steinzeit vor, aber er funktionierte, und so konnte sie das Online-Banking starten. Die Beträge auf ihrem Konto verdarben ihr allerdings die gute Laune. Das Guthaben reichte bei Weitem nicht für einen Neuanfang aus. Anna surfte auf Landwirtschaftsportalen, um sich über die aktuellen Preise von Milchkühen und Futtermittel zu informieren. Vielleicht konnte sie ja wieder in kleinem Umfang mit der Viehwirtschaft beginnen?

Mit einem Kuli kritzelte sie ihr Kapital auf einen Notizblock und malträtierte den Taschenrechner. Doch so sehr sie auch hin und her rechnete: Es passte nicht. Sie brauchte bei den aktuellen Milchpreisen und den laufenden Krediten, die sie immer noch für den Kuhstall und die Melkanlage abbezahlte, eine gewisse Mindestanzahl an Kühen, um halbwegs wirtschaftlich zu arbeiten. Doch um diese anschaffen zu können, würde sie noch mehr Schulden aufnehmen müssen. Und es war kaum anzunehmen, dass die Bank einer frisch entlassenen Strafgefangenen mit derartigen Summen unter die Arme greifen würde.

Anna schlürfte ihren Tee und kaute nachdenklich auf ihrem Kugelschreiber herum. Dann hellte sich ihre Stimmung mit einem Mal auf. Warum eigentlich Kühe, fragte sie sich, warum nicht Pferde? Die Investitionen für die Milchwirtschaft waren viel zu hoch, aber mit einem Reitstall für Feriengäste könnte sie klein anfangen! Sie könnte die Melkanlage und die Kühltanks verkaufen, mit dem Erlös den Kredit zurückzahlen, und wahrscheinlich würde ein ordentlicher Betrag übrig bleiben, mit dem sie die Umbauarbeiten am Kuhstall und sogar den Kauf einiger Pferde finanzieren könnte. Der große Stall wäre ideal als Reithalle nutzbar, der angrenzende kleine Aufzuchtraum mit den Boxen könnte ohne weitere Instandsetzung als Pferdestall dienen. Obwohl es in der Gegend bereits ein paar Reiterhöfe gab, rechnete sich Anna gute Chancen aus. Das Gebiet rund um den Biggestausee wurde für Feriengäste zunehmend attraktiv; immer mehr Touristen aus dem Ruhrgebiet und den Niederlanden strömten ins Sauerland. Das Problem war nur: Anna verstand viel von Kühen, aber nichts von Pferden. Doch auch dieses Hindernis würde sie bewältigen, daran sollte es nicht scheitern!

Annas Überlegungen nahmen immer konkretere Formen an. Sie konnte sich vorstellen, in ihrem alten Bauernhaus Zimmer an Reitgäste zu vermieten. Der Gedanke war ihr nicht fremd, denn sie hatte bereits in der Vergangenheit, als ihr Mann noch lebte, eine ähnliche Idee gehabt. Damals hatte sie für Touristen »Ferien auf dem Bauernhof« anbieten wollen, doch daraus war schlussendlich nichts geworden. Anna war angesichts der neuen Zukunftspläne freudig aufgeregt. Gleich am nächsten Tag wollte sie mit Ben ihr Vorhaben besprechen ... Aber warum eigentlich? Es war doch ihr eigenes Leben!

15

»Ich würde es sehr begrüßen, wenn Sie mir das Reden überlassen«, instruierte Junge Ben, als sie im silberfarbenen Subaru Forester des Polizeidirektors saßen.

Ben schnaubte nur verächtlich und blickte aus dem Seitenfenster. Sie fuhren durch ein Gewerbegebiet an der

Stadtgrenze zwischen Olpe und Gerlingen, in der Nähe des Autobahnkreuzes der A45 und der A4. Sie kamen an einer alten Fabrik vorbei, vor der sich rostige Rohre stapelten. Selbst der Schnee vermochte diesen trostlosen Anblick nicht zu mildern. Nachdem sie die Brücke unter der A4 passiert hatten, die von großen Betonpfeilern getragen wurde, tauchte eine Brotfirma am Straßenrand auf, deren teilweise abgerissenen Wände vor sich hin rotteten und die ebenso verkümmert aussah wie das Rohrwerk zuvor. Ben hatte den Eindruck, sie befänden sich in einem verlassenen Vorort einer amerikanischen Industriestadt, aber doch nicht im Sauerland! Seine heile Welt war jedoch kurz darauf wiederhergestellt: Ein moderner Fabrikbau mit sauberer Aluminiumfassade schob sich in sein Blickfeld. Durch die großen Glasflächen konnte man die laufende Produktion verfolgen.

Als sie sich dem Gebäude näherten, auf dem in verschnörkelter Neonschrift der Firmenname »Sauerländer Süßwarenfabrik 1862« prangte, ignorierte Junge zu Bens Überraschung die Einfahrt und steuerte stattdessen geradeaus auf ein Waldgebiet zu. Am Waldrand endete die Zufahrtsstraße des Gewerbegebiets und ging in eine Art Wirtschaftsweg über, der mit festgefahrenem Schnee überdeckt war. Man wäre hier locker auch ohne Allrad durchgekommen, dachte Ben griesgrämig. Sein Vorgesetzter hingegen klopfte auf das Lenkrad, als ob er sein Auto für die guten Fahreigenschaften auf glattem Untergrund loben wollte. Ben rollte nur mit den Augen.

Der Wald entpuppte sich bei genauerem Hinsehen als dichte Baumreihe und der Wirtschaftsweg als eine kleine Allee, die zu einem großen, parkähnlichen Grundstück führte, das von einem mächtigen eisernen Gitterzaun mit gemauerten Pfeilern umgeben war. In der Ferne konnte man einen hochherrschaftlichen Landsitz erkennen, der die Ausmaße eines Schlosses hatte. Die Sauerländer Süßwarenfabrik war Ben selbstverständlich ein Begriff und eigentlich dachte er, jeden Winkel seiner Heimat zu kennen, doch dieses feudale Anwesen war ihm fremd. Er staunte nicht schlecht, als Junge vor dem schmiedeeisernen Tor anhielt, sein elektrisches Seitenfenster herunterließ und sich hinausbeugte, um an einer Sprechanlage mit Videoauge einen Knopf zu drücken.

»Ja, bitte?«, meldete sich nach kurzer Wartezeit eine Stimme.

»Polizeidirektor Junge und Polizeikommissar Ruste. Wir müssen in einer dringenden Angelegenheit mit Herrn Direktor Lierenfeldt sprechen.«

»Moment bitte.«

Es dauerte wenige Sekunden, bis die Stimme erneut ertönte: »Ist in Ordnung. Ich öffne das Tor. Sie können Ihren Wagen direkt am Eingang parken.«

Ben kam sich wie in einem Horrorfilm vor, als sich die Flügel des großen Tores, in die jeweils ein goldenes Wappen mit verschnörkeltem Buchstaben eingearbeitet war, bedächtig öffneten. Die hohen, schneebedeckten Fichten außerhalb des Grundstücks schluckten das letzte Tageslicht. Die blätterlosen, mächtigen Laubbäume auf dem Anwesen wirkten im Scheinwerferkegel des Autos wie riesige knöcherne Finger, die sich von der Erde in den Himmel streckten. Die gruselige Atmosphäre verdichtete sich noch mehr, als Ben und Junge an der herrschaftlichen Tür des imposanten Bauwerks von einem steif wirkenden

Mann mittleren Alters förmlich begrüßt und in die Empfangshalle gebeten wurde. Der düstere Raum war stattlich und mit ausgestopften Wildtieren sowie alten Gemälden ausstaffiert. Eine geschwungene Treppe aus dunklem Holz führte in die oberen Etagen. Einzig der Butler, der sie hereingelassen hatte, schien aus dem 21. Jahrhundert zu stammen.

»Martin Ganske, Privatsekretär von Herrn Direktor Lierenfeldt«, stellte sich der Mann höflich vor und nahm ihnen die Jacken ab.

Nachdem er die beiden Kripobeamten angemeldet hatte, begleitete er sie in Lierenfeldts Büro. Ben kannte den Inhaber der Süßwarenfabrik von zahlreichen Zeitungsfotos. Der alte Herr unterstützte mit Spenden mehrere karitative Einrichtungen der Stadt und zählte zu den herausragenden Persönlichkeiten Olpes. Bei Polizeidirektor Junge sah das schon anders aus: Der bemühte sich, zu den führenden Kreisen dazuzugehören, was ihm allerdings nur teilweise gelang.

»Was kann ich für Sie tun? Kommen Sie in einer dienstlichen Angelegenheit oder wegen des Golfklubs?«, wandte sich Lierenfeldt an Bens Vorgesetzten. Seine Stimme klang klar und überhaupt nicht brüchig, wie Ben es bei einem alten Mann erwartete.

»Dienstlich, leider«, begann Polizeidirektor Junge. »Ich denke, es ist angebracht, wenn wir zunächst unter vier … äh, ich meine, unter sechs Augen sprechen.« Er sah Ben herausfordernd an.

Lierenfeldt bat sie mit einer einladenden Geste zu den schweren, ledernen Sitzmöbeln. »Ich habe keine Geheimnisse vor Herrn Ganske. Mir wäre es recht, wenn er bei der Unterredung anwesend wäre. Es sei denn, Sie haben etwas dagegen …«

»Nein, nein, keinesfalls. Ganz wie Sie möchten.« Junge hob entschuldigend die Hände.

Während sich die Polizeibeamten und der Unternehmer auf den Sesseln niederließen, blieb Ganske höflich im Hintergrund stehen.

»Darf ich Ihnen etwas zu trinken anbieten?«, fragte Lierenfeldt.

»Danke, sehr freundlich, aber das ist nicht nötig«, antwortete der Polizeidirektor.

Ben hatte bisher kein einziges Wort gesagt, noch nicht einmal seinen Namen. Er ärgerte sich darüber, wie Junge ihn überging. Er kam sich wie ein Dienstbote vor und überlegte, ob er sich mit dem Privatsekretär in die Küche zurückziehen sollte, so, wie es sich früher beim Adel für Bedienstete gehört hatte. Dann könnten die Herrschaften allein miteinander sprechen.

Teilnahmslos beobachtete er seinen Vorgesetzten dabei, wie dieser fast schon ängstlich Lierenfeldt über die Ereignisse auf dem Weihnachtsmarkt in Kenntnis setzte und zaghaft den Verdacht äußerte, dass vermutlich Schokoladennikoläuse der Sauerländer Süßwarenfabrik für die Erkrankung der Kinder verantwortlich waren.

»Die Laborergebnisse sind ohne Zweifel eindeutig, Ruste?«, schloss Junge seinen Bericht und wandte sich an Ben.

Ben allerdings nahm die Stimme des Polizeidirektors nur vage wahr, derart versunken war er in Gedanken darüber, wie man so ein erfolgreiches Unternehmen wie die Süßwarenfabrik von solch einem dunklen Geisterschloss aus regieren konnte. Die Produktionsstätte mit ihrer Fassade aus Aluminium und Glas wirkte hingegen wie ein futuristisches Raumschiff … Wie passte das zusammen?

»Herr Ruste? Haben Sie meine Frage verstanden?«, hakte der Polizeidirektor nach.

»Äh, ja, eindeutig. Ich meine, das Labor ist sich sicher, dass die Schokolade mit Brechmittel versetzt wurde, das wiederum die Symptome bei den Kindern hervorgerufen hat.«

»Und nun meinen Sie, dass jemand in unserer Fabrikation das Mittel untergemischt hat?«, wollte Lierenfeldt wissen und rieb die Kette seiner Westentaschenuhr zwischen Daumen und Zeigefinger.

»Dies gilt es zumindest zu überprüfen«, erwiderte Junge vorsichtig. »Ist Ihnen jemand feindlich gesonnen? Oder kann vielleicht ein Unfall geschehen sein, bei dem das Mittel ungewollt in die Produktion gelangt ist?«

Lierenfeldt seufzte. Er drehte sich zu seinem Sekretär um, der keine Miene verzog. Dann wandte er sich wieder den beiden Kripobeamten zu. »Es ist gut, dass Sie gekommen sind. Wir hätten Sie ebenfalls zeitnah benachrichtigt, um Anzeige zu erstatten. Es ist etwas sehr Unangenehmes vorgefallen. Holen Sie den Computer, Ganske!«

Der Angesprochene nickte kurz, ging zum mächtigen Schreibtisch hinüber und kam mit einem Laptop zurück, den er dem alten Patriarchen reichte. Der klappte den Deckel umständlich auf und stellte dann das Gerät vor Junge und Ruste auf den Beistelltisch. »Lesen Sie selbst!«, forderte Lierenfeldt sie auf.

»Da ist ein Eingabefeld, in das Sie zunächst Ihr Passwort eingeben sollten«, sagte Ruste.

»Ganske, machen Sie mal!«, raunte der Firmeninhaber.

Der Sekretär trat an den Tisch, zog den Laptop zu sich und gab mit schnellen Fingern eine Tastenkombination ein. Dann drehte er den Monitor wieder zu den Kriminalbeamten. Auf dem Bildschirm war eine E-Mail zu sehen:

Sehr geehrter Herr Lierenfeldt,

was auf dem Olper Weihnachtsmarkt passiert ist, war nur eine Warnung! Das nächste Mal wird sich in Ihren Schokoladennikoläusen Gift statt Brechmittel befinden. Um den Tod von mehreren Kindern zu verhindern, zahlen Sie 5 Millionen Euro in spätestens 4 Tagen auf die nachfolgende Kontoverbindung ein.

Am Ende der Mail stand die Kontoverbindung einer Offshore-Bank, deren Name weder Junge noch Ben vertraut war.

»Jetzt ist mir alles klar«, sagte der Polizeidirektor. »Das ist ja entsetzlich!«

Der Süßwarenfabrikant nickte. »Das ist mehr als entsetzlich. Gestern Abend haben wir bereits eine erste E-Mail erhalten. Wir dachten zunächst, es sei ein übler Scherz, dennoch habe ich meinen Privatsekretär gebeten, sich persönlich ein Bild von dem Geschehen auf dem Weihnachtsmarkt zu machen. Er konnte keine Verbindung zwischen den schrecklichen Vorkommnissen und unserer Firma in Erfahrung bringen. Aber nachdem heute Früh diese zweite Nachricht einging und Sie uns nun zudem die konkreten Ereignisse auf dem Weihnachtsmarkt geschildert haben, müssen wir wohl davon ausgehen, dass der oder die Erpresser es ernst meinen. Ganske, zeigen Sie den Herren die E-Mail von gestern!«

Wieder betätigte der Privatsekretär kurz die Tastatur, bevor er Ben und Junge die erste Erpresser-Mail auf dem Bildschirm präsentierte.

Nachdem die Kripobeamten die Nachricht gelesen hatten, wandte sich Junge an Ben. »Wir müssen sofort das BKA verständigen, damit diese E-Mail zurückverfolgt wird!«, rief der Polizeidirektor in einem Befehlston, als ob Ben sofort sein Handy zur Hand nehmen und alles in die Wege leiten sollte.

»Ich weiß nicht, ob wir das unbedingt an die große Glocke hängen sollten«, gab Ganske jedoch zu bedenken. »Die Erpresser haben uns immerhin gewarnt, keine Polizei einzuschalten.«

»Aber wir müssen den Absender verfolgen, dazu sind wir von Amtswegen verpflichtet«, erwiderte Junge. »Außerdem müssen wir dieses Konto ausfindig machen.«

»Darüber haben wir schon Erkundigungen eingezogen«, sagte Ganske zur Überraschung der Polizisten. »Ein Nummernkonto bei einer Internetbank auf den Cayman Islands. Man kommt unmöglich an die Inhaber heran. Diese Konten werden dazu benutzt, um Geld direkt weiterzutransferieren. Dadurch werden alle Spuren verwischt. Wir haben auch bereits unsere IT-Spezialisten darangesetzt, den Absender der E-Mail ausfindig zu machen. Leider mit einem ähnlichen Ergebnis: Die Nachrichten wurden von einem Server verschickt, bei dem man anonym ein E-Mail-Konto einrichten kann. Der oder die Erpresser haben sich sehr gut getarnt.«

»Ja dann, ja dann …« Junge rang nach Worten. »Wir müssen trotzdem das BKA einschalten. Zudem sollten Sie sämtliche Schokoladennikoläuse aus dem Verkehr ziehen, die Auslieferung stoppen, und wir müssen Ihre Fabrikation untersuchen.«

»Auch diese Option haben wir schon in Betracht gezogen«, sagte Ganske und sah dabei seinen Chef fragend an, der ihm mit einer Handgeste zu verstehen gab, dass er fortfahren möge. »Wie gesagt, in dieser Richtung sind wir ebenfalls aktiv geworden. Wir haben Stichproben sämtlicher Chargen unserer Nikoläuse in unserem Labor untersuchen lassen. Die Schokolade ist tadellos. Wir haben uns per Expresskurier zudem Proben von den Lebensmittelketten schicken lassen. Auch hier befand sich keinerlei Gift in den Produkten. Es ist uns daher unerklärlich, wie die Erpresser unsere Schokolade mit Gift versetzen wollen. Die Fabrik ist sicher. Wir lassen momentan alle Angestellten nochmals durch eine Sicherheitsfirma überprüfen, alle Spinde durchsuchen, aber glauben Sie mir, unsere Mitarbeiter sind zu solch einer Tat nicht fähig.« Der Privatsekretär machte eine kurze Pause, bevor er fortfuhr: »Den Vorfall mit dem Brechmittel kann ich mir aus diesem Grund nur so erklären, dass jemand gefälschte Nikoläuse mit unserem Signet ausgegeben hat. Denn es ist selbst ein Ding der Unmöglichkeit, dass unsere Verpackungsfolie vom Firmengelände geschleust wurde.«

»Richtig, Ganske! Wer sagt denn, dass es überhaupt unsere Weihnachtsmänner sind!«, bekräftigte Lierenfeldt.

Man sah dem Unternehmer an, wie zufrieden er mit seinem Mitarbeiter war. Er freute sich unverhohlen, welch cleveren Burschen er mit dieser Angelegenheit betraut hatte. Und Ganske machte auch durchaus den Anschein, dass er diese Krise meisterte.

»Nichtsdestotrotz müssen Sie Ihre Schokolade aus den Regalen zurückholen, und wir werden über die Medien eine Warnung ausgeben«, beharrte Ben. Ausnahmsweise hielt er Junges Vorschlag für vernünftig, verzichtete jedoch auf die unterwürfige Höflichkeit seines Vorgesetzten.

»Bei allem Respekt«, widersprach Ganske, »ich glaube nicht, dass das möglich ist. Sie können nicht von uns verlangen, uns wirtschaftlich zu ruinieren, nur weil jemand gefälschte Nikoläuse in den Umlauf bringt. Außerdem können Sie doch nicht zulassen, dass jemand mit dieser Erpressung straffrei davonkommt …«

»Es stehen Kinderleben auf dem Spiel!«, rief Ben erbost. »An die müssen wir zuerst denken!«

»Entschuldigen Sie bitte, dass Herr Ruste sich derart echauffiert«, mischte sich Junge ein. »Ich kann ja Ihre Emotionen verstehen«, wandte er sich an Ben, »aber wir müssen einen kühlen Kopf bewahren. Noch haben wir Zeit.«

»Genau«, stimmte ihm der Privatsekretär zu, der jetzt ganz in seinem Element zu sein schien. »Wir kooperieren mit Ihnen selbstverständlich in jeder Hinsicht – insbesondere in Bezug auf die Überprüfung unserer Mitarbeiter und Produktion, damit auch Sie bei Ihren Ermittlungen ausschließen können, dass das Gift bei uns in der Firma in Umlauf gebracht wird. Sie können mit Ihren Untersuchungen direkt beginnen, wir arbeiten derzeit in drei Schichten. Auch das ganze Wochenende durch. Ich möchte Sie allerdings dringlich bitten, diskret vorzugehen. Sie haben selbst gelesen, dass die Erpresser sofort mit der Vergiftungsaktion beginnen, sollten sie erfahren, dass die Polizei eingeschaltet ist. Das wollen wir doch in jedem Fall vermeiden. Ich denke, da spreche ich für alle Anwesenden?«

Ben nickte missmutig. »Ich bin dennoch dafür, dass Sie einen kurzfristigen Verkaufsstopp veranlassen und dass wir eine öffentliche Warnung zumindest vorbereiten, um schnell reagieren zu können.«

Ganske blickte Lierenfeldt an, der kaum merklich nickte.

»Vorbereitungen sind möglich«, nahm der Privatsekretär den Faden wieder auf. »Ich schlage vor, dass sich unser Anwalt und der zuständige Staatsanwalt über die rechtlich einwandfreie Vorgehensweise verständigen, sodass wir gleichermaßen körperlichen, moralischen sowie wirtschaftlichen Schaden abwägen und abwenden können.«

»Guter Vorschlag, Ganske«, lobte ihn Lierenfeldt. »Was meinen Sie?«, wandte er sich dann an Polizeidirektor Junge und ignorierte dabei den Querulanten Ben.

»Ich halte dies für angebracht. Auf diesem Weg gewinnen wir alle Rechtssicherheit und können uns auf unsere Arbeit konzentrieren. Ich werde mich gleich mit den zuständigen Behörden in Verbindung setzen und alles Weitere arrangieren«, stimmte Junge zu.

»Sie müssen wissen, dass wir bereits seit 1862 Schokolade produzieren. Also lange vor den Schweizern. Ein Zurückziehen der Produktion würde den gesamten Markt treffen und jahrelange Unsicherheit provozieren. Und ich bin mir sicher, dass Sie mit Ihren Fähigkeiten und den modernen Ermittlungsmethoden die Täter schnell stellen werden. Meine Herren, ich danke Ihnen für den Besuch und Ihre Unterstützung«, sagte Eduard Lierenfeldt und erhob sich. Er schüttelte Junge die Hand und nickte Ben knapp zum Abschied zu.

Als Ganske die beiden Kripobeamten zur Tür gebracht hatte und ins Büro zurückkehrte, erwartete ihn eine Überraschung.

»Ganske, es ist Zeit für meinen Cognac!«

Der Sekretär ging zu dem kleinen Servierwagen, auf dem die Kristallkaraffe und Gläser standen.

Nach kurzem Zögern fügte sein langjähriger Arbeitgeber hinzu: »Und ich würde es sehr begrüßen, wenn Sie sich ebenfalls einen einschenken würden. Ich muss mit Ihnen über eine Stiftung sprechen. Es wird Ihr Leben verändern!«

16

Schröder parkte den Dienstwagen vor der Schranke des Campingplatzes und betrat den Kiosk, der sich direkt daneben befand. Die Zufahrt und die Wege waren geräumt, sodass Schröder nicht wie sonst an der Türschwelle den Schnee von den Schuhen abtreten musste.

»'tschuldigung«, begrüßte ihn ein älterer Mann, der hinter einem hölzernen Empfangstresen saß. »Da können Sie nicht parken, hier muss gleich die Polizei durch.«

»Ich bin die Polizei«, erwiderte Schröder und zückte aus der Tasche seiner Winterjacke den Dienstausweis. »Polizeimeister Schröder«, stellte er sich vor und hielt dem Mann die Kunststoffkarte unter die Nase.

»So jung? Na ja … Ich bin Steuber, der Besitzer des Platzes«, stellte sich sein Gegenüber vor und reichte Schröder über die Theke die Hand. Dann kehrte er dem Polizeibeamten den Rücken zu und rief in Richtung einer angelehnten Tür mit der Aufschrift »Privat«: »Maria, kommst du nach vorne und übernimmst den Empfang? Die Polizei ist da!«

Steuber kam um den Tresen herum. »Ich weiß nicht, ob ich Sie umsonst gerufen habe, doch mit dem Wohnwagen stimmt etwas nicht. Und ich kann ja nicht eigenmächtig die Tür aufbrechen.«

Schröder wollte bereits erwidern, dass er ebenfalls nicht bemächtigt war, Türen nach Gutdünken aufzubrechen, verkniff sich jedoch die Bemerkung. Zunächst wollte er sich ein Bild von der Lage machen. Manchmal war es klüger zu schweigen.

»Am besten, Sie zeigen mir den Wagen«, schlug er dem Campingplatzbesitzer vor.

»Gerne, aber können Sie bitte vorher Ihr Auto direkt neben dem Kiosk parken? Ich habe für die Ein- und Ausfahrt nur eine Spur geräumt. Ich weiß nicht mehr wohin mit dem ganzen Schnee.«

Schröder hatte gerade zu einer Antwort angesetzt, als er im Augenwinkel eine Bewegung wahrnahm, die ihn augenblicklich in Alarmbereitschaft versetzte. Hektisch zog er am Reißverschluss seiner Jacke, der sich störrisch weigerte hinabzugleiten. Der Polizeimeister zerrte wütend an dem Zipfel. Als der endlich nachgab, zückte er seine Dienstwaffe, die er unter seiner Jacke in einem Holster trug. Er entsicherte sie und lud sie mit einem metallischen Geräusch durch.

»So, ich b… bin jetzt da …«, stotterte die Frau, die soeben von hinten in den Verkaufsraum getreten war und nun in Schröders Pistolenlauf starrte. Ihre Augen waren vor Entsetzen geweitet.

»Darf ich vorstellen, meine Frau Maria Steub…«

»Pst«, zischte Schröder und deutete mit der Waffe auf die Warenregale neben ihm. Mit der Waffe im Anschlag näherte er sich behutsam der Auslage und ließ seinen Blick suchend über die Regalreihen schweifen.

»Was ist denn?«, flüsterte der Campingplatzbesitzer Steuber.

Schröder gab ihm mit einer weiteren Handbewegung zu verstehen, dass er still sein sollte. So leise wie möglich schlich der Polizeimeister auf den dicken Sohlen seiner Boots vorwärts.

Dann geschah alles gleichzeitig. Schröder erspähte den roten Schopf eines Fuchses, der um die Ecke eines Regals hervorlugte. Das Tier öffnete sein Maul und entblößte zwei Reihen scharfer Zähne. Schröder zögerte nicht lange und visierte den Kopf des Wildtieres an.

»Nicht schießen!«, schrien zwei Stimmen gleichzeitig.

Um ein Haar hätte Schröder vor Schreck den Abzug gedrückt, hielt jedoch im letzten Augenblick inne.

»Der ist zahm! Das ist unser Fuchs, Foxtrott«, rief Maria Steuber aufgeregt.

»*Ihr* Fuchs?«, erwiderte Schröder verblüfft.

»Er ist unser Haustier. Andere Leute haben Hunde oder Katzen, wir haben eben einen Fuchs. Er ist uns zugelaufen«, beeilte sich Hans Steuber, dem Kripomann die Situation zu erklären.

»Ach so, ja dann …« Schröder sicherte seine Waffe und steckte sie langsam zurück ins Holster. Den Fuchs behielt er dabei fest im Blick. »Sehr ungewöhnliches Haustier«, bemerkte er. »Darf der überhaupt ohne Maulkorb herumlaufen?«

»Für Füchse gibt es keine Haltungsvorschriften. Allenfalls wenn man sie als Zootiere hält. Und das trifft ja bei uns nicht zu. Außerdem hat er noch nie jemanden gebissen. Sie dürfen ihn nur nicht streicheln«, klärte Steuber ihn auf.

Schröder, dem bereits der Anblick eines Dackels den Angstschweiß auf die Stirn trieb, fühlte sich unwohl. »Vielleicht zeigen Sie mir jetzt den Wohnwagen.«

Nachdem Schröder sein Auto an der von Steuber gewünschten Stelle abgestellt hatte, gingen die beiden

Männer an den Caravanreihen vorbei die ansteigende Campinganlage hinauf.

»Hier ist es.« Steuber deutete auf einen eingeschneiten Wohnwagen, zu dem eine schmale, im Schnee platt getretene Schneise führte.

»Und es strömt Leichengeruch heraus, meinen Sie?«, fragte Schröder.

»Wenn man näher herangeht, bemerkt man es deutlich.«

Schröder folgte dem Campingplatzbesitzer zur Tür des Caravans und hielt seine Nase in die Winterluft. Tatsächlich! Er nahm einen leicht süßlichen Geruch wahr. Einen abstoßenden Gestank, der dem menschlichen Verstand signalisierte, Abstand zu halten. Doch als Kriminalist hatte Schröder genau das Gegenteil vor. »Aufbrechen«, befahl er Steuber.

»Wie? Womit denn?«, wollte der Platzwart irritiert wissen. »Ich dachte, Sie als Polizist haben immer so ein Besteck dabei. Wie im Fernsehen.«

»Wir sind hier allerdings nicht im Fernsehen! Haben Sie einen Zweitschlüssel oder eine Brechstange?«

»Schlüssel nicht, aber eine Brechstange. Die muss ich erst holen.«

Als Steuber die Tür endlich gewaltsam geöffnet hatte, schlug den Männern der Verwesungsgeruch geballt entgegen.

»Bah, da gehe ich nicht rein!«, entfuhr es dem Campingplatzbesitzer. Er wandte sich angeekelt ab und entfernte sich einige Schritte vom Eingang.

»Sie bleiben draußen!«, befahl Schröder Steuber ausdrücklich trotz dessen Rückzugs.

Der Polizeimeister zog Gummihandschuhe an und schlug den Kragen seiner Winterjacke hoch, sodass seine Nase bedeckt war. Dann betrat er den Wohnwagen. Der Raum war klein und trotz des einsetzenden Dämmerlichts gut überschaubar. Auf einem aufklappbaren Tisch standen zwei Teller und Tassen, daneben Besteck. Verschimmelte Speisereste deuteten darauf hin, dass hier jemand schlagartig beim Essen unterbrochen worden war. Doch die verrotteten Lebensmittel konnten unmöglich die Quelle des Gestanks sein. Schröder schaute sich suchend um. Er ließ seinen Blick über die kleine Spüle, Einbauschränke, die Liegefläche im hinteren Teil des Caravans und den kleinen Vorsprung wandern, der wahrscheinlich das WC vom Wohnraum abtrennte. Wenn es hier eine Leiche gab, musste sie sich in der Toilette befinden. Doch als Schröder die Tür öffnete, konnte er nichts Auffälliges erkennen. Fragend sah er sich weiter im Wohnwagen um. In den kleinen Schrankfächern befand sich wohl kaum eine Leiche, es sei denn, in Einzelteilen.

»Schon was gefunden?«, rief Steuber neugierig von draußen.

»Nichts, aber Sie bleiben draußen!«

Schröder schloss die Augen und versuchte seinem Geruchssinn zu folgen. Er schob seine Nase aus dem Kragen seiner Winterjacke hervor, kämpfte gegen die aufsteigende Übelkeit an und lief den Raum nochmals ab. In der Nähe der Sitzbänke und des Klapptisches war der Gestank am intensivsten. Schröder bückte sich und stellte fest, dass es unterhalb der Sitzfläche weiteren Stauraum gab, der mit Schiebetüren verschlossen war. Auf allen vieren kroch Schröder unter den Tisch. Eine der Türen stand etwa eine Handbreit auf. Vorsichtig schob er sie beiseite und sah in den Hohlraum hinein.

Der beißende Verwesungsgeruch ließ ihn zurückzucken, wobei er sich den Hinterkopf heftig an dem Klapptisch stieß. Wie von Furien gehetzt, krabbelte Schröder auf den Ausgang zu. Er stolperte aus dem Wohnwagen, prallte mit Steuber zusammen und ging einige Schritte im tiefen Schnee, um tief aus- und einzuatmen.

»Was ist los?«, fragte der Campingplatzbesitzer.

»Ein Hund«, wisperte der Ermittler. »Aber in halb verwestem Zustand. Sieht aus wie eine Bestie aus einem Horrorfilm. Blanke Zahnreihen, ausgelaufene Augenhöhlen … Es ist widerlich!«

»Und die Besitzer? Sind die ebenfalls …«

»Nein, und das ist sehr mysteriös«, warf Schröder ein, dessen kriminalistischer Spürsinn augenblicklich wieder zu arbeiten begann. »Die Bewohner sind verschwunden. Der Tisch ist noch gedeckt und der Hund liegt tot in einer Art Unterschrank, dessen Tür halb offen stand. Angenommen, seine Besitzer sind verunglückt oder mussten den Hund aus irgendeinem Grund zurücklassen – warum hat er nicht die Speisereste auf dem Tisch aufgefressen? Und hätte ein hungriges und durstiges Tier nicht durch lautes Bellen auf sich aufmerksam gemacht? Woran ist der Hund also gestorben? Wurde er vielleicht getötet und in der Schrankkiste verstaut? Und wo sind seine Besitzer? Kennen Sie die Leute?«

Steuber, der Schröders Ausführungen interessiert zugehört hatte, schüttelte den Kopf. »Persönlich kenne ich die nicht. Wir haben so viele Gäste hier, aber es sind höchstwahrscheinlich Holländer. Hier oben stehen fast ausschließlich Holländer. Ich kann gerne in unserem Computer nachsehen. Namen, Adresse und Passnummer haben wir bestimmt.«

»Ja, die Daten hätte ich gerne. Doch das muss noch einen Augenblick warten. Ich hole Absperrband aus meinem Auto. Das ist jetzt ein Tatort. Und bis ich zurück bin, lassen Sie niemanden in den Wagen!«

Steuber blickte sich um. Weit und breit war keine Menschenseele zu sehen. Trotzdem hielt er sich an Schröders Anweisung und blieb vor dem Eingang stehen. Als Schröder mit den Utensilien zurückkam, entließ er Steuber aus seiner Pflicht, der umgehend den Rückzug antrat.

»Ich komme gleich wegen der Namen zu Ihnen in den Kiosk«, rief Schröder ihm nach. »Und glauben Sie nicht, ich würde deswegen die Geschichte mit der Fuchshaltung vergessen. Ich werde prüfen, ob das rechtmäßig erlaubt ist!«

Steuber drehte sich um. »Sie sind wohl nicht aus dem Sauerland?«

»Was hat das denn damit zu tun?«

»Ach, nichts«, winkte Steuber ab. »Sie haben noch nicht gelernt, das Wesentliche vom Unwesentlichen zu trennen. Das können aber die wenigsten vom Flachland.«

Verdutzt blickte Schröder dem Campingplatzbesitzer hinterher.

17

Während die Kaffeemaschine vor sich hin gluckste und Anna überlegte, was sie an diesem Sonntagmorgen frühstücken sollte, klopfte es an der Tür des Bauernhauses. Verwundert ging Anna in die Diele. Ben stand mit einer Tüte Brötchen vor ihr, aus der verführerischer Duft strömte. Ben versuchte, Anna anzulächeln, doch er konnte seine missmutige Laune nicht überspielen.

»Ben! Na, so eine Überraschung«, begrüßte Anna ihn freundlich. »Komm rein und sag mir, was los ist. Du ziehst ja ein Gesicht, als sei dir etwas Schreckliches zugestoßen.«

»Nein, nicht wirklich. Ich bin nur unten in deiner Auffahrt ins Rutschen gekommen, und nun hängt mein Dienstwagen halb im Graben im tiefen Schnee fest. Aber sonst ist alles bestens.«

Ben hängte seine Jacke und seinen Schal an der Garderobe auf und zog seine gefütterten Schnürschuhe aus. Dann folgte er Anna in die Küche.

»Ich habe gerade den Kaffee fertig«, sagte sie strahlend. »Komm, setz dich, der wird dich aufmuntern.«

»Gut siehst du aus«, murmelte Ben und ließ sich an dem Tisch nieder, auf dem wie eh und je die alte geblümte Plastikdecke lag.

Die tief stehende Morgensonne schien in die Bauernküche, in hellen Strahlen, in denen feine Staubteilchen tanzten. Anna hantierte gedankenversunken an der Kaffeemaschine herum. Sie sah noch genau so aus, wie Ben sie vor zwei Jahren kennengelernt hatte: kariertes Baumwollhemd, verblichene Jeans, dicke Wollsocken an den Füßen und das feine blonde Haar zu einem Pferdeschwanz zusammengebunden.

»Sag mal, könntest du mich mit dem Polo gleich zum Campingplatz am Biggesee fahren?«, fragte Ben. »Ich glaube, bis ein Abschleppwagen kommt, dauert es zu lange.«

»Überhaupt kein Problem«, antwortete Anna, die eine Brötchenhälfte mit Erdbeermarmelade bestrich und herzhaft hineinbiss. »Musst du heute wieder arbeiten? Hängt das mit den Kindern vom Olper Weihnachtsmarkt zusammen, von denen Schröder gestern berichtet hat?«

»Nein. Wie kommst du denn jetzt darauf?«, wollte Ben wissen.

»Radio Siegen hat es vorhin in den Lokalnachrichten gebracht. Dass viele Kinder mit Erbrechen ins Krankenhaus eingeliefert wurden. Gott sei Dank sind alle wieder gesund. Aber mysteriös ist das schon, oder?«

»Darüber kann ich nicht reden«, erwiderte Ben knapp.

»Wieso denn nicht?«

»Dienstliche Angelegenheit.«

»Das heißt, ihr beschäftigt euch mit diesem Fall?«

»Kein Kommentar.«

»Jetzt komm schon, Ben! Ich will ja nur wissen, ob du ermittelst. Und ob unsere Fahrt zum Campingplatz etwas damit zu tun hat.«

»Zu deiner ersten Frage: Dazu kann ich dir nichts sagen. Zur zweiten Frage: Schröder hat gestern auf dem Campingplatz einen verwesten Hund gefunden und wittert jetzt einen großen Fall. Ich habe die Aufgabe, unserem Junior über die Schulter zu schauen. Als hätte ich sonst nichts zu tun«, meckerte Ben.

»Vielleicht kann ich euch ein wenig helfen? Ich habe im Augenblick sowieso nichts Besonderes vor.«

Ben schaute ihr fest in die Augen. »Anna, das ist etwas anderes als unsere Krimirätsel. Du fährst mich zum Campingplatz, und damit endet dann die Geschichte für dich, okay?«

»Okay«, murrte Anna, wohl wissend, dass sie sich nicht an die Abmachung halten würde.

Als Ben mit Anna im Schlepptau den Campingplatz erreichte, waren Schröder und der Leiter der Spurensicherung, Thorsten Schwenke, bereits vor Ort.

»Und? Noch eine tote Katze gefunden?«, neckte Ben seinen Assistenten.

Schröder, dessen Nase vor Kälte rot angelaufen war, zog einen Handschuh aus und begrüßte Anna freundlich, die etwas hinter Ben stand.

Bevor der Polizeimeister weitere Höflichkeitsfloskeln bemühen konnte, fiel ihm Ben ins Wort: »Schröder, jetzt ist keine Zeit für ein privates Kaffeekränzchen. Erklären Sie mir, was wir hier haben und wie Sie weiter vorgehen wollen.«

»Gestern habe ich, wie Sie wissen, den Kadaver in diesem Wohnwagen entdeckt und den Tatort gesichert. Auch wenn es auf den ersten Blick ein Fall für das Veterinäramt zu sein scheint, haben mich ein paar Dinge doch stutzig gemacht und ich habe den Kadaver zur Obduktion übergeben …«

»Obduktion?«, blaffte Ben seinen Assistenten an. »Schröder, wenn sich das als Lappalie erweist, dann kriegen Sie ein Riesenproblem! Es ist Sonntag, und wir benötigen alle Kapazitäten! Wir haben Wichtigeres zu tun, als uns um tote Hunde zu kümmern! Was ist, wenn das Tier einfach vergessen wurde?«

Schröder überhörte wie gewöhnlich Bens Sticheleien. »Herr Ruste, Sie werden mir zustimmen, dass die Sachlage äußerst mysteriös ist, glauben Sie mir. Erstens scheint der Hund umgebracht worden zu sein, denn im Wohnwagen haben sich Essensreste befunden, über die sich ein verwahrlostes Tier hergemacht hätte. Zudem hätte es sich durch Bellen bemerkbar gemacht und wäre von Herrn Steuber, dem Campingplatzbesitzer, gefunden worden. Zweitens sind die Besitzer wie vom Erdboden verschluckt. Liegengebliebene Speisereste und benutztes Geschirr deuten darauf hin, dass ihr Weggang nicht geplant war, sondern dass sie plötzlich verschwunden sind. Aus diesem Grund habe ich Herrn Steuber um die Daten der Wohnwagenmieter gebeten. Es ist ein holländisches Ehepaar.« Schröder machte eine bedeutungsvolle Pause, bevor er weiter ausführte: »Ich habe bereits heute Morgen eine Anfrage bei unseren Kollegen in den Niederlanden gestellt. Die offizielle Antwort steht noch aus, aber am Telefon konnte man mir bereits mitteilen, dass der Mann und die Frau als vermisst gemeldet worden sind. Und zwar von ihren Nachbarn, das Paar hat keine näheren Verwandten. Allerdings ging die Polizei bislang davon aus, dass die beiden einen längeren Urlaub unternommen haben. Sie sind pensioniert und gehen hin und wieder auf ausgedehnte Reisen. Die offizielle Stellungnahme folgt, wie gesagt, heute noch per E-Mail. Ich denke, dass wir jetzt schon von einem Gewaltverbrechen ausgehen müssen oder es zumindest nicht ausschließen können. Daher habe ich heute Morgen umgehend die Spurensicherung angefordert.«

Nachdenklich rieb sich Ben mit der Hand am Kinn. Er war anscheinend etwas voreilig gewesen. Er musste wohl oder übel eingestehen, dass etwas an der Sache faul war.

»Hm, Schröder …«, murmelte er widerstrebend. »Da könnte was dran sein …«

Anna war während Schröders Ausführungen ein paar Schritte nach vorne getreten und hatte dem jungen Polizeimeister interessiert zugehört. Ben schielte verdrießlich zu ihr hinüber. Sie konnte es einfach nicht lassen!

»Sind bei diesem Wetter überhaupt Leute auf dem Campingplatz?«, wandte sich Ben wieder Schröder zu.

»Man hält es kaum für möglich, aber es gibt eine ganze Reihe von Wintercampern.«

»Haben Sie die schon befragt?«

»Nein, ich wollte erst …«

»Sie haben doch immer Ihr Notizbuch dabei! Machen Sie sich auf den Weg und befragen Sie die Gäste, ob sie etwas Ungewöhnliches bemerkt haben. Das muss ich Ihnen doch nicht mehr erklären, oder?«

Der Polizeimeister trottete mit hängenden Schultern davon.

»Ach, Schröder!«, rief ihm Ben hinterher. »Lassen Sie sich eine Liste aller Campingplatzmieter geben! Ist nur so eine Ahnung.«

»Das wollte ich Ihnen gerade erzählen: Die wird schon ausgedruckt.«

»Ach so?« Ben staunte.

»Genau, *so*!«, raunte Schröder bockig und setzte seinen Weg fort.

Ben wandte sich an Anna: »Ich schaue mir kurz den Wohnwagen genauer an. Wenn du magst, kannst du währenddessen spazieren gehen. Ich brauche nicht lange.«

»Glaubst du, jemand hat die beiden holländischen Rentner umgebracht?«, fragte Anna neugierig. »Vielleicht wurden sie vergiftet und es hat doch etwas mit den Kindern auf dem Weihnachtsmarkt zu tun?«

»Anna, du bist auf der falschen Spur. Aber danke für deine Hilfe«, erwiderte Ben ruhig. Anna war vermutlich der einzige Mensch auf der Welt, der ihn nicht sofort auf die Palme brachte.

»Schon gut, ich habe verstanden!«, sagte Anna. »Dann sehe ich mich mal um.«

Auf den oberen Pfaden des terrassenförmig angelegten Grundstücks bot sich Anna ein atemberaubender Ausblick auf den zugefrorenen Biggesee. Die Ufer waren von verschneiten Fichten gesäumt. Anna genoss die Natur, während sie über den Campingplatz schlenderte. Bei genauerem Hinschauen war er gar nicht so leer, wie es zunächst den Anschein erweckte. Feine Rauchschwaden zogen aus den kleinen Abgaskaminen der Wohnwagendächer. In manchen Vorgärten standen Schneemänner, Vorzelte waren weihnachtlich geschmückt, und vor einigen Türen waren Schlitten und Langlaufskis abgestellt. Der Campingplatz wirkte wie ein kleines Winterdorf. Anna stieg sogar der Duft von Schokolade in die Nase. Sie dachte dabei unwillkürlich an Weihnachtsgebäck. Wahrscheinlich überzog eine Familie mitsamt Kindern in einem der Wagen Plätzchen mit Kuvertüre, um sie später bei einem heißen Tee zu genießen, stellte sich Anna vor.

Wie verhielt sich Ben eigentlich gegenüber Kindern? Brachte er die nötige Geduld auf? So barsch und ruppig, wie er seinen Kollegen behandelte, erkannte sie ihn nicht wieder. Selbstverständlich hatte sie während ihrer Gefängniszeit mit ihren Olper Freundinnen, die sie besuchten, über ihn gesprochen und bei ihnen Erkundigungen eingezogen. Alle waren sich einig, dass Ben ein schlechter Ruf anhaftete und er sehr unwirsch mit seinem Umfeld umging. Anna, die sich immer gern ein eigenes Bild von Menschen machte und nie auf das Gerede anderer hörte, hatte allerdings einen völlig anderen Eindruck von ihm gewonnen. Doch seitdem sie aus der Haft entlassen worden war und Ben im Alltag erlebte, stiegen Zweifel in ihr auf. Mal angenommen, aus ihrer freundschaftlichen Beziehung würde tatsächlich mehr werden – würde Ben sie weiterhin so zuvorkommend behandeln? Oder würde er im Laufe der Zeit auch ihr gegenüber diesen mürrischen Ton anschlagen? Wie war er wirklich? Traf auf ihn das Klischee zu – raue Schale, weicher Kern – oder verstellte er sich, um sie für sich zu gewinnen?

Während Anna über diese Frage sinnierte, begegnete sie Polizeimeister Schröder, der mit gezücktem Stift und Notizblock eifrig von Wohnwagen zu Wohnwagen lief.

»Und, schon neue Erkenntnisse gewonnen?«, erkundige sich Anna.

Schröder, der soeben einen schmalen Pfad in einen verschneiten Vorgarten einschlagen wollte, hielt inne. »Nein, leider nichts Neues. Aber das gehört zur Polizeiarbeit dazu. Mit viel Fleiß und Gründlichkeit stößt man schlussendlich auf den entscheidenden Hinweis.«

Zwar war Anna dem jungen Polizeimeister vor ihrer Festnahme nur kurz begegnet, doch sie hatte ihn auf Anhieb sympathisch gefunden. Schröder schien ein loyaler Partner zu sein, auch wenn sein Chef über ihn meckerte. Eigensinnig wie er war, hatte sich Ben ab und an bei ihr beschwert, Schröder sei ein »unerfahrener, übereifriger Beamtenspießer«, der sich zu strikt an die Vorschriften hielte. Doch in manch sanftem Moment hatte Ben seinem Assistenten auch großes Potenzial eingeräumt. Vermutlich würde Ben nie zugeben, dass ihm Schröder ans Herz gewachsen war. Und obwohl Schröder an diesem eisigen Tag mit seinem bleichen Gesicht, der geröteten Nase und seiner Pudelmütze tatsächlich wie ein Spießer aussah, machte er doch zugleich einen intelligenten und aufgeweckten Eindruck auf Anna.

»Fühlen Sie sich wohl in Olpe? Ich habe gehört, Sie kommen aus dem Ruhrgebiet. Da kennen Sie solch kalte Winter wohl eher nicht.«

»Das stimmt, ich komme aus Bottrop. Und ich muss zugeben, dass ich die Menge Schnee hier anfangs sehr aufregend und das Schneeschippen als willkommenen Frühsport empfand. Aber mittlerweile könnte ich darauf verzichten.« Schröder grinste breit.

»Ist das ein interessanter Fall, an dem Sie gerade arbeiten? Ich meine, ein toter Hund gehört nicht gerade zu den klassischen Aufgaben der Kripo. Und vielleicht sind die Besitzer ja wirklich nur verreist?«, fragte Anna.

»Glaube ich nicht.« Schröder runzelte die Stirn. »Man soll sich bei unserer Arbeit zwar nicht von Gefühlen leiten lassen, doch irgendwas sagt mir, dass es hier ganz gewaltig stinkt. Also … äh, jetzt nicht der Hundekadaver … der auch, aber ich meine das im übertragenen Sinne.«

Anna lachte. »Ja klar, schon verstanden. Was denken Sie denn, was genau dahintersteckt?«

»Weiß ich noch nicht. Allerdings habe ich den Eindruck, dass wir es mit der Spitze eines Eisbergs zu tun haben.«

»Ach?« Anna erstaunte diese Überlegung.

»Tut mir leid, aber ich muss jetzt weiter. Die Befragungen durchführen und die Mieterliste überprüfen – da wartet eine Menge Arbeit auf mich«, entschuldigte sich Schröder und betrat den Vorgarten, vor dem er stehen geblieben war.

Anna verabschiedete sich und machte sich auf den Rückweg zu Ben. Ein toter Hund, ein vermisstes Ehepaar, ein geschlossener Weihnachtsmarkt und erkrankte Kinder … Ihre Neugier war endgültig geweckt. Vielleicht gelang es ihr, sich an Bens Fersen zu heften, um noch mehr über diese ungeklärten Vorfälle zu erfahren.

Als Ben und sie später wieder im Auto saßen, blickte er schweigend aus dem Fenster. Anna platzte hinter dem Steuer fast vor Ungeduld. Nach einer Weile schaltete sie die Radionachrichten ein, um sich abzulenken. Neben der weiterhin ungeklärten Engelserscheinung gehörten die Vorkommnisse auf dem Olper Weihnachtsmarkt zu den Hauptmeldungen. Dem Sprecher zufolge gaben die Behörden bislang nur vage Kommentare ab. Man kläre zurzeit die Ursachen der Infektionen. Auch aufgebrachte Eltern kamen zu Wort, die ihren Unmut über die Ungewissheit lautstark vorbrachten …

Nun konnte sich auch Anna nicht mehr zurückhalten. »Ben, du musst mir sagen, was da passiert ist! Du weißt doch mehr über den Fall, als du zugibst!«

»Kommt nicht infrage!« Er schüttelte den Kopf und verschränkte die Arme.

Anna bohrte weiter. Sie nutzte alle Waffen der Frau, gab sich einschmeichelnd, wütend und schließlich eingeschnappt. Letztendlich gab Ben nach.

»Aber das behältst du für dich«, begann er zögernd.

»Wem sollte ich es erzählen? Außerdem würde ich dein Vertrauen nie missbrauchen. So gut solltest du mich kennen.«

Ben erzählte Anna von der Erpressung und von der Weigerung der Sauerländer Süßwarenfabrik, ihre Schokoladennikoläuse aus dem Handel zu nehmen. Anna war angesichts dieser Neuigkeiten so aufgebracht, dass sie das Steuer nicht mehr ruhig halten konnte und mehrmals Gefahr lief, das Auto in den nächsten Straßengraben zu fahren.

»Das geht nicht, Ben! Das könnt ihr nicht zulassen! Das ist ungeheuerlich, dass man aus reiner Profitgier mit dem Leben von Kindern spielt!«

»Ich bin ja voll und ganz deiner Meinung, aber mir sind von Junge und der Rechtslage die Hände gebunden. Es hätte ernsthafte Konsequenzen, wenn ich eigenmächtig etwas unternehmen würde …«

»Ach ja? Und welche Konsequenzen hat es für die Kinder? Wer denkt an die?« Anna schnaubte vor Wut. »Und ich dachte, du seist anders!«

Anna trat abrupt auf die Bremse und brachte den Wagen zum Stehen. Sie hatten die Polizeikreisbehörde erreicht. Anna verabschiedete sie sich mit knappen Worten und blickte starr nach vorne, als Ben aus dem Auto stieg.

18

Ben starrte auf das Telefon, das vor ihm auf seinem Schreibtisch stand. Warum war er nur so blöd gewesen? Warum hatte er Anna alles erzählt? Er hätte sich denken können, dass sie so reagieren würde. Nun saß er hier und hatte den ganzen Ärger am Hals. Und die Verantwortung.

Ben nahm den Hörer ab und wählte die Mobilnummer eines bekannten Journalisten, der bei einer überregionalen Tageszeitung arbeitete. Ben war ihm zwar auf Pressekonferenzen nur flüchtig begegnet, doch er schätzte den Mann. Er blähte die Themen nie reißerisch auf, sondern stand für eine seriöse, fundierte Berichterstattung. Vielleicht konnte er ihn bitten, ihn als Quelle nicht zu verraten.

Zum Glück erreichte Ben den Journalisten schon beim ersten Versuch. Der Reporter legte wegen der jüngsten Ereignisse auf dem Weihnachtsmarkt, die die ganze

Region in Aufregung versetzt hatten, eine Extraschicht ein. Das Telefonat verlief zu Bens Erstaunen sehr konstruktiv. Sein Gegenüber versicherte ihm, dass er sich wegen des Informantenschutzes keine Sorgen machen müsse und die brisante Nachricht sofort im Online-Portal seines Blattes erscheinen würde – und zwar als Hauptmeldung. Sobald dies geschehen sei, würde er einige Kollegen bei Pressediensten und anderen Medien informieren. Der Journalist wollte nicht nur über die Erpressung berichten, sondern auch öffentlichen Druck auf die Sauerländer Süßwarenfabrik aufbauen, damit diese ihre Schokoladennikoläuse vom Markt nahm.

Ben war erleichtert. Genau das hatte er erreichen wollen. Er lehnte sich in seinem Schreibtischstuhl zurück und verschränkte die Arme hinter dem Kopf. Auch wenn die Öffentlichkeit nun gewarnt war, überlegte er, so hieß das allerdings nicht, dass der Fall damit gelöst und die Gefahr gebannt war. Er musste seine Ermittlungen vorantreiben. Vorausgesetzt, man ließ ihn. Sehr wahrscheinlich würden Junge und der alte Lierenfeldt mit seinem schleimigen Sekretär ihn als undichte Stelle verdächtigen, doch es gab noch genügend andere, die die wahren Hintergründe kannten … Plötzlich fiel es Ben wie Schuppen von den Augen: Nein, außer dem kleinen Kreis wusste niemand von der Erpressung! Da würde einiges an Ärger auf ihn zukommen!

Als die Bürotür aufflog, rechnete er schon damit, dass sein erzürnter Chef hereinstürmte, doch es war nur Schröder.

»Hallo, Herr Ruste«, grüßte der Polizeimeister knapp und setzte sich an seinen PC. Er zog seine dicke Winterjacke aus, die er über die Stuhllehne hängte. Schröder hackte wild auf seine Tastatur ein, während er vor sich hin murmelte: »Das ist ja interessant. Das ist ja sehr interessant.« Er griff zum Telefon, wählte eine Nummer und begrüßte, zu Bens Erstaunen, den Angerufenen auf Holländisch. Schröder beherrschte die Sprache wohl perfekt.

Ben wartete geduldig, bis sein Assistent aufgelegt hatte.

»Schröder, wir müssen noch mal zu diesem Lierenfeldt von der Sauerländer Süßwarenfabrik und uns über seine Angestellten genauer informieren! Ihr Hund mit niederländischer Abstammung muss leider etwas warten.«

»Ich kann nicht, Herr Ruste.«

»Was soll das heißen?«

»Der Fall auf dem Campingplatz weitet sich aus. Es sind nicht nur der tote Hund und die vermissten Besitzer. Ich habe mir, wie Sie angeordnet haben, die Adressen aller Campingplatzmieter geben lassen. Darunter befinden sich weitere holländische Gäste. Ich habe die Namen bereits unterwegs von meinem Smartphone aus an die niederländischen Kollegen gemailt. Die geschätzten Kollegen sind durch die Vorkommnisse bei uns alarmiert und arbeiten trotz reduziertem Wochenenddienst unter Hochdruck an dem Fall. Ich habe bereits Rückmeldung bekommen. Und jetzt halten Sie sich fest: 18 weitere Personen, die auf der Liste stehen, gelten als vermisst!«

»Nein!«, entfuhr es Ben.

Wenn es kam, dann dicke! Die Zeit drängte. Solange der Erpresser der Sauerländer Süßwarenfabrik nicht gefasst war, schwebten Kinder in Lebensgefahr. Und nun nahm auch noch der Fall vom Campingplatz ungeahnte Ausmaße an! Schröder hatte recht: Das war überhaupt keine Lappalie!

»In Ordnung, dann fahre ich allein zu Lierenfeldt und Sie bleiben an den vermissten Personen dran …« In diesem Moment fiel Ben ein, dass sein Auto im Graben vor Annas Bauernhof lag. »Schröder, mein Dienstwagen steckt bei Ratemicke direkt an der Landstraße hinter dem Ort im Schnee fest. Bitte veranlassen Sie, dass man ihn rauszieht.«

»Heute noch?«

»Ja sicher, heute noch.«

Ben verließ mit eiligen Schritten das Büro. Auf dem Flur wählte er mit seinem Handy Annas Nummer. Sie hob sofort ab.

»Kannst du mir einen Gefallen tun?«, sagte Ben zögerlich. »Du musst bitte nochmals Chauffeur für mich spielen, geht das? Bitte, es ist wirklich dringend … Gut … Dann treffen wir uns vor der Behörde? Super, danke!«

Ben blieb genügend Zeit, um eine Zigarette an der frischen Luft zu rauchen und sich sein weiteres Vorgehen zu überlegen.

Schröder vertiefte sich hoch konzentriert in die Arbeit. So wie es aussah, musste er die Angelegenheit alleine lösen. Sein erster richtiger Fall!

Er rief einen Campingplatz nach dem anderen rund um den Biggesee und die Listertalsperre an. Einige Anlagen waren in der Wintersaison geöffnet, und selbst bei den geschlossenen waren die meisten Inhaber auch sonntags erreichbar. Die Betreiber schickten ihm umgehend die gewünschten Informationen per E-Mail zu. Schröder sah sich die Listen nacheinander auf seinem Monitor an. Es waren Hunderte holländischer Namen! Doch mit den modernen IT-Methoden würde es leicht sein, die Daten zu filtern, die er benötigte. Er schickte die Aufstellungen an seine niederländischen Kollegen. Schneller als erwartet traf die E-Mail aus Holland ein. Schröder musste schlucken, als er sie las.

35 niederländische Staatsbürger, die auf den Listen als Mieter eines Stellplatzes auf den Campingplätzen eingetragen waren, waren verschwunden. Die holländische Polizei betonte, dass dies die offiziellen Vermisstenmeldungen seien, möglicherweise könne die Dunkelziffer höher sein. Man wollte in den nächsten Tagen alle Namen überprüfen.

Falls all diese Menschen einem Verbrechen zum Opfer gefallen waren, dann wäre das kein Serienmord … Das wäre Massenmord. Schröder griff zum Telefonhörer und rief seinen Vorgesetzten an.

19

»Wie bitte? Wiederholen Sie das noch mal ... 35 ... wirklich 35 Vermisste, Schröder?«

Ben saß neben Anna in dem kleinen Polo und konnte es nicht fassen, was sein Assistent ihm mitteilte.

»Nein ... nein ... Schröder! Hören Sie mal genau zu! Sie rufen jetzt nicht beim BKA an! ... Was? ... Nein, auch nicht Direktor Junge! Jetzt halten Sie die Klappe und hören mir zu, Schröder! Wir müssen zunächst feststellen, ob all diese Personen in unserer Gegend verschwunden sind. Es waren doch Campingplatzbesucher, also sind sie mit Autos aus Holland angereist. Falls die Leute hier verschwunden sind, müssen die Fahrzeuge auffindbar sein. Niemand kann so viele Autos verschwinden lassen! Versuchen Sie, von den holländischen Kollegen die Kennzeichen der Fahrzeuge zu bekommen, und dann nehmen Sie sich ein paar uniformierte Kollegen und kontrollieren alle großen Parkplätze im Umland. Besonders Park-and-ride- und Autobahnparkplätze, außerdem Raststätten; da fallen abgestellte Wagen nicht unbedingt auf ... Wie? ... Was soll das heißen, das gestaltet sich schwierig an einem Sonntag? Schröder, wir sind die Polizei! Holen Sie die Kollegen aus dem Wochenende! Wir arbeiten ja schließlich auch!«

Ben beendete das Gespräch und steckte sein Handy in die Jackentasche.

»Hat das mit der Geschichte mit dem toten Hund zu tun?«, erkundigte sich Anna, die den Wagen durch den dichten Verkehr lenkte.

»Ja. Ausgerechnet jetzt. Als ob wir nicht schon genug zu tun hätten.«

»Habe ich das richtig verstanden, 35 Holländer werden vermisst? Campingplatzmieter?«

»Genau«, grummelte Ben. »Aber du mischst dich da bitte nicht ein! Ich bekomme wahrscheinlich ohnehin riesigen Ärger, nur weil ich auf dein Drängen hin die Presse über die Erpressung informiert habe.«

Ben hatte ihr von seinem Anruf bei dem Journalisten berichtet – natürlich nicht ohne Hintergedanken. Er hoffte, dadurch Annas Sympathie wiederzugewinnen.

»Schon gut, schon gut!«, beschwichtigte ihn Anna. »Ich konzentriere mich in Zukunft nur noch auf Krimirätsel, versprochen.«

»Hm«, murmelte Ben.

Er wollte Annas Beteuerungen nicht recht Glauben schenken – und tatsächlich wurde seine Befürchtung bereits nach kurzer Zeit bestätigt.

»Sag mal, soll ich bei der Eiseskälte im Auto sitzen bleiben, bis du deine Befragung durchgeführt hast?«, fragte Anna nach einer Weile. »Oder wie hast du dir das vorgestellt?«

Verdammt! Sie hatte recht. Daran hatte er überhaupt nicht gedacht. Er konnte sie unmöglich im Wagen zurücklassen. Allerdings wusste Ben genau, worauf Annas unschuldig vorgebrachte Frage wirklich abzielte. »Meinetwegen. Aber du sagst keinen Mucks! Ich erkläre denen, du seist meine Fahrerin in Zivil.«

»Heißt das, ich darf mitkommen?«

»Nur wenn du schweigst!«

Anna grinste breit. »Versprochen. Und Ben …«

»Ja?«

»Danke, dass ich dabei sein darf«, sagte Anna mit leicht ironischem Unterton.

Als sie vor dem Eingangsportal der Lierenfeldt'schen Villa standen, schärfte Ben Anna nochmals ein, sich still zu verhalten und sich nicht einzumischen. Sie verhielten sich fast schon wie ein altes Ehepaar, dachte Ben, als die schwere Eichentür geöffnet wurde. Martin Ganske stand ihnen gegenüber.

Nachdem Ben Anna als Beamtin in Zivil vorgestellt hatte, begrüßte Lierenfeldts Privatsekretär sie höflich und wandte sich dann sofort Ben zu. »Soeben kam im Radio eine Meldung, dass die Schokoladennikoläuse der Sauerländer Süßwarenfabrik Gift beinhalten würden. Ich nehme an, das haben wir Ihnen zu verdanken?«, fragte Ganske kalt.

»Keine Ahnung, wer da geplaudert hat«, erwiderte Ben unschuldig. »Aber ich bin auch nicht wegen Ihrer Öffentlichkeitsarbeit hier, sondern möchte, wie angekündigt, Ihre Angestellten unter die Lupe nehmen. Können Sie mir bitte Zugang zu den Personalakten verschaffen? Und mir idealerweise einen Raum zur Verfügung stellen, wo ich die Leute vernehmen kann? Ist das möglich oder arbeiten Sie heute nur mit einer Notbesatzung in der Fabrik?«

»Selbstverständlich ist das möglich. Die Schicht ist vollzählig wie an jedem anderen Tag auch. Ebenso die Verwaltung. Wir produzieren derzeit auf Hochtouren.

Wir haben einen Rekord an Auftragseingängen – aber das kann sich mit dem Skandal schnell ändern«, erwiderte Ganske bissig. »Sie können dann unseren Mitarbeitern auch gleich mitteilen, dass Sie dafür verantwortlich sind, dass sie ihre Arbeitsplätze verlieren. Denn der wirtschaftliche Schaden wird immens sein. Aber das kümmert Sie ja nicht.«

»Können wir jetzt anfangen?«, fragte Ben ungeduldig.

»Ganz wie Sie meinen. Ich muss allerdings zunächst Herrn Lierenfeldt informieren, dann können wir zur Fabrik. Ich hole den Wagen aus der Garage, Sie können mir hinterherfahren.«

Als Ben und Anna hinter Ganske die Süßwarenfabrik betraten, stockte ihnen der Atem. Das weitläufige, verglaste Foyer wirkte wie einem Designkatalog entsprungen und lockte zugleich mit süßen Verführungen. In einem großen Brunnen lief flüssige Schokolade in Kaskaden herunter. In Vitrinen wurden Pralinen wie kostbare Schmuckstücke präsentiert. Ganze Dekorationswelten waren aus Figuren in bunter Silberfolie erstellt worden. An den Wänden hingen Informationstafeln und Monitore, die den Produktionsprozess und die Unternehmensgeschichte zeigten. Und dann der Geruch! Es duftete nicht einfach nur nach Schokolade, zusätzlich stieg den beiden das Aroma feiner Gewürze wie Vanille und Zimt in die Nasen. Immer wieder erreichte Ben und Anna eine neue Duftwolke, die augenblicklich Wohlbefinden auslöste.

Ben brauchte einige Sekunden, bis er aus dem Sinnesrausch erwachte und wieder klar denken konnte. Er räusperte sich. »Können wir dann in die Personalabteilung?«, fragte er Ganske.

Anna und Ben folgten Lierenfeldts Sekretär durch die Gänge. Trotz der eisigen Stimmung zeigte er sich kooperativ. Auch die Mitarbeiter in der Personalabteilung waren hilfsbereit. Und obwohl Anna im Personalbüro schweigsam auf einem Stuhl in der Ecke Platz nahm und heiße Schokolade trank, die man ihr mit einigen Pralinen auf einem kleinen Porzellanteller serviert hatte, schien man ihren Status als Zivilbeamtin nicht anzuzweifeln.

Währenddessen arbeitete sich Ben durch die Akten, ließ sich am Computer Informationen über Angestellte zeigen und bestellte schließlich nacheinander die anwesenden Produktions- und Logistikarbeiter in den kleinen Raum, den man ihm zugeteilt hatte. Nachdem Ganske die Prüfung der Unterlagen mit strengem Auge beaufsichtigt hatte, stimmte er zu Bens Überraschung bereitwillig zu, dass die Befragungen ohne ihn stattfanden. Ben hatte nach jahrzehntelanger Ermittlungsarbeit ein Händchen dafür, Motive aufzuspüren und Menschen Geheimnisse zu entlocken, doch ganz gleich, mit wem er sprach – er konnte nichts Auffälliges feststellen. Je intensiver er sich mit den Mitarbeitern beschäftigte, desto mehr kam er zur Überzeugung, dass der Täter nicht in ihren Reihen zu suchen war. Niemand hegte gegen Lierenfeldt und die Firma Groll oder zeigte auch nur einen Hauch von Unzufriedenheit. Ganz im Gegenteil: Der alte Patriarch schien seine Angestellten gut zu behandeln.

Nachdem Ben seine letzte Befragung durchgeführt hatte, klappte er seinen Notizblock zu und ging zurück ins Personalbüro, wo Anna und Ganske auf ihn warteten.

»Das war's dann fürs Erste«, wandte er sich an Ganske. »Ich muss noch die Mitarbeiter der anderen Schichten vernehmen, aber große Hoffnungen habe ich nicht, dass wir hier weiterkommen.«

»Das habe ich Ihnen doch gleich gesagt. Wir nehmen die Angelegenheit durchaus nicht auf die leichte Schulter. Wir haben immerhin, wie Sie wissen, eigene Nachforschungen angestellt und keinerlei Hinweise gefunden, dass einer unserer Mitarbeiter in die Erpressung verwickelt sein könnte.«

Ben überhörte Ganskes selbstgerechten Tonfall. »Beschäftigen Sie eigentlich Aushilfen?«

»Gelegentlich studentische Hilfskräfte als Urlaubsvertretungen in der Produktion. Aber zurzeit nicht. In den Hochphasen arbeiten wir mit unserer gesamten Mannschaft an qualifizierten Kräften. Ein schwaches Glied in der Kette könnte den gesamten Produktionsfluss ins Stocken bringen.«

»Ich hätte trotzdem gerne zeitnah die Unterlagen der Aushilfskräfte«, sagte Ben und schüttelte Ganske die Hand. »Wir können dann!«, forderte er Anna auf, die hastig aufsprang und den Büroangestellten zum Abschied winkte.

»Und? Bist du weitergekommen?«, wollte Anna wissen, als sie ins Auto einstiegen.

»Nicht einen Schritt«, ärgerte sich Ben.

Seine Laune verfinsterte sich noch mehr, als sie auf der Landstraße die Abzweigung zu Annas Bauernhof nahmen. Sein Dienstwagen steckte immer noch im Graben! Folglich war er weiterhin auf Annas Fahrdienst angewiesen.

Als ob sie seine Gedanken lesen konnte, sagte Anna tröstend: »Hey, Ben, ich wette, Herr Schröder hat mit den verschwundenen Holländern alle Hände voll zu tun. Wie wäre es, wenn ich uns ein Abendessen zubereite und wir ein Gläschen Wein trinken? Du kannst auch gerne im Wohnzimmer auf der Couch übernachten. Und morgen kannst du den Polo haben, ist doch sowieso deiner.«

Für Ben war der Abend gerettet. »Also, wenn es dir wirklich nichts ausmacht, nehme ich dein Angebot gerne an.«

Als sie das Bauernhaus betraten, bekam Anna plötzlich ein schlechtes Gewissen. Der Hof hatte ihrem Ehemann gehört. Er war über Generationen hinweg im Familienbesitz gewesen, bevor Anna ihn nach Klaus' Tod geerbt hatte. Sie liebte das Haus und fühlte sich darin heimisch, doch nie zuvor hatte ein anderer Mann hier übernachtet. Das war eigentlich undenkbar! Aber jetzt konnte sie keinen Rückzieher mehr machen. Immerhin war es ihr Vorschlag gewesen und sie würde Ben vor den Kopf stoßen, wenn sie ihn wieder ausladen würde. Seine Laune war nach dem Besuch in der Sauerländer Süßwarenfabrik ohnehin in den Keller gesunken, und war sie ihm diesen Gefallen nicht schuldig, nachdem er so viel für sie und diesen Bauernhof getan hatte?

Während Anna kochte und mit Ben die Geschehnisse des Tages Revue passieren ließ, verflogen ihre Zweifel nach und nach. Ihre Sorge, dass Ben sich von dem Abend mehr versprach, schien unbegründet. Sie schlürften genüsslich ihren Wein und unterhielten sich beim Essen ausgiebig, ohne dass Ben einen Annäherungsversuch unternahm. Anna wagte es sogar, mit ihm ihre Zukunftspläne zu besprechen. Sie tauschten sich auch über ihre Kindheit aus, und Anna erfuhr, dass Bens Elternhaus einst dort gestanden hatte, wo sich heute der Biggesee befand. Fast wäre er dort geboren worden, doch die Familie war vor der Errichtung des Staudamms umgezogen. Anna staunte, denn sie kannte bisher niemanden, der vom Bau der Talsperre betroffen gewesen war. Sie wollte wissen, ob Ben denn mal zu dem Haus hinabgetaucht sei, immerhin gab es ja eine Tauchschule direkt am Ufer. Ben lachte und erklärte ihr, dass es ihn wundere, wie hartnäckig sich der Mythos von den versunkenen Dörfern in der Biggetalsperre hielt. In Wahrheit seien alle Gebäude vor der Flutung des Stausees abgerissen worden. Diese Geschichte inspirierte sie dazu, über weitere geheimnisvolle, sagenumwobene Plätze in Olpe und Umgebung zu plaudern. Sie rätselten über die alten Stollen der Erzgruben in den umliegenden Wäldern, über den Hexenturm und einsame verfallene Häuser, in denen es angeblich spuken sollte. So verflogen die Stunden bis in die späte Nacht.

20

Es war ein wundervoller Wintervormittag für Solveig und Sören Köhler. Die Gesichter der beiden Vorschulkinder waren vor Kälte und Anstrengung gerötet, doch sie strahlten unbeirrt um die Wette. Das Schlittenfahren ließ ihre Herzen höherschlagen. Eine Bahn quer durch den Wald – so etwas gab es bei ihnen in Bochum nicht! Ein Bauer war einfach mit dem Traktor durch den Schnee gefahren und hatte zwei Spuren für die Rodler gezogen. Und das Beste daran war, dass sie sich die Bahn nur noch mit drei anderen Kindern aus dem Dorf teilen mussten. Diesen Geheimtipp in Ratemicke hatten Solveig und Sören vom Besitzer des Campingplatzes bekommen, auf dem sich ihre Eltern mit ihnen eingemietet hatten. Die warteten jetzt oben auf dem Berg, nachdem sie gelegentlich mit ihren Kindern den Abhang hinuntergerodelt waren, um dann den Schlitten wieder hochzuziehen.

»Das sind … die besten Weihnachtsferien, die wir … je gemacht haben!«, rief Solveig atemlos, während sie in ihrem rosafarbenen Overall auf allen vieren die Anhöhe hinaufkletterte und sich erschöpft auf ihren Schlitten niederließ.

Kerstin Köhler kramte ein Papiertaschentuch aus ihrer Skihose und setzte sich neben ihre Tochter. »Komm, Nase putzen!«, forderte sie die Kleine auf.

Solveig schnäuzte kräftig in das bereitgehaltene Tempo und ließ sich von ihrer Mutter mit einem zweiten Tuch auch noch den Mund abwischen. »Bleiben wir noch lange?«

»Also, langsam habe ich Hunger. Ihr nicht?«, erwiderte ihr Vater und trat von einem Fuß auf den anderen. Im Gegensatz zum Rest seiner Familie trug Peter Köhler keine gefütterten Winterstiefel und keinen Skianzug, sondern Wildlederboots und Jeans, die bis zu den Knien durchnässt waren.

»Och, komm schon, Papa! Noch ein Mal fahren, ja?«, bettelte seine Tochter.

»Na gut«, willigte ihr Vater ein und ging auf dem verschneiten Waldweg einige Schritte auf und ab, um sich aufzuwärmen.

Solveig stellte ihren Schlitten in die Spur, griff die Kordel und beschleunigte ihren Start, indem sie die Hacken ihrer Winterstiefel in den festgefahrenen Schnee trieb und sich nach vorne abstieß. »Achtung! Bahn frei!«, brüllte das Mädchen mit vergnügter Stimme und jagte den Berg hinunter.

Kaum war Solveig hinter einer leichten Biegung des Weges verschwunden, tauchte ihr Bruder auf, der sich die Anhöhe hinaufkämpfte. Sein Gesicht war ebenso rotzverschmiert wie das seiner Schwester, sodass er die gleiche Prozedur seiner Mutter über sich ergehen lassen musste. Sein Wunsch nach einer letzten, aber auch wirklich allerletzten Fahrt, wurde allerdings von seinem Vater abgeschlagen. Doch als Solveig wieder den Berg erklommen hatte und in das Betteln mit einfiel, kam Peter Köhler ins Schwanken.

»Papa, bitte! Wir haben nie Schnee bei uns!«

»Nun lass sie fahren!«, kam Kerstin Köhler ihren Kindern zu Hilfe. »Wer weiß, wann wir wieder die Gelegenheit dazu haben. Die fünf Minuten, die wir früher oder später essen gehen, sind doch nicht entscheidend.«

»Also gut. Aber nur noch eine Runde! Dann fahren wir los. Ich habe einen Riesenhunger!«

»Hurra!« Solveig und Sören jubelten. »Sollen wir ein Rennen fahren?«, schlug der Junge seiner Schwester vor, während sie die beiden Schlitten nebeneinander im Schnee positionierten.

»Ja! Auf die Plätze, fertig, los«, rief Solveig wie aus der Pistole geschossen, und schon war sie unterwegs.

Sören wollte noch gegen den unfairen Frühstart protestieren, entschloss sich dann aber loszufahren, bevor der Vorsprung seiner Schwester zu groß wurde. Er hatte herausgefunden, wie er seinen Schlitten den Waldweg mit hohem Tempo hinuntersteuern konnte: Man durfte einfach nicht bremsen!

Sörens Schlitten nahm Fahrt auf. Die Kufen rauschten über den festen Schnee. Anfangs konnte er noch links und rechts die mächtigen Fichten erkennen, die die Bahn säumten, doch dann wurde er zu schnell und musste starr geradeaus schauen. Der kalte Fahrtwind trieb ihm Tränen in die Augen, aber Sören ließ sich davon nicht beirren. Sein Schlitten holperte über jede Unebenheit. An manchen Stellen hob er sogar ab, allerdings konnte Sören bei der harten Landung geschickt das Gleichgewicht halten. Seine Schwester fest im Blick, näherte er sich dem schnellsten Abschnitt der Strecke, der im Schatten lag und völlig vereist war. Wenn er es nicht innerhalb der nächsten Meter schaffte, Solveig zu überholen, würde er das Rennen verlieren. Sören fackelte nicht lange. Er nahm sein linkes Bein von der Kufe und ließ die Hacke seines Winterstiefels durch den Schnee schleifen. Sofort änderte sein Schlitten die Richtung. Er durchquerte kurz den hohen Schnee, der zwischen den beiden Fahrrinnen lag, bevor er ruckartig in die Bahn hinter Solveig einschwenkte. Seine Schwester jauchzte siegessicher. Doch Sören hatte einen Plan. Gleich kam die kritische Stelle: eine enge Kurve, die alles Können abverlangte, um nicht vom Schlitten zu fallen.

Solveig tat genau das, was Sören erwartete. Sie wollte gerade ihren Schlitten mit beiden Füßen abbremsen, um ihn dann vorsichtig in die Kurve zu lenken, als Sören mit vollem Tempo von hinten auffuhr. Solveigs Oberkörper kippte durch den plötzlichen Stoß nach hinten, und ihre Beine zappelten in der Luft. Doch statt seine Schwester aus der Spur zu drängen und an ihr vorbeizuziehen, wie er es beabsichtigt hatte, wurde Sören ebenfalls aus der Bahn gerissen. Die Schlitten hatten sich beim Aufprall ineinander verkeilt. Gemeinsam schossen sie geradeaus über eine kleine Böschung hinweg, flogen durch die Luft und setzten im Wald zwischen den Bäumen ungebremst wieder auf. Während Solveig und Sören durch das verschneite Unterholz rasten, wurden sie hin und her geschleudert. Verzweifelt klammerten sie sich an die Streben der Sitzflächen. Es gelang ihnen mit aller Kraft, den Bäumen auszuweichen, doch nach einigen Metern verloren ihre Schlitten erneut den Boden unter den Kufen. Krachend landeten die Geschwister in einer großen Kuhle. Äste barsten und Schnee wirbelte auf.

Benommen blickten sich die beiden um. Halb unter ihren Schlitten begraben, lagen sie in einer großen Grube, die im Durchmesser mehrere Meter maß und fast genauso tief war. Glücklicherweise war sie mit verschneiten Zweigen ausgelegt, die ihren Sturz abgebremst hatten. Trotzdem schmerzten ihnen alle Gliedmaßen. Stöhnend versuchten sie, unter ihren Schlitten hervorzukriechen.

»Oh Mann, ich habe mir den Kopf gestoßen«, jammerte Sören.

»Wenn du mich nicht gerammt hättest, wäre das nicht passiert, du Idiot! Das sage ich Mama und Papa!«

»Hoffentlich sind die Schlitten nicht kaputt …«

»Pah, die Schlitten sind mir egal. Ich will jetzt hier raus!«, klagte Solveig.

Doch es war schwieriger, sich aus dem Gewirr von Schlitten und schneebedeckten Ästen zu befreien, als sie gedacht hatten. Das Geflecht unter ihnen gab bei jeder Bewegung nach. Mit einem Ruck brachen Solveig und Sören ein und fielen noch tiefer in die Grube.

»Verdammter Mist!«, schimpfte Solveig und versuchte, nach oben zum Grubenrand zu klettern.

Dann erblickte sie etwas, das ihr das Blut in den Adern gefrieren ließ. Ein Totenkopf starrte sie aus dunklen Hohlräumen an.

Verängstigt hielt sie inne. »Da, da … Guck mal, Sören! Ist der echt?«

Jetzt entdeckte auch ihr Bruder den Schädel. Und es war nicht der einzige. Sören und Solveig stießen ihre Schlitten mit den Füßen beiseite und inspizierten den Untergrund genauer. Ihnen stockte der Atem! Die vermeintlich verschneiten Äste entpuppten sich als übereinandergeworfene Gerippe und Knochen. Dazwischen lugten weitere Totenköpfe mit grinsenden Zahnreihen hervor.

Solveig und Sören schauten sich für einen Augenblick unsicher an. Dann schrien sie aus Leibeskräften.

21

Wie immer in der Vorweihnachtszeit stand für Schröder der obligatorische Besuch seiner Eltern an. Da er alleinstehend und zudem noch nicht lange bei der Olper Polizeibehörde war, blieb der Dienst während der Feiertage an ihm hängen. Daher hatte es sich in den vergangenen zwei Jahren so eingespielt, dass seine Eltern in der Adventszeit bei ihm vorbeischauten, um gemeinsam mit ihrem Sohn etwas weihnachtliche Stimmung zu genießen. Und sie kamen gerne, denn als echte Bottroper empfanden sie den Ausflug ins Sauerland als Urlaub.

Schröder hingegen ertrug die Besuche einfach, obwohl er eigentlich an seinen Eltern hing, insbesondere an seiner Mutter. Trotz seines Alters und beruflichen Erfolgs fühlte er sich jedoch in ihrer Gegenwart noch immer wie ein kleiner Junge. Vor allem sein Vater, der selbst jahrzehntelang Streifenpolizist gewesen war, bevormundete ihn gerne. Mit seinen schulmeisterlichen Erklärungen, dass früher alles besser gewesen und damals noch knochenharte Polizeiarbeit geleistet worden war, während heute verweichlichte Naseweise sich Kommissare schimpfen durften, strapazierte er Schröders Nerven bis aufs Äußerste. Und seine Mutter, so herzensgut sie auch war, beharrte auf ihrem Glauben, dass ihr Sohn nicht in der Lage sei, Wäsche zu waschen oder sich Brote zuzubereiten. »Schmal bist du geworden, Junge«, pflegte sie bei jedem Treffen zu sagen. »Isst du denn auch genug?«

Genau so, dachte Schröder seufzend, würde es in diesem Jahr wieder ablaufen. Und dazu hatte er momentan wegen der verschwundenen Holländer allerhand um die Ohren. Dennoch wollte er sich für seine Eltern Zeit nehmen. Er hatte für sie ein Zimmer in einer Pension gemietet, die ein bisschen außerhalb von Olpe, direkt an der Bigge, lag und einen herrlichen Ausblick auf die verschneite Seelandschaft bot. Und das zu einem äußerst attraktiven Preis, wie er fand. Heute Mittag hatte er sie zudem in die »Wildhütte« eingeladen, obwohl er ursprünglich ein Abendessen mit ihnen geplant hatte, um tagsüber konzentriert an seinem ersten eigenen Fall arbeiten zu können. Doch das Restaurant war auf Wochen ausgebucht. Nichts zu machen – außer in der Mittagszeit. Selbst der dezente Hinweis, dass er bei der Kripo und ein Mitarbeiter von Kommissar Ben Ruste war, hatte ihn nicht weitergebracht. Das sollte ihm eine Lehre sein! Er würde nie mehr versuchen, einen Vorteil aus seiner Position zu ziehen. Er wäre am liebsten vor Scham im Boden versunken, als man ihm zu verstehen gegeben hatte, dass selbst der Polizeidirektor Junge keinen Tisch bekäme.

Nun saß Schröder mit seinen Eltern in der bis zum letzten Platz gefüllten »Wildhütte« an einem Tisch nahe den Toiletten. Aber das sollte ihm das berühmte Wildgulasch nicht vermiesen.

»Schön hast du das Lokal ausgesucht. Gehst du öfters hier essen?«, erkundigte sich seine Mutter, deren weißes Haar an manchen Stellen rosa schimmerte. Schröder hoffte inständig, dass dies eine Lichtspiegelung war und nicht ihre neue Haarfarbe.

»Nein, ich war noch nie hier. Aber ich dachte, es sei eine gute Idee, da das Restaurant im Augenblick sehr angesagt ist. Das Wildgulasch soll besonders gut schmecken. Ganz frisch aus den heimischen Wäldern, sagt man.«

»Ach, wie schön. Hierher könntest du ja mal deine Freundin einladen. Du hast doch mittlerweile eine gefunden, oder?«

Die größte Angst seiner Mutter war, dass ihr Sohn keine Frau finden würde und die erhofften Enkelkinder ausblieben. Schröder war sich sicher, dass sie insgeheim vermutete, dass er schwul war, sich aber nicht traute, es direkt zur Sprache zu bringen.

»Mama, ich habe wirklich keine Zeit für eine Freundin. Ich bin doch außerdem erst seit zwei Jahren im Sauerland.«

»Zwei Jahre!«, schnaubte sein Vater. »In zwei Jahren habe ich deine Mutter kennengelernt, geschwängert und ein Haus gebaut!«

»Also bitte!«, ermahnte Schröders Mutter ihren Mann und blickte sich besorgt um, ob die Leute am Nachbartisch etwas von der Unterhaltung mitbekommen hatten. »Das ist doch jetzt nicht das Thema, oder?«

»Ja, ja, schon gut«, grummelte sein Vater. »Wenn jemand was gehört hat, dann die Putzfrau auf dem Klo! Bei dem Tisch hier … Wie auch immer, Junge, erzähl doch mal. Woran arbeitest du im Augenblick? Brauchst bestimmt ein paar Tipps.«

»Papa. Du weißt es doch besser als ich: Dienstgeheimnis«, erwiderte Schröder gelassen.

»Ach, papperlapapp! Ich gehöre doch auch zu dem Verein!«

»Du bist pensioniert.«

»Ja und?«

»Lass uns bitte über etwas anderes sprechen. Was habt ihr denn noch vor während eures Aufenthalts im Sauerland?«

»Dein Vater will unbedingt wieder in die Atta-Höhle, dann will er zum Kahlen Asten fahren und zur Hohen Bracht. Obwohl wir das alles schon letztes Jahr gesehen haben …«, beschwerte sich Schröders Mutter.

»Fahrt doch mal zum Scheiderwald. Ist ganz in der Nähe, und dort gibt es die wahrscheinlich größte Weihnachtskrippe der Welt. Die Krippe in der Waldenburger Kapelle ist auch sehenswert. Und neulich bin ich an der Landstraße von Attendorn nach Meinerzhagen an einer weiteren Kapelle mit einer wunderschönen Krippe vorbeigekommen.« Schröder überlegte einen Augenblick. »Grotewiese … Ja, Grotewiese hieß das, und die Kirche … Marien- oder Magdalenenkapelle. Das ist echt einen Besuch wert!«

»Krippengucken? So wie du mit Oma früher? Die ist doch mit dir von einer Kirche zur nächsten gerannt. Sogar im Krankenhaus habt ihr euch welche angeschaut. Und du hast doch angefangen, Krippenfiguren zu sammeln, oder? Nee, lass mal. Das ist was für alte Leute.«

»Aber Papa …«, protestierte Schröder, doch beließ es dann beim kurzen Aufbegehren, weil das Wildgulasch mit dampfenden Knödeln und duftendem Rotkohl serviert wurde.

Vergessen waren die Sauerländer Krippen und Schröders aktueller Beziehungsstatus. Der Geschmack verzauberte und einte die kleine Familie.

»Junge, wenn einem so was Gutes serviert wird, dann kann ich nur sagen: Du hast alles richtig gemacht … trotz Klo. Prost!«, sprach Schröders Vater, hob das Bierglas und klopfte seinem Sohn auf die Schulter.

Na, das war mal ein Kompliment! Aber das Essen war auch ausgesprochen gut, fand Schröder, dem die dunkle Soße über das Kinn lief, das er mit der Serviette abtupfte.

»Ob die einem das Rezept geben?«, wollte seine Mutter wissen.

»Natürlich nicht!«, erwiderte Schröders Vater. »Und wichtig ist ohnehin die Qualität des Fleisches. Das ist doch das Entscheidende! Auch beim Grillen. Dieses eingelegte Zeugs aus dem Supermarkt taugt doch nichts. Man merkt, wenn frisches Fleisch auf dem Teller liegt. Das ist ganz was anderes!«, belehrte Schröder senior seine Familienmitglieder.

Das Klingeln von Schröders Handy machte jeden weiteren Kommentar hinfällig. Schröder blickte seine Eltern entschuldigend an und holte das Gerät aus der Tasche seiner Jacke, die über der Stuhllehne hing. »Polizeimeister Schröder, hallo? … Was? Wiederholen Sie das bitte noch einmal … Das ist ja unglaublich. Gut … Ja, das haben Sie richtig gemacht … Weiträumig absperren. Alles, was wir an Leuten und Spurensicherung haben, muss antreten. Ich kümmere mich darum. Ich bin gleich da. Bitten Sie die Familie, bis dahin noch zu bleiben. Die Kollegen sollen im Mannschaftswagen Kaffee für die Eltern und heißen Kakao für die Kinder mitbringen … Wie, geht nicht? Also, das sind wertvolle Zeugen, da muss doch … Gut, dann eben Tee für die Kinder.«

Schröders Eltern blickten ihren Sohn erwartungsvoll an.

»Soll ich dich begleiten, mein Junge?«, bot sich sein Vater sofort an, als Schröder aufgelegt hatte. »Schlimme Geschichte, oder?«

Doch Schröder ließ sich nicht aufs Glatteis führen. »Dienstgeheimnis, Papa. Tut mir leid, ich muss sofort los. Bleibt in aller Ruhe sitzen, die Rechnung geht auf mich.«

»Ach was, vergiss die Rechnung!«, sagte sein Vater verärgert. »Na, dann sieh zu, dass du zum Tatort kommst!«

22

Obwohl sie sich bis spät in die Nacht unterhalten hatten, waren Anna und Ben am nächsten Morgen früh aufgestanden. Nach einem kurzen Frühstück hatte sich Ben verabschiedet und war mit dem Polo vom Hof gefahren. Als Anna wieder allein war, kümmerte sie sich um ihren Haushalt. Sie war froh, dass der Abend zwischen ihr und Ben so unkompliziert verlaufen war. Vielleicht hatte sie sich in ihm doch nicht getäuscht?

Als alle Arbeiten erledigt waren, blickte sich Anna gelangweilt um. Was sollte sie heute noch unternehmen? Die Küche war aufgeräumt, die Wäsche gewaschen, das Bad geputzt, die drei Katzen hatten ihr Fressen und Wasser bekommen … und nun? Nun stand sie da. Unruhig und tatendurstig. Doch sie hatte nichts zu tun. Sie hatte keine erfüllende Aufgabe wie früher, als sie auf ihrem Hof noch Kühe gehalten hatte. Was sollte sie also mit dem restlichen Tag anfangen? Vielleicht könnte sie ja … Genau, das war eine gute Idee, beschloss sie und ging in ihr Schlafzimmer hinauf.

Anna zog eine Strumpfhose an, darüber lange Skiunterwäsche, ein T-Shirt, ein Baumwollhemd und einen dicken Pullover. Schließlich zwängte sie sich, derart in mehrere Lagen eingepackt, in eine dicke Skihose mit hohem Bund und Hosenträgern. Wie ein Roboter mit unbeweglichen Gelenken stakste Anna die Treppe hinunter und kochte in der Küche einen starken Kaffee, den sie in eine Thermoskanne goss. Dann bereitete sie einige dick belegte Brote zu und verpackte sie in eine Dose. Als sie ihren Proviant in ihrem Rucksack verstaut hatte, schlüpfte Anna in ihre warmen Winterschuhe und in ihren blauen Mantel. Jetzt noch die Mütze aufsetzen, Handschuhe an und Schal umbinden.

Schon nach kurzer Zeit im Freien befürchtete sie, sich viel zu warm angezogen zu haben, denn die Wintersonne strahlte am blauen Himmel und versprach einen großartigen Nachmittag. Anna stapfte durch den Schnee. Sie hatte eine weite Strecke vor sich. Glücklicherweise waren die Waldwege gut begehbar und Anna kam schnell voran. In der Gegend um Ratemicke traf man eigentlich nie auf Spaziergänger, höchstens auf Leute aus dem Dorf, zumeist Hundebesitzer beim Gassigehen. Doch an diesem Mittag war niemand außer ihr unterwegs.

Als sie die großen Windräder erreichte, hielt sie kurz inne und genoss die Aussicht. Das aufgeschüttete Gelände, auf dem die Windräder standen, ragte wie eine riesige Terrasse über den Viehweiden empor und bot einen atemberaubenden Panoramablick. Anna konnte vor sich im Tal ihr Dorf sehen, das sich links und rechts an die Hügel schmiegte. Der goldene Hahn und die goldene Kugel auf dem Kirchturm leuchteten in der Sonne. Am Horizont erblickte sie die Berge des Sauer- und Siegerlandes. Gab es einen schöneren Ort auf der Welt? Wohl kaum, dachte Anna und war, wie so oft, glücklich darüber, dass sie hier lebte. Sie kannte diese Gegend und die Wanderwege in- und auswendig. Während ihrer Zeit im Gefängnis hatte sich im Grunde nichts geändert, allein die Auszeichnung der Pfade war verbessert worden. Statt mühsam auf den

Bäumen nach Wegzeichen suchen zu müssen, konnte man sich nun an jeder Kreuzung an gut sichtbaren Hinweisschildern orientieren, die Auskunft über die Entfernungen und die voraussichtliche Dauer der Wanderungen gaben. Die Region wurde für Touristen immer attraktiver, überlegte Anna. Sie sollte wirklich etwas in dieser Richtung unternehmen. Die Natur bot jedenfalls die besten Voraussetzungen, selbst jetzt im Winter. In der Ferne konnte sie rund um das Skigebiet am Fahlenscheid einige Langläufer in den Loipen erkennen, so groß wie Stecknadelköpfe. Sie fand, dass es keine herrlichere Landschaft für Langlauf gab.

Anna nahm ihren Weg durch den verschneiten Wald wieder auf. Sie war jetzt bereits seit zweieinhalb Stunden unterwegs und würde in einer weiteren ihr Ziel erreicht haben. Da sie sportlich war und die Bewegung unter freiem Himmel liebte, machte ihr die Anstrengung nichts aus. Nachdem sie einen lang gezogenen Hügel erklommen hatte, wurde ihr Einsatz mit einem weiteren herrlichen Ausblick belohnt: Vor ihr breiteten sich Weidewiesen aus, dahinter lag die Biggetalsperre glitzernd in der Wintersonne. Etwas oberhalb des Ufers erstreckte sich der Campingplatz, der mit seinen Wohnwagen wie eine kleine Stadt aussah. Dann wollen wir mal sehen, ob wir was herausfinden können, dachte Anna und steuerte auf die Anlage zu. Doch als sie den ausgewiesenen Pfad verließ, versank sie fast bis zum Knie im Schnee. Blöde Idee, den direkten Weg zu wählen, schoss es ihr durch den Kopf. Bestimmt würde sie auch noch an einem zugeschneiten Stacheldrahtzaun hängen bleiben. Lieber nahm sie den Umweg in Kauf. Anna kämpfte sich zurück auf den Wanderpfad.

Rund 15 Minuten später erreichte sie den Campingplatz. Was sie hier genau wollte, wusste sie nicht. Es war nur eine Ahnung, die sie hierher getrieben hatte, außerdem war das Wetter ideal für einen Ausflug. Anna spazierte zwischen den Wohnwagen umher und versuchte, durch die zugezogenen Gardinen einen Blick ins Innere zu erhaschen.

»Nanu!« Eine tiefe Stimme ertönte hinter Anna. »Sie kenne ich doch!«

Anna drehte sich um. Hinter ihr stand ein großer, rundlicher Mann mit gerötetem Gesicht. Er hatte einen Hund an der Leine. Nein, keinen Hund … Das war ein Fuchs. Ihr Gegenüber musste demnach der Campingplatzbesitzer sein. Sie war ihm zwar noch nie persönlich begegnet, doch jeder in der Gegend wusste über den zahmen Fuchs Bescheid.

»Sie sind doch von der Polizei! Ich habe Sie neulich mit den anderen Beamten hier gesehen. 'tschuldigung, ich habe mich noch gar nicht vorgestellt. Steuber, der Besitzer des Platzes.«

»Angenehm.« Anna schüttelte ihm die Hand, ohne ihren Namen zu nennen.

»Und, gibt's was Neues?«, erkundigte sich Steuber.

»Leider noch nicht. Ich schaue mich nur um.«

»Aha, vermutlich inkognito? Also undercover?« Steuber zwinkerte ihr zu.

»So ungefähr. Also … äh … Ja, verdeckte Ermittlungen«, log Anna und sah dabei zu dem Fuchs, der sich neben Steuber auf die Hinterläufe gesetzt hatte.

»Das ist Foxtrott, der tut nichts. Aber Sie dürfen ihn nicht streicheln. Das mag er nicht.«

Anna schaute in die bernsteinfarbenen Augen des Tiers. Man konnte förmlich seine Intelligenz darin ablesen. Er hatte sie durchschaut, war sich Anna sicher, als Foxtrott ihr ebenfalls tief in die Augen blickte. Und er wusste, was sie vorhatte … Aber das behältst du bitte für dich, sprach Anna in Gedanken zu dem Fuchs. Als ob er über telepathische Fähigkeiten verfügte, riss dieser sein Maul auf und gähnte. Anna interpretierte es als Zeichen der Zustimmung.

»Sehr schönes Tier«, lobte sie den Besitzer.

»Also, wenn Sie einen unauffälligen Beobachtungsplatz suchen, von dem Sie die gesamte Anlage überschauen können, sollten Sie da hingehen …« Steuber deutete auf den verschneiten Waldrand.

Zunächst konnte Anna nichts erkennen, dann machte sie einen Hochsitz im Gehölz aus. Es war ein geschlossener Hochsitz, dessen Ausguck mit einer Plexiglasscheibe versehen war.

»Meine Frau kann Ihnen heißen Kaffee und Bockwurst bringen. Und ich halte auch die Augen auf«, ergänzte Steuber.

»Das ist sehr liebenswürdig, aber ich habe Proviant dabei«, erwiderte Anna lächelnd und zeigte mit dem Daumen auf ihren Rucksack. »Einen Gefallen könnten Sie mir allerdings tun. Haben Sie vielleicht ein Fernglas?«

»Aber sicher doch. Der Polizei hilft man doch gerne. Kommen Sie mit in den Verkaufspavillon, ich leihe Ihnen meinen exzellenten Feldstecher.«

Ausgestattet mit einem Leica-Fernglas, einem Sitzkissen, einer Decke und dem Versprechen, dass man ihr später noch heiße Würstchen bringe wolle, machte es sich die frisch gebackene Hobbydetektivin in dem kargen Hochsitz bequem. Die Innenwände waren zweckmäßig mit Styropor verkleidet, sodass die Temperatur in dem Verschlag durch Annas Atem und Körperwärme etwas anstieg. Der Campingplatzbesitzer hatte recht gehabt: Einen besseren Beobachtungsposten gab es nicht. Doch die Antwort auf eine Frage blieb sich Anna selbst schuldig: Was wollte sie hier eigentlich?

23

Schröder konnte es nicht fassen, was er vor sich sah. Ein derartiges Massengrab vermutete man in Kriegsgebieten, aber doch nicht hier! Nicht im Wald bei Ratemicke, direkt in der Nähe von Olpe! Nicht im idyllischen Sauerland! So sehr sich alles in ihm sträubte, musste er jetzt als Kripobeamter funktionieren. Nein, mehr als das: Er musste mit scharfem Verstand und ohne Emotionen mit seinen Ermittlungen beginnen.

Der junge Polizeimeister atmete mehrmals tief ein und aus, sodass sich wie bei einer Dampflok kleine Wolken in der Luft bildeten. Er blickte nach unten in die Grube, die mit einem Flatterband abgesperrt war. Bevor die Kinder mit ihren Schlitten darin eingebrochen waren, war sie durch große Tannenzweige getarnt gewesen, auf die sich Schnee gelegt hatte. Selbst in der warmen Jahreszeit hätte man das Massengrab in diesem dunklen Waldabschnitt nicht entdeckt. Doch bei so vielen Opfern musste der Verwesungsgestank unerträglich gewesen sein.

Unten in der Grube waren drei Kriminaltechniker damit beschäftigt, die Skelette zu fotografieren und im Anschluss daran die einzelnen Knochen in Tüten zu verpacken und zu kennzeichnen. Einen großen Stapel hatten sie bereits am Rand aufgeschichtet.

»Hallo, Herr Schwenke, können Sie mir schon etwas sagen?«, rief Schröder dem Leiter der Spurensicherung zu.

Schwenke blickte zu Schröder hinauf und kletterte die steile Wand hoch. »Hallo, Herr Schröder, also, bis jetzt deuten die Überreste auf 42 Opfer hin.«

»42 …«, wiederholte Schröder, dann platze er hervor: »Aber es werden 35 Niederländer vermisst. Wer sind dann die sieben anderen?«

»Ob es überhaupt Niederländer sind, kann ich schwer an den Knochen feststellen«, entgegnete Schwenke in einem leicht verärgerten Tonfall. »Aber vielleicht lassen Sie mich die Fakten zuerst einmal zusammentragen und stellen dann Ihre Fragen!«

»Entschuldigung, kommt nicht wieder vor. Bitte, berichten Sie.«

»Wir haben bisher 42 Schädelfunde. Die Knochen sind … Wie soll ich es sagen …? Also, sie sind durcheinander. Man hat die Extremitäten vom Torso getrennt und dann hier wie Müll oder alten Gartenschnitt entsorgt. Es wird schwierig, die einzelnen Skelette vollständig zu rekonstruieren. Es handelt sich zudem durchweg um Erwachsene, bisher haben wir jedenfalls keine Schädel oder Knochen von Kindern gefunden.«

»Können Sie etwas über die Todesursache sagen?«

»Nein, dazu liefern die Überreste keinerlei Anhaltspunkte. Also, bisher jedenfalls nicht. Es sieht allerdings nicht nach Schuss- oder Stichverletzungen aus. Auch nicht nach Gewalteinwirkungen durch stumpfe Gegenstände.«

»Und wie lange liegen die Toten hier schon?«

»Nach meiner ersten Einschätzung sechs bis maximal zwölf Monate.«

»Was, so kurz? Und dann schon vollständig skelettiert? Ist das normal?« Schröders Gedanken liefen auf Hochtouren. »Oder haben sich Wildtiere und Insekten an den Leichen zu schaffen gemacht? Und wo sind überhaupt die Kleidungsreste? Wurden die Leichen etwa nackt abgelegt?«

»Eins nach dem andern«, beschwichtigte Schwenke. »Ich glaube nicht, dass man die Körper der Opfer in die Grube geworfen hat, sondern lediglich deren Knochen.«

»Das ist doch alles mysteriös!«, rief Schröder verzweifelt aus. »Es sieht doch so aus, als seien die Menschen hier, am Rande der Grube, hingerichtet worden.«

»Nein, nein … So war es keinesfalls«, korrigierte ihn Schwenke. »Die Knochen wurden hier vermutlich sukzessive deponiert.«

»Also keine organischen Reste … Es muss sich doch

etwas finden lassen! Oder wurden die Leichen etwa in Säure … wie bei der Mafia?« Schröder wagte es nicht, seine schreckliche Ahnung auszusprechen.

»Nein, schlimmer noch«, erwiderte Schwenke sachlich. »Moment, ich muss Ihnen etwas zeigen.«

Der Leiter der Spurensicherung balancierte auf dem Rand der Grube zu den Tüten mit den bereits erfassten Funden. Schröder blieb geduldig hinter dem Absperrband stehen, bis Schwenke mit einer großen Beweismitteltüte zurückkam. Mit zwei Paar Gummihandschuhen an den Händen übereinander zog Schwenke den Knochen hervor und drehte ihn dicht vor Schröders Gesicht hin und her. Dieser wich zurück, da das anatomische Überbleibsel eines Menschen erschreckend bleich aussah und frisch abgeschrubbt wirkte.

»Ein Oberschenkelknochen«, erläuterte Schwenke. »Sehen Sie das hier … und das hier … und hier!«

Schwenke deutete mit seinem Finger auf Stellen, an denen Schröder auf den ersten Blick nichts Besonderes feststellen konnte. Der Polizeimeister kniff die Augen zusammen. Jetzt sah er es auch: feine, glatte Abschürfungen auf der Oberfläche. Und Schnittkerben, als hätte jemand mit einem Schnitzmesser versucht, den Knochen zu bearbeiten.

»Tja, und dann das hier. Sehen Sie sich den Schenkelhals genau an.«

»Er ist nicht gerundet, sondern … gerade …« Schröder stotterte, bevor er seinen Gedankengang zu Ende brachte: »Er ist abgeschnitten.«

»Richtig«, pflichtete ihm der Leiter der Spurensicherung bei. »Alle Knochen sehen so aus, als ob sie professionell ausgebeint wurden. Also, wenn Sie mich fragen, war hier ein Menschenmetzger am Werk.«

»Ein Menschenmetzger?«, hakte Schröder mit bleicher Miene nach.

»Ja, es sieht so aus, als ob das Fleisch vorsichtig abgelöst wurde …«, führte Schwenke seine Überlegungen aus. »Als ob man es für einen bestimmten Zweck wiederverwenden wollte oder so ähnlich …«

Schröder sah die Zusammenhänge sofort vor sich:

Menschenfleisch!

Gulasch!

Dann übergab er sich.

24

Anna zog ihre Handschuhe aus und rieb sich die Augen. Die Sonne verschwand langsam am Horizont und tauchte den Himmel zunehmend in ein flammendes Abendrot, das sich in dem Eis des Biggesees spiegelte. Mit der Zeit wurde ihr Beobachtungsposten unbequem. Ihr Warten war nur von der Frau des Campingplatzbesitzers unterbrochen worden, die ihr drei heiße Bockwürste mit Senf in Brötchen und eine Thermoskanne Kaffee gebracht hatte. Zunächst hatte Anna abgewehrt, doch nun war sie dankbar für den zusätzlichen Proviant. Die Kälte und Müdigkeit machten sie hungrig, und der heiße Kaffee tat gut. Was hatte sie sich nur bei dieser bescheuerten Aktion gedacht? Hoffentlich zog es keinen Ärger nach sich, dass sie sich als Polizistin ausgegeben hatte. Nun ja, sie hatte nicht direkt gelogen – aber sie hatte den Steubers auch nicht widersprochen. Frau Steuber hatte sogar ihre Einsatzbereitschaft gelobt, bei dieser Kälte pflichtbewusst in dem Hochsitz auszuharren …

Anna schmunzelte bei diesem Gedanken und ließ ihren Blick über den Campingplatz schweifen. In den Fenstern von zahlreichen Wohnwagen waren bereits Lampen mit warmem, gelbem Licht angeknipst. Es waren mehr Caravans um diese Jahreszeit bewohnt, als Anna vermutet hätte. Doch es ereignete sich nichts. Rein gar nichts. Vielmehr lullte die gemütliche Stimmung sie ein. Anna gähnte. Sie würde höchstens noch eine Stunde bleiben und sich dann auf den Heimweg machen. Sie konnte zur Hauptstraße laufen und den Bus nehmen, aber eine Wanderung durch den verschneiten Wald in der Abenddämmerung reizte sie. Nur noch ein bisschen durchhalten, das würde sie schaffen. Doch Anna merkte, wie sie zunehmend müde wurde, ihre Lider waren schwer wie Blei. Sie lehnte sich an die Wand. Nur ganz kurz die Augen schließen, dachte sie …

Erschrocken fuhr Anna zusammen. Irgendetwas stimmte nicht. Anna schaute angestrengt in die Abenddämmerung. In der Ferne erkannte sie schemenhaft die Ruine der Waldenburg. Sie war bei Tageslicht kaum auszumachen, so sehr verschmolz das Gemäuer mit der waldreichen Umgebung, doch jetzt ging eindeutig ein Lichtschein von ihr aus. Und er wurde heller … Verwechselte sie etwa die Uferseiten des Biggesees und blickte in Wahrheit auf das Restaurant »Leuchtturm«, das auf seiner Dachspitze ein Lichtsignal installiert hatte, das in regelmäßigen Abständen erstrahlte? Anna zweifelte. Nein, das war keinesfalls der »Leuchtturm«, das war der Turm der Burgruine! Aber was war das für ein Licht?

Anna tastete nach dem Fernglas, das ihr der Campingplatzbesitzer geliehen hatte, doch sie konnte es nicht finden. Als Anna erneut über den hölzernen Rand des Hochsitzfensters aufschaute, sah sie mit einem Mal zwei leuchtende Lichtpunkte, die direkt auf sie zukamen. Anna schnappte nach Luft. Das konnte unmöglich jetzt und hier stattfinden! Sie glaubte nicht an Wunder. Jedenfalls nicht an so offensichtliche, wie es die Kinder im Radio geschildert hatten. Aber das, was da in aller Pracht erstrahlte, das war unzweifelhaft … Nein, nicht *ein* Engel … Es waren zwei goldene Engel …

»Fürchte dich nicht!«, sprachen beide gleichzeitig. Die Himmelsboten schwebten unmittelbar vor dem Hochsitz. Ihr Glanz ließ auch den Schnee gold schimmern. »Es sind zwei, Anna. Es sind immer zwei.«

Anna wollte etwas fragen, doch ihre Stimme versagte. Sie räusperte sich, bevor sie die Sprache wiederfand: »Wie, zwei? Was meint ihr mit zwei?«

»Die Lösung, Anna. Es ist die Duplizität!«

»Welche Lösung denn? Wofür denn?«

»Vergiss das nicht, wenn du wieder bei dir bist, Anna«, sprach das Engelpaar synchron.

»Bei mir bin? Was soll das denn jetzt heißen? Müsst ihr in Rätseln sprechen? Und wieso seid ihr überhaupt hier? Zu zweit?«

»Wir haben dir schon zu viel gesagt!« Die Himmelsboten blickten um sich. »Es beginnt, Anna!«

»Was?«, rief Anna verzweifelt und spürte dann, wie sich der Hochsitz bewegte.

Das Gerüst kam aus dem Gleichgewicht. Die gesamte Konstruktion geriet in Schräglage. Gleich würde sie samt der Bretterbude, in der sie saß, zu Boden stürzen. Panisch wollte Anna aufstehen und aus dem kleinen Verschlag fliehen. Doch es war zu spät. Der Hochsitz neigte sich immer stärker nach vorne, und das Holz barst krachend.

25

Schröder hielt sich sonst immer exakt an die Dienstvorschriften. Aber in diesem Fall machte er eine Ausnahme. Es war zu offensichtlich! Wozu erst einen Durchsuchungsbefehl abwarten? Hier war Gefahr im Verzug!

Er war mit zwei Uniformierten direkt zur »Wildhütte« gefahren und stürmte nun mit ihnen an seiner Seite am Kellner vorbei durch die Schwingtür in die Küche des Restaurants. Zwei junge, dürre Frauen und zwei korpulente Männer mittleren Alters schauten verdutzt von ihren Pfannen hoch.

»Polizei! Alles sofort liegen lassen, und bleiben Sie bei Ihrem Arbeitsplatz stehen!«, befahl Schröder. »Sind Sie die Inhaber?«, wandte er sich an die beiden männlichen Köche.

Die Angesprochenen nickten. »Ich bin Herbert Harnischmacher, und das ist mein Bruder, Johannes«, antwortete der eine. »Was ist denn los? Warum taucht hier plötzlich die Polizei auf?«

»Ja, was wollen Sie eigentlich von uns?«, erkundigte sich der andere.

»Das können Sie sich doch wohl denken! Die Sache mit Ihrem Gulasch ist aufgeflogen!«, erklärte Schröder.

Johannes Harnischmacher ließ den Kopf hängen. Er stieß seinem Bruder den Ellenbogen in die Seite. »Siehst Du! Deine Idee!«, zischte er. »Wie konnte ich mich nur darauf einlassen!«

Herbert Harnischmacher verteidigte sich lautstark: »Mein Einfall hat das Restaurant gerettet. Den Leuten schmeckt es doch! Sie kommen von überall her!«

»Meine Herren, Ihre Auseinandersetzung ist jetzt fehl am Platz«, mischte sich Schröder ein.

»Es war doch nur so, dass immer mehr Gäste kamen und das heimische Wildfleisch nicht ausreichte«, versuchte Herbert Harnischmacher kleinlaut zu erklären.

»So viel Rehe, wie wir derzeit verbrauchen, können uns

weder die Zuchtbetriebe noch die Jäger aus der Region liefern«, ergänzte sein Bruder mutig.

»Und dann greifen Sie zu solch abscheulichen Methoden?« Schröder schrie nahezu. Er hatte seine Stimme nicht unter Kontrolle. Angewidert schüttelte er den Kopf. »Zeigen Sie uns das Fleisch!«, befahl er den Brüdern.

Zerknirscht trotteten die beiden mit gesenkten Blicken zu einer Edelstahltür in der Küche. »Hier ist es drin«, seufzte Herbert Harnischmacher.

Schröder trat vor die beiden Männer und legte den großen Hebel um. Luft zischte, als er die Tür aufstieß. Sofort bildete sich ein feiner Kondensnebel, der sich jedoch rasch verzog. Im einfallenden Licht der Küche konnte Schröder einen weiß gefliesten Raum mit mehreren Regalreihen aus Edelstahl erkennen, die in gleichmäßigen Abständen aufgestellt waren.

»Wo ist der Lichtschalter?«

»Da drin, neben der Tür.«

Die Hand des Polizeimeisters tastete die Wand ab. Er war auf eine böse Überraschung gefasst, als das Neonlicht an der Decke blinkend ansprang.

Doch als der Raum hell erleuchtet war, sah Schröder nicht das, was er erwartet hatte. Keine Leichenteile, sondern in Plastiktüten eingeschweißte Fleischbrocken in dunkler Soße stapelten sich in Massen in den Regalen. Portionen für Großküchen. Schröder wagte einen Schritt nach vorne. Er begutachtete die Beutel, die allesamt Aufkleber in einer für ihn unverständlichen Sprache trugen. Alles war klinisch sauber.

Schröder drehte sich zu den dicken Brüdern um, die noch immer beschämt zu Boden schauten. »Was ist das?«

»Na, das Gulasch«, erwiderte Johannes Harnischmacher.

»Aber die Etiketten sind in einer fremden Sprache … Und auf der Speisekarte steht, dass das Wild aus den heimischen Wäldern stamme.«

»Das haben wir doch versucht, Ihnen zu erklären. Das Wild aus der Region reicht nicht aus«, wiederholte Herbert Harnischmacher sein Geständnis.

»Und woher kommt das da?«

»Aus Osteuropa. Aus Rumänien. Dort wird es portioniert und küchenfertig verarbeitet.«

Schröder schaute sich ein Etikett genauer an. Er verstand kein einziges Wort. Nur das Datum war für ihn erkenntlich. Es war zwei Jahre alt!

»Das Fleisch hier … dieses Datum … Wie frisch ist das?«, fragte er skeptisch.

»Frisch? … Das kann man *so* nicht sagen«, lavierte Herbert Harnischmacher.

»Jetzt hör doch auf mit deinem Gerede!«, maulte sein Bruder. »Geht doch nun sowieso alles den Bach runter! Also, Herr Kommissar, das Mindesthaltbarkeitsdatum ist seit zwei Jahren abgelaufen. Was aber nicht heißen muss, dass das Fleisch verdorben ist, möchte ich betonen! Es sind Altbestände eines rumänischen Fleischereigroßbetriebs, die dauerhaft gekühlt waren. Wir haben sie günstig aufgekauft.«

»Sie wollen mir nicht ernsthaft erzählen, dass man das Fleisch noch essen darf?« Schröder blickte die Männer streng an.

»Also, ich würde sagen … Das Fleisch ist gut gereift«, erwiderte Herbert Harnischmacher.

Schröder platzte der Kragen. »*Gereift?* Das ist Gammelfleisch! Nichts anderes! Übertüncht durch eine Fertigsoße mit billigen Geschmacksverstärkern. *Das* haben Sie als frisches regionales Wildfleisch verkauft und Ihre Gäste aufs Übelste getäuscht. Sie haben sogar deren Gesundheit gefährdet, um Ihre Gewinne daraus zu ziehen! Sie erhalten eine Anzeige! Und ich werde sofort das Ordnungsamt verständigen!« Wütend machte Schröder auf dem Absatz kehrt.

26

Annas Kopf schlug hart auf die untere Holzkante des Fensters auf. Benommen schaute sie sich im Hochsitz um. Er war nicht umgestürzt, sondern stand immer noch aufrecht. Anna lag allerdings eingeklemmt zwischen der kleinen Bank und der vorderen Holzwand. Ihr Kopf dröhnte. War das alles also nur ein Traum gewesen? Anna zog einen Handschuh aus und tastete vorsichtig über ihre Stirn. Gott sei Dank hatte sie keine Platzwunde. Bestimmt würde sie morgen eine dicke Beule bekommen. Nun denn! Polizeiliche Einsätze waren eben gefährlich, munterte sie sich auf. Anna stemmte sich auf die Bank hoch und genehmigte sich einen großen Schluck lauwarmen Kaffee, um wieder klar denken zu können. Die beiden Engel waren ihr demnach im Schlaf erschienen. Ach du meine Güte, das war ja verrückt. Was hatten sie genau zu ihr gesagt? Worum war es noch mal in dem Traum gegangen …?

Noch bevor Anna den Gedanken zu Ende bringen konnte, zog etwas auf dem Campingplatz ihre Aufmerksamkeit auf sich. Angespannt starrte sie hinaus. Mittlerweile war die Sonne untergegangen, und der Mond tauchte die Anlage in ein kühles Licht. Da war doch eine Bewegung gewesen … dort, bei dem großen Wohnmobil. Anna tastete in dem Hochsitz nach dem Fernglas. Als sie hindurchschaute, konnte sie sich zunächst nicht orientieren. Doch dank des hellen Mondlichtes gelang es ihr, den Feldstecher scharf zu stellen. Bald hatte sie die Stelle lokalisiert, an der sie die Bewegung ausgemacht hatte.

Sie beobachtete zwei Männer, die sich, tief im Schatten eines Wohnmobils, am Eingang des Caravans zu schaffen machten. Er schien bewohnt zu sein, aus dem Fenster fiel ein schwacher Lichtschein. Anna hielt den Atem an, als die Männer die Tür öffneten. Schnell waren sie im Inneren verschwunden. Waren es Gäste? Oder Eindringlinge? Womöglich sogar Mörder?

Anna blieb keine Zeit für Spekulationen, denn schon bald begann das Wohnmobil heftig zu schwanken. Ein helles Licht, wie von einer grellen Taschenlampe, flammte im Fenster auf. Der Strahl tanzte wild umher. Dann glaubte Anna, die gedämpften Schreie einer Frau zu hören! Ihre letzten Zweifel verflogen: Offenbar schwebte jemand in akuter Lebensgefahr. Alles deutete auf einen verzweifelten Überlebenskampf hin. Anna musste eingreifen, sie musste handeln.

Sie riss sich die Handschuhe von den Händen, zog ihr Handy aus der Tasche und wählte Bens Nummer. Mit dem Telefon am Ohr stieg sie die Leiter des Hochsitzes herunter. Anna lief den verschneiten Feldweg am Rande des Campingplatzes entlang, als sich Ben meldete.

»Du musst sofort kommen! Zum Campingplatz am Biggesee. Ich glaube, hier wird jemand in einem Wohnmobil getötet«, stieß Anna atemlos hervor.

»Anna! Anna, hör mir zu!«, ertönte seine Stimme laut. »Du gehst auf keinen Fall zu dem Wohnmobil! Hörst du? Auf gar keinen Fall! Ich alarmiere die Kollegen, wir sind in wenigen Minuten da. Geh zum Eingang der Anlage, damit du uns zu dem richtigen Wohnmobil führen kannst. Hast du verstanden?«

»Alles klar, Ben. Mache ich«, erwiderte Anna und legte auf, während sie im Laufschritt zum Caravan trabte.

Von ihrem Beobachtungsposten aus hatte sie den Eindruck gehabt, das Wohnmobil stünde nicht allzu weit vom Hochsitz entfernt. Doch als sie nun am Campingplatz entlanglief und schließlich auf dessen Hauptweg einbog, kam ihr die Distanz unendlich vor. Im Mondlicht sahen zudem alle Wohnwagen gleich aus. Wie sollte sie nur den richtigen finden?

Anna irrte umher, bis sie endlich glaubte, den verdächtigen Caravan gefunden zu haben. Und darin fand soeben ein schreckliches Verbrechen statt, daran hatte Anna keine Zweifel. Sie hörte die gedämpften Laute einer Frau, die verzweifelt »Nein, nein!« schrie. Eine Hand schob sich am Fenster hoch und schlug gegen die Plexiglasscheibe. Jede Sekunde zählte. Anna konnte unmöglich auf Ben und die anderen Polizisten warten, vielleicht war es dann schon zu spät. Aber sie konnte auch nicht einfach so in das Wohnmobil eindringen und damit ihr eigenes Leben gefährden. Die Täter würden sie mit Sicherheit ebenfalls skrupellos attackieren. Was sollte sie jetzt tun?

Hin- und hergerissen blieb Anna wie angewurzelt vor dem Wohnwagen stehen. Dann hörte sie die dröhnenden Motoren von Fahrzeugen, die sich trotz glatter Fahrbahn mit hoher Geschwindigkeit dem Campingplatz näherten. Anna atmete erleichtert auf. Die Rettung nahte! Zwar war kein Blaulicht zu sehen und keine Sirene zu hören, aber dieser Pulk an Autos, der mit halsbrecherischem Tempo um die Kurven raste, konnte nur die Polizei sein.

Anna rannte zum Eingang des Campingplatzes. Als sie dort ankam, war bereits ein Beamter mit Helm und schusssicherer Weste aus einem der Autos gesprungen und bog kurzerhand die Schranke zur Seite.

»Hier entlang!«, rief Anna ihm zu.

»Los, steigen Sie ins Auto und zeigen Sie uns den Weg!«

Anna hechtete durch die geöffnete Tür auf die Rückbank. Der Polizist ließ sich auf den Beifahrersitz fallen, und der Fahrer gab Vollgas. In weniger als einer Minute kamen die vier Einsatzfahrzeuge vor dem großen Campingwagen zum Stehen. Männer in dunkler Kleidung, geschützt mit Helmen und schusssicheren Westen, mit Gewehren und Pistolen im Anschlag versammelten sich vor dem Eingang.

»Dieses Wohnmobil?«, erkundigte sich einer der Polizisten flüsternd bei Anna.

»Ja, das«, bestätigte sie und deutete mit dem Finger in Richtung Tür.

Die Beamten zögerten keine Sekunde. Mit einer Brechstange verschafften sie sich Zutritt, direkt danach blitzte eine Blendgranate auf, woraufhin die Polizisten nacheinander in den Wagen eindrangen.

»Polizei! Keine Bewegung!«

Anna sah durch die Fenster des Wohnmobils, dass Taschenlampen eingeschaltet wurden und das Innere systematisch vom Eingang aus abgesucht wurde. Immer wieder hörte sie den lauten Ruf: »Abschnitt gesichert!«

Hinter Anna tauchten Scheinwerfer auf. Sie blickte sich um. Der Polo parkte neben den anderen Fahrzeugen. Ben stieg aus.

»Anna!«, rief er besorgt. Er lief auf sie zu. »Dir ist nichts passiert?« Er nahm Anna in seine Arme und zog sie dann zu den Einsatzwagen. »Komm, hinter die Autos! Falls Schüsse fallen.«

Aus sicherer Entfernung blickten beide gespannt zum Wohnmobil hinüber. Was ging darin vor? Anna machte sich Sorgen. Hatten die Polizisten die Frau retten können?

Einer der Beamten trat ins Freie und kam auf Ben und Anna zu. Er zog den Helm vom Kopf. Sein Schweiß stieg in einer Dunstwolke gen Himmel.

»Hallo, Ben«, begrüßte er seinen Kollegen und wandte sich dann an Anna: »Ich bin Peter Leuters von der Kripo Olpe. Haben Sie Herrn Ruste informiert?«

»Ja, das war ich«, bestätigte Anna und schüttelte dem Mann die Hand.

»Na, dann kommt mal mit!«, forderte Leuters sie auf und ging zurück zum hell erleuchteten Eingang des Caravans.

Als Anna und Ben das Wohnmobil betraten, schlug ihnen eine unerträgliche Hitze entgegen. Anna schaute sich um. Die Polizisten lehnten lässig an den Schrankwänden und hatten ihre Helme abgezogen. Wegen der Wärme schwitzten alle, und ihre Haare klebten an den Köpfen. Die Männer grinsten.

Anna stutzte. Was war hier los? Dann hörte sie jemanden, der mit holländischem Akzent schimpfte und sich lautstark über den deutschen Polizeistaat beschwerte. Als sie der Stimme folgte und um einen Paravent bog, erfasste sie die Situation mit einem Blick.

Hinter der Trennwand befand sich ein rotes Plüschbett, auf dem eine brünette Frau auf allen vieren hockte. Unbekleidet, eine Hand am Fenster abgestützt. Hinter ihr hatte sich ein nackter, glatzköpfiger Adonis in Position gebracht. Neben den beiden lag ein Kameramann. Vor dem Bett stand ein Tontechniker mit Kopfhörern auf den Ohren. Sein Mikro hing an einer Stange über dem Paar. Und dann gab es da noch den brüllenden Holländer, der in der Zimmerecke vor einem Stuhl stand und mit seiner Schimpftirade gar nicht mehr aufhören wollte. Während er sich über den Umgang mit Gästen in Deutschland beklagte, wippte der Pferdeschwanz, zu dem er seine langen grauen Haare zusammengebunden hatte, aufgeregt hin und her.

»Die drehen hier einen Porno«, raunte Leuters Anna zu. Er hatte sich hinter sie gestellt und betrachtete amüsiert die Szene. »Das ist der Regisseur!«

In diesem Moment endete der wütende Redeschwall des grauhaarigen Niederländers, der sich erschöpft auf seinen Regiestuhl fallen ließ.

»Maarten, sollen wir jetzt weitermachen?«, fragte die Brünette, während sie den Kopf lasziv nach hinten drehte.

»Ja, filmt die Polizisten!«, rief der Regisseur plötzlich begeistert und sprang in die Höhe. »Und du schaust erschrocken in die Kamera!«

»Auf keinen Fall!«, fuhr Ben dazwischen. »Ihr könnt abziehen, Leute«, rief er den Männern zu, die neugierige Blicke über die Trennwand warfen. »Kümmer dich bitte um den Schadensersatz, Peter«, bat er dann seinen Kollegen leise.

»Und was genau soll ich in den Bericht schreiben?«, fragte Leuters.

»Verdammt noch mal«, fluchte Ben, »schreib doch, was du willst! Als ob ich nicht einen Arsch voll Arbeit hätte!«

»Arsch passt irgendwie«, bemerkte Leuters trocken.

Als sie vor das Wohnmobil traten, zog Ben Anna beiseite. Beschämt blickte sie zu Boden.

»Ben, es hat wirklich so ausgesehen, als ob …«

»Anna, ich glaube, wir müssen mal ernsthaft miteinander reden.«

27

Am nächsten Morgen musste Ben erneut auf den Polo ausweichen. Schröder hatte es auch noch nach zwei Tagen nicht geschafft, seinen Dienstwagen aus dem Graben ziehen zu lassen. Ben platzte fast vor Wut. Andererseits hatte sein Assistent mittlerweile ein Massengrab ausgehoben und steckte bis zum Hals in Knochen. Scheiß Vorweihnachtszeit! Statt mit Anna romantische Schneewanderungen zu unternehmen, musste er in Leichenhaufen herumwühlen und niederträchtigen Weihnachtsmännern hinterherjagen! Am besten, er kümmerte sich selbst um seinen Wagen. Angesichts des Bergs an Arbeit wollte er keine weitere Verzögerung in Kauf nehmen.

Während der Fahrt zur Sauerländer Süßwarenfabrik wählte er die Nummer der Dienststelle und gab Anweisung, man solle seinen Dienstwagen abschleppen. Als der Beamte am Telefon süffisant bemerkte, die Polizei empfehle, bei Schnee mit angepasster Geschwindigkeit zu fahren, wies ihn Ben barsch in die Schranken und kappte grußlos die Leitung.

Verärgert drehte er das Autoradio lauter, um sich mit den Nachrichten abzulenken. Zumindest war nichts über den peinlichen Einsatz vergangene Nacht an die Öffentlichkeit gedrungen. Dafür sorgte immer noch die ungeklärte Engelserscheinung für Furore, ebenso wie die mit Gift versetzte Schokolade. Der Nachrichtensprecher gab jedoch in letzterem Fall Entwarnung: Bundesweit seien sämtliche Schokonikoläuse der Sauerländer Süßwarenfabrik aus den Regalen der Einkaufsmärkte entfernt worden. Zudem wurde empfohlen, eigene Nikoläuse zu Hause sicherheitshalber zu entsorgen. Ben wagte es nicht, sich auszumalen, welch enormen wirtschaftlichen Schaden die Süßwarenfabrik dadurch nehmen würde. Doch es war wichtiger, dass keine weiteren Kinder zu Schaden kamen. Die Überprüfung der Angestellten, die er in den letzten zwei Tagen vorangetrieben hatte, hatte allerdings keine neuen Erkenntnisse geliefert. Er hatte sogar die Konten der Mitarbeiter prüfen lassen – ebenfalls ohne nennenswerte Ergebnisse. Er kam in dem Erpressungsfall einfach nicht voran. Und dann drohte ihm Junge auch noch mit einem Disziplinarverfahren, weil er die Öffentlichkeit eingeschaltet hatte – und ein Wohnmobil stürmen ließ, ohne zuvor die Bedrohungslage festzustellen.

Ben zündete sich eine Zigarette an, obwohl Anna strengstens verboten hatte, in dem Polo zu rauchen. Aber er musste sich beruhigen. Er ließ die Scheibe hinunter, und ein eiskalter Wind wehte hinein. Zu gerne hätte er jetzt Schröder neben sich gehabt, um an ihm seine schlechte Laune auszulassen, doch sein Assistent saß im Büro und musste selbst eine Predigt vom Direktor wegen seines Einsatzes in der »Wildhütte« verdauen. Wie es aussah, kamen die Harnischmacher Brüder sogar ohne eine Strafe davon, weil Schröder keinen Durchsuchungsbefehl gehabt hatte. Junge hatte bei der morgendlichen Besprechung getobt.

Ben schaute kurz gen Himmel, der von einer schiefergrauen Wolkendecke bedeckt war. Tröstlich daran war alleine, dass die Temperaturen stiegen und vielleicht Tauwetter einsetzte – was man von seiner derzeitigen Beziehung zu Anna nicht behaupten konnte. Im Gegenteil, hier war Eiszeit angesagt. Anna war beleidigt, nur weil er sie wegen ihrer gestrigen Aktion freundlich und höflich gemaßregelt hatte. Und genau das hatte er als Kripobeamter tun müssen!

Als er die Schokoladenfabrik erreichte, schnappte er sich seine Umhängetasche vom Beifahrersitz und betrat das elegante Foyer, wo er bereits von Martin Ganske erwartet wurde. Der eitle Geschäftsführer in spe trug einen schmal geschnittenen dunkelblauen Anzug und sah mit seiner Hornbrille wie ein Dandy aus den 50er-Jahren aus.

»Guten Morgen, Herr Ruste«, begrüßte der Privatsekretär ihn förmlich. »Können wir uns bitte ungestört in meinem Büro unterhalten?«

»Gerne. Auch ich habe ein paar wichtige Fragen.«

Sie fuhren mit dem Aufzug in die zweite Etage. Ben folgte Ganske in einen nüchtern eingerichteten Raum. Eine Glasscheibe gewährte einen Blick in die Produktionshalle, während die anderen Fenster zum Firmengelände hinausgingen. Ben hatte mehr erwartet. Das Zimmer sah aus wie das zweckmäßige und schmucklose Büro eines einfachen Produktionsleiters.

»Das ist heute Morgen bei uns angekommen. Herr Direktor Lierenfeldt ist außer sich. Aber das muss ich Ihnen ja nicht erklären. Sie haben sicher bereits erfahren, wozu ihre voreiligen Handlungen geführt haben?«

Ben ignorierte Ganskes Anspielungen und griff nach dem Blatt Papier, das ihm Ganske reichte. Es war der Ausdruck einer E-Mail:

Sehr geehrter Herr Lierenfeldt,

glauben Sie ernsthaft, Sie könnten durch die Rücknahmeaktion die Katastrophe verhindern? Glauben Sie mir etwa immer noch nicht? Denken Sie wirklich, ich wäre zu der Tat nicht in der Lage? Unterschätzen Sie Ihre Feinde nicht!

Ich werde Ihre zuckersüßen Schokoladennikoläuse mit Rattengift versetzen, aus dem der Bitterstoff Denatoniumbenzoat extrahiert wurde. Keiner wird die tödliche Substanz bemerken! Die Kinder werden die Schokolade herunterschlingen. Und sie werden qualvoll sterben! Wenn bis morgen das Geld nicht eingetroffen ist, werden die Nikoläuse verteilt!

Dies ist die allerletzte Aufforderung: Überweisen Sie bis morgen Früh 5 Millionen Euro, andernfalls werden zahlreiche Kinder durch vergiftete Schokolade der Sauerländer Süßwarenfabrik zu Tode kommen.

Ben gab Ganske den Ausdruck mit einem Lächeln zurück.

»Ich weiß nicht, was Sie daran amüsiert«, zischte der Privatsekretär. »Sie sehen, dass Ihre Veröffentlichung uns kein bisschen weitergeholfen hat. Im Gegenteil, sie hat noch mehr Schaden angerichtet!«

»Ich will Ihnen verraten, warum sich meine Laune bessert. Wir haben jetzt endlich eine Spur! Die Rücknahme hat sehr wohl etwas gebracht: Sie hat den Erpresser in seinem Stolz gekränkt, geradezu wütend gemacht. Dadurch hat er sich zu zwei Fehlern hinreißen lassen: Zum einen hat er das erste Mal von ›ich‹ gesprochen. Wir haben es demnach mit einem einzelnen Täter zu tun, nicht mit einer Gruppe. Zum anderen versteht er augenscheinlich etwas von Gift und besitzt chemische oder pharmazeutische Kenntnisse. Das sind gute Anhaltspunkte!«

»Anhaltspunkte – pah! Wir haben aber nur noch einen Tag, ihn zu überführen. Wie wollen Sie das anstellen?«

»Indem Sie sich das hier mal anschauen«, erwiderte Ben ruhig.

Er zog die Schokoladennikoläuse mit dem Brechmittel aus seiner Umhängetasche und legte sie auf Ganskes aufgeräumten Schreibtisch. Einige waren noch vollständig in Silberfolie eingewickelt. Besorgte Eltern hatten sie nach dem Vorfall auf dem Olper Weihnachtsmarkt bei der Kripo abgegeben.

Missmutig betrachtete Ganske die Figuren. »Und? Was soll ich ohne Labor dazu sagen?«

Es klopfte an der Tür.

»Herein«, rief der Privatsekretär unwirsch.

Eduard Lierenfeldt streckte seinen weißen Bürstenschnitt durch den Türspalt. Der Direktor der Sauerländer Süßwarenfabrik hatte sichtlich schlechte Laune, und als er Ben erblickte, verfinsterte sich seine Miene noch mehr. Als er ins Büro trat, sprang Ganske von seinem Schreibtisch auf, den Körper straff gehalten wie ein Soldat. Fehlte nur noch, dass er salutierte, dachte Ben und drehte sich zu Lierenfeldt, um ihn höflich zu begrüßen.

Der Unternehmer ignorierte Bens entgegengestreckte Hand und blaffte ihn stattdessen an: »Sie wagen sich noch hierher? Sie und Ihre Behörde müssen mit ernsthaften Konsequenzen rechnen! Ich habe bereits mit Ihren Vorgesetzten telefoniert. Leider kann man uns anscheinend derzeit keinen anderen Mann zur Verfügung stellen. Ich gehe davon aus, dass Sie sich nun endlich kooperativ und professionell verhalten! Wir jedenfalls werden das tun, wie auch schon zuvor.«

Ben war nach wie vor der Meinung, dass er das einzig Richtige getan hatte. Es ging ihm nicht in den Kopf, dass die Verantwortlichen tatenlos zusehen wollten, bis es womöglich zu spät war. Durch die Rücknahmeaktion war zumindest die größte unkontrollierbare Verbreitungsquelle ausgeschlossen worden. Jetzt konnte der Täter nur punktuell zuschlagen – und nun wussten sie auch, dass es sich um eine Person handelte, die darüber hinaus in der Chemie bewandert war. Ben hatte bereits eine Ahnung, in welchem Umfeld er den Erpresser suchen musste.

Bevor er etwas erwidern konnte, schimpfte Lierenfeldt erneut los: »Was ist das denn hier für Ausschussware?« Er deutete auf die Proben, die Ben mitgebracht hatte. »Ganske, das ist ja katastrophal! Spinnen die in der Produktion?«

Der Privatsekretär schaute seinen autoritären Chef ratlos an. Ben wurde hellhörig. »Was stimmt denn nicht mit den Nikoläusen?«, erkundigte er sich.

»Sagen Sie es ihm, Ganske!«, befahl der Unternehmer.

»Nun ja … Ich weiß nicht genau, was Sie meinen, Herr Direktor«, versuchte sich Ganske herauszuwinden.

»Ich meine das hier … und das hier!« Er zeigte mit dem Finger auf die Bruchkanten der Schokolade. »Das ist doch viel zu dick! Wollen wir unsere Schokolade verschenken? Ist etwa eine ganze Charge so produziert worden? Das sieht doch wie von einem Laien in Handarbeit gegossen aus! Und dann das hier: die Folie. Schlampig eingewickelt. Da hat doch jemand ausgebessert. Die sind doch so nie durch die Verpackungsmaschine gelaufen. Das ist eine Katastrophe!«

Ben wiegte nachdenklich den Kopf, während er die Schokonikoläuse genauer betrachtete. Das waren weitere entscheidende Punkte!

»Herr Lierenfeldt, das sind die mit Brechmittel versetzten Nikoläuse, die wir sicherstellen konnten. Und Ihren Darlegungen entnehme ich, dass sie nicht hier im Unternehmen hergestellt, sondern in Handarbeit gefertigt wurden?«, hakte Ben nach.

»Die stammen vom Olper Weihnachtsmarkt?« Lierenfeldt blickte Ben erstaunt an, bevor er fortfuhr: »Es sieht ganz nach Handarbeit aus. Hier an den Übergangsstellen zwischen dem Boden und der eigentlichen Gussform erkennt man es ganz eindeutig. Sehen Sie? Die Übergänge sind viel zu dick. Das ist nicht nur Rohstoffverschwendung, das Produkt hat auch nicht mehr den zartschmelzenden Biss. Ist Ihnen das nicht sofort aufgefallen, Ganske?«

»Doch, doch. Aber ich war mir nicht sicher.«

Lierenfeldt zog skeptisch eine Augenbraue in die Höhe. »Ganske, Ganske … Manchmal bin ich mir nicht sicher, ob Sie die nötige Leidenschaft für unsere Produkte mitbringen …«

Das Gesicht des Sekretärs verfinsterte sich. Ben glaubte, in diesem Moment sogar tiefe Abneigung und Verachtung in den Augen von Ganske aufblitzen zu sehen. Fühlte er sich von seinem Chef missachtet? Dachte er vielleicht, dass seine Leistungen nicht anerkannt und entsprechend honoriert wurden? Das wäre ein mögliches plausibles

Motiv. Schließlich hatte Ganske im Unternehmen überall freien Zugang … Ben beschloss, diese Theorie im Hinterkopf zu behalten, um ihr später nachzugehen. Zunächst ging es jedoch darum, mehr über die Herstellung der Schokonikoläuse in Erfahrung zu bringen. Sobald er deren Quelle ausfindig machte, hatte er auch eine konkrete Spur zu dem Erpresser.

»Wer könnte denn Fälschungen Ihrer Produkte anfertigen, und wer hat Zugang zu den Verpackungsfolien?«, sprach er Lierenfeldt an.

»Moment, das lassen wir sofort prüfen! Ich habe da einen ganz bösen Verdacht.«

Lierenfeldt ging zum Telefon auf Ganskes Schreibtisch und rief nacheinander mehrere Mitarbeiter im Unternehmen an. In kürzester Zeit hatte der Patron die erwünschten Informationen beisammen und reichte Ganske das Telefon, das dieser pflichtbewusst an seinen Platz zurückstellte.

»Es sind zwei Kunststoffformen unserer Schokoladennikoläuse verschwunden«, erläuterte Lierenfeldt. »Wir führen natürlich genau Buch darüber, da unsere Formen durch ein Geschmacksmuster vor Kopien geschützt sind. Bei der Glanzfolie können wir nicht feststellen, ob einige Bögen gestohlen wurden.«

»Dann ist der Täter mit sehr großer Wahrscheinlichkeit im Besitz der zwei Formen und der Verpackungsfolie«, fasste Ben zusammen.

»Ja«, bestätigte der Firmeninhaber, »und ich frage mich, warum Ihnen der Diebstahl nicht früher aufgefallen ist, Ganske? Man könnte ja mutmaßen, Sie hätten etwas mit der Sache zu tun!«

Lierenfeldts Privatsekretär lief tiefrot an. Es brodelte in ihm, das sah man ihm an, doch er konnte sich unmöglich gegen seinen Vorgesetzten auflehnen. Er schluckte und sagte mit brüchiger Stimme: »Ich habe selbstverständlich nichts mit der Sache zu tun. Sie wissen, dass ich dem Haus und Ihnen seit Jahren loyal verpflichtet bin. Ich werde mich sofort darum kümmern, warum die Formen verschwunden sind und wer sie möglicherweise entwendet hat. Ich denke, es wäre gut, wenn mich Kommissar Ruste dabei direkt begleiten würde.«

Trotz seines eleganten blauen Anzuges sah der sonst so dynamische Privatsekretär zerknittert aus. Als er mit Ben das Büro verließ, rief ihm Lierenfeldt hinterher: »Ganske, Sie haben mich sehr enttäuscht!«

Jeder normale Mensch hätte in dieser Situation »Arschloch!« gerufen oder es zumindest gezischt, doch Ganske blieb während des gesamten Weges durch die Firma stumm. Er marschierte in schnellem Tempo voran, sodass Ben Mühe hatte, mit ihm Schritt zu halten.

Ihre erste Station war das Materiallager, wo die Formen der Sauerländer Süßwarenfabrik aufbewahrt wurden. An einem Tresen wurden sie von einer freundlichen Mitarbeiterin empfangen. Die Formen selbst befänden sich eingeschlossen in einem gesicherten Raum, erläuterte die Frau. Die Herausgabe wurde streng kontrolliert, und nur autorisierte Angestellte der Ausgabestelle und natürlich die Führungskräfte erhielten direkten Zugang. 344 Nikolausformen waren ursprünglich auf Lager, um sicherzustellen, dass im Falle einer Beschädigung oder Reinigung alle Produktionslinien ohne Unterbrechung weiterarbeiten konnten. Jetzt zählte der Bestand aber nur noch 342 Exemplare. Zwei waren auf unerklärliche Weise verschwunden, aber man hatte beim Werkzeugbauer bereits neue Kunststoffformen in Auftrag gegeben. Ben merkte, dass er an dieser Stelle nicht weiterkam. Das Sicherheitssystem der Lagerung schien perfekt. Abgesehen von dem streng reglementierten Zugang musste jeder Maschinist, der die Formen an der Ausgabestelle abholte, den Empfang und die Rückgabe mit seinem Namen quittieren.

»Und jetzt?«, wollte Ganske wissen.

»Offensichtlich muss jemand mit Zugangsberechtigung die Formen geklaut haben. Vielleicht lag ja Ihr Chef mit seiner Verdächtigung gar nicht so verkehrt!«

Der Privatsekretär funkelte Ben wütend an.

28

Schröder, der sich ins Büro zurückgezogen hatte, wurde mit der Schmach kaum fertig. Von Polizeidirektor Junge während der morgendlichen Besprechung vor allen Kollegen derart bloßgestellt worden zu sein ging ihm an die

Nieren. Und dann sein fataler Fehler mit der ungenehmigten Durchsuchung, dank der die Betreiber der »Wildhütte« nun wahrscheinlich ungestraft davonkamen! Mittlerweile behaupteten sie natürlich, sie hätten das Fleisch lediglich zur späteren Vernichtung zwischengelagert, und als das Ordnungsamt heute Morgen zur Überprüfung im Restaurant eintraf, befand sich kein Brocken gammligen Wildgulaschs mehr in der Kühlkammer. Und das alles ausgerechnet während Schröders Eltern zu Besuch waren und sein Vater ihm laufend in seine Arbeit hineinredete! Er ärgerte sich maßlos über sich selbst. Er musste diesen Knick in seiner Karriere möglichst schnell und elegant wieder ausbügeln.

Frustriert blickte er auf seinen Monitor, auf dem regelmäßig neue E-Mails mit den Namen verschwundener Niederländer aufblinkten, die sich mit den Listen der Campingplatzgäste rund um den Biggesee deckten. Jemand hatte im großen Stil gezielt Holländer getötet und sie dann fachmännisch zerlegt. Sollte er alle Metzgerbetriebe in der Gegend überprüfen lassen? Er verwarf diese Idee sogleich wieder, da sie ihm sicherlich ähnlich viel Ärger einhandeln würde wie seine spontane Aktion in der »Wildhütte«. Nein, er musste geschickter vorgehen. Warum ausgerechnet Holländer? Nach einigen Minuten fiel Schröder die Antwort ein: Weil auch in Zeiten, in denen der europäische Gedanke von Politikern gerne hochgehalten wurde, der Informationsfluss an den Grenzen stockte. Die niederländische Polizei war erst jetzt, Monate nach der ersten Vermisstenmeldung, auf die Zusammenhänge im Nachbarland gestoßen. Und das auch nur durch Zufall! Durch einen halb verwesten Hund …

Apropos Hund! Schröder musste sich unbedingt im Labor erkundigen, woran das Tier gestorben war. Vielleicht erhielt er dadurch einen Hinweis auf die Todesursache der Holländer. Denn wie konnten so viele Menschen so still und heimlich getötet werden? Und wo steckten ihre Fahrzeuge? Schröder hatte alle Parkplätze der Gegend auf die Kennzeichen hin überprüfen lassen, die ihm die niederländischen Behörden mitgeteilt hatten – keine Spur. Nur Fragen über Fragen, auf die Schröder keine Antworten hatte. Noch nicht, aber bald. Da war er sich sicher. Er würde sich bewähren. Das war seine große Chance. Ruste war mit dem anderen Fall beschäftigt, und Schröder hatte freie Bahn, um sein kriminalistisches Können zu beweisen. Der sommersprossige, rothaarige Schröder, über den früher alle gelacht hatten – er würde es allen zeigen!

Schröder rief das Institut für Rechtsmedizin in Köln an, dem er den Hundekadaver zur Obduktion übergeben hatte. Er wurde zu fünf unterschiedlichen Stellen durchgestellt und hatte schon die Hoffnung aufgegeben, dass das Tier überhaupt in Köln untersucht worden war, als sich doch noch die richtige Ansprechpartnerin am Ende der Leitung meldete. Sie erklärte, dass sie und ihre Kollegen aufgrund der Auffindungslage zunächst von einer Vergiftung ausgegangen seien, sie aber keine toxikologischen Spuren nachweisen konnten. Sie konnten jedoch in der Folge durch aufwendige Untersuchungen feststellen – und das sei höchst merkwürdig –, dass der Hund erstickt sein musste. Zum Zeitpunkt seines Todes befand sich kein Sauerstoff mehr im Blut. Tod durch Ertränken kam nicht infrage, da sich kein Wasser in der Lunge befand. Sie stünden vor einem Rätsel, teilte die Rechtsmedizinerin Schröder mit. Daher habe man bereits Unterstützung bei einem anderen renommierten Institut angefordert. Die Kölnerin versicherte Schröder, dass man ihn anrufen würde, sobald das Ergebnis vorlag.

Der Fall wurde immer geheimnisvoller, dachte Schröder, nachdem er aufgelegt hatte. Wer konnte töten, ohne Spuren zu hinterlassen? Bei *jedem* Mord hinterließ der Täter doch Spuren! Schröder dachte konzentriert nach, bis ihm eine Idee kam: Man musste sich nochmals alle Wohnmobile vornehmen! Genau, das war es! Alle Wagen mussten auf übereinstimmende Spuren untersucht werden … Doch das konnte Wochen dauern. Gab es keine schnellere Lösung?

Schröder griff zum Hörer und führte eine Reihe weiterer Telefonate. Dann setzte er sich ins Auto und fuhr zum Fundort der Skelette im Wald bei Ratemicke. Er war bereits ausgestiegen, als die Polizeifahrzeuge eintrafen. Er hatte sechs Kollegen vom Bereitschaftsdienst und vier von der Spurensicherung zum Tatort beordert.

»Was ist das für eine wahnwitzige Idee, Schröder?«, frage Thorsten Schwenke. »Sie werden sich bestimmt weiteren Ärger damit einhandeln.«

»Und ich glaube, dass wir damit den Fall sehr schnell lösen werden«, entgegnete Schröder dem Leiter der Spurensicherung.

»Hat denn der Alte überhaupt seinen Segen für die Aktion gegeben?«

»Äh …«, hüstelte Schröder, »der weiß noch nichts. Ich bin noch nicht dazu gekommen …«

»Na super!«, brummte Schwenke. »Dann geht die ganze Sache hier auf Ihre Kappe. Wenn das schiefgeht, können Sie sich zu den Knochen legen!«

»Das lassen Sie mal meine Sorge sein. Und ›Knochen‹ ist das richtige Stichwort. Sie können auspacken und mit der Arbeit beginnen, bevor es dunkel wird.«

Schwenke nickte und erteilte Kommandos. Die Beamten machten sich kopfschüttelnd an die Arbeit. Säckeweise holten sie aus den VW-Bussen die Knochen, die sie gestern so mühsam sortiert und katalogisiert hatten.

29

»Hören Sie«, beschwerte sich Ben bei Ganske, »ich folge Ihnen schon den ganzen Tag wie ein Dackel, und wir kommen keinen Schritt weiter. Das Ultimatum läuft morgen ab. Ich schlage daher vor, dass ich weitere Kollegen herbestelle und wir systematisch nochmals die Personalakten durchgehen und mit Ihren Mitarbeitern sprechen. Dabei ergeben sich bestimmt auch Anhaltspunkte für die gestohlenen Formen.«

»Nur noch eine Station«, bat Ganske. »Dann haben wir alle Möglichkeiten ausgeschöpft.«

Das hatten sie in der Tat. Ben hatte bereits in den vergangenen zwei Tagen den gesamten Produktionsprozess der Schokoladennikoläuse kennengelernt. Und jetzt klapperte er noch mal jede Station ab, bei der die Kunststoffformen zum Einsatz kamen. Er wusste nun, dass die Formen maschinell mit heißer Schokolade gefüllt und nach einem vorprogrammierten Muster geschwenkt wurden, sodass sich die Schokolade gleichmäßig verteilte. Wenn sie dann erkaltete, konnten die fertigen Nikolausfiguren den Formen entnommen werden. Eine aufwendige Prozedur, fand Ben.

»Hier ist unser Entwicklungslabor«, erklärte Ganske, während er Ben in einen fensterlosen Raum führte, der an eine Großküche erinnerte.

Statt von Schokoladenduft wurde Ben von Gerüchen wie in einer Gewürzhandlung empfangen. Ebenso ungewöhnlich war die Erscheinung der Leiterin der Abteilung. Ben hatte sich eine Schokoladen- und Pralinenentwicklerin etwas fülliger vorgestellt, ging er doch davon aus, dass man die eigenen Kreationen auch probieren musste. Stattdessen machte ihn Ganske mit einer dürren, blassen Frau mit eingefallenen Wangen und krausen grauen Haaren bekannt. Auf ihrer schmalen Nase balancierte sie eine viel zu große Hornbrille. Als Ben ihr seinen Dienstausweis zeigte, rutschten ihr die Gläser hinunter, sodass sie sie umständlich mit dem Finger wieder nach oben schieben musste.

»Frau Funke und ihr Team erschaffen immer wieder neue Verführungen«, begann Ganske der Frau zu schmeicheln. »Geschmackskompositionen allein aus natürlichen Aromen. Da kann niemand aufhören zu naschen, bis die Packung leer ist. Was natürlich gut für unseren Verkauf ist. Das, was Frau Funke an diesem Ort entwickelt, ist das Erfolgsgeheimnis unserer Marke.« Der Privatsekretär setzte eine triumphierende Miene auf. Als eine Reaktion von Ben ausblieb, räusperte sich Ganske und wandte sich dann direkt an seine Mitarbeiterin: »Frau Funke, wir sind hier, weil Nikolausformen entwendet wurden. Haben Sie oder Ihre Mitarbeiter irgendeine Ahnung oder einen Hinweis? Jedes noch so kleine Detail könnte uns weiterhelfen.«

»Wie viele Formen fehlen denn?«, fragte die Entwicklungsleiterin kurz angebunden.

»Laut den Unterlagen der Materialwirtschaft sind es zwei«, erwiderte Ganske.

»Hm, zwei also«, überlegte Frau Funke. »Wir hatten vor einigen Wochen zwei Formen hier im Labor, zu Testzwecken. Ich habe sie selbst aus dem Lager geholt, ich bin zugangsberechtigt.«

»Und wo sind die jetzt?«, mischte sich Ben ein.

Frau Funke musterte ihn skeptisch, als ob sie abschätzen würde, inwiefern sie mit ihrer Antwort Firmengeheimnisse verraten oder sich gar selbst verdächtig machen könnte. »Die Formen müssten schon längst wieder im Lager sein«, erklärte sie dann entschlossen.

»Haben Sie sie persönlich dort wieder abgeliefert?«, hakte Ben nach.

»Lassen Sie mich nachdenken …« Die Abteilungsleiterin runzelte die Stirn. »Wir haben Versuche mit einer neuen, schneller härtenden Schokoladenmischung gemacht, von der wir uns eine Produktivitätssteigerung von 15 Prozent erhofft hatten, aber leider erzeugte sie nicht die gewünschte Farbe.«

»Die Farbe ist jetzt nicht wichtig. Was haben Sie mit den Formen gemacht?«, beharrte Ben.

»Schon gut, schon gut«, lenkte Frau Funke ein. »Ich versuche ja, mich zu erinnern. Sie können sich gar nicht vorstellen, was hier tagtäglich los ist.« Sie ging durch den Raum zu einem Tisch. »Kommen Sie, ich schaue im Computer nach. Vielleicht hilft eines der Protokolle weiter.« Sie klickte mit der Maus auf einige Ordner, dann hellte sich ihr schmales Gesicht auf. »Da haben wir es ja. Natürlich! Dass ich nicht gleich darauf gekommen bin! Zu der Zeit hat eine studentische Hilfskraft bei uns gearbeitet. Cleverer Junge. Ich habe ihn nach Abschluss der Versuchsreihen mit der Reinigung der Formen beauftragt, und er sollte sie auch wieder zurück ins Lager bringen.«

»Haben Sie den Namen?«, fragte Ben.

»Moment, ich muss nachschauen … Ah ja, da haben wir ihn: Jonas Keller. Chemiestudent der Universität Siegen.«

Ben wurde hellhörig. Dieser Jonas Keller hatte also nicht nur Zugang zu den Formen gehabt und sich in der Fabrik frei bewegt, sondern verfügte darüber hinaus über chemische Fachkenntnisse. Alles schien zu passen …

»Haben Sie vielleicht eine Adresse?«, wandte er sich an Frau Funke.

»Natürlich, ich kann sie Ihnen ausdrucken. Und eine Handynummer ist auch hinterlegt.«

»Das wäre sehr hilfreich«, bedankte sich Ben. Dann zischte er in Richtung Ganske: »Warum habe ich die

Daten der Aushilfskräfte und Praktikanten eigentlich noch nicht bekommen? Ich hatte Sie doch ausdrücklich darum gebeten!«

»Ähm, es dauert seine Zeit, die Informationen zu sammeln«, erwiderte Ganske sichtlich verunsichert. »Der Einsatz von Aushilfen wird nicht von unserer Personalabteilung geregelt, das macht jeder Bereich für sich. Es geht dann lediglich eine Meldung an die Lohnbuchhaltung …«

»Hier, Ihr Ausdruck«, flötete Frau Funke dazwischen. Sie war sichtlich darüber erfreut, einen konkreten Hinweis geben zu können.

»Herzlichen Dank«, sagte Ben und warf einen Blick auf die Adresse. Sie befand sich in Siegen.

Ben holte sein Handy aus der Tasche und benachrichtigte sofort die Polizei vor Ort. Bis er selbst in Siegen eintreffen würde, könnte wertvolle Zeit verloren gehen.

Im Gehen raunte er Ganske zu: »Sagen Sie Ihrem Chef, er soll die Summe überweisen. Falls wir den Verdächtigen nicht sofort fassen oder die Spur sich als falsch erweist, gewinnen wir Zeit. Er wird sein Geld schon nicht verlieren, wir kriegen den Erpresser. Da bin ich mir sicher!«

30

Zufrieden verfolgte Schröder in der Dämmerung die Arbeit seiner Kollegen. Die Spurensicherer entpuppten sich auch als exzellente Spurenverwischer. Die Grube war wieder mit Knochen und Schädeln gefüllt und sorgfältig mit großen Fichtenästen abgedeckt. Darüber hatten die Beamten mit Schaufeln vorsichtig Schnee verteilt und dann die Oberfläche mit feinen Besen bearbeitet. Der von den Polizisten festgetretene Schnee rund um die Fundstelle wurde mit Rechen wieder aufgelockert. Es war wirklich perfekt. Als sei das Massengrab nie gefunden worden.

Schröder war stolz auf die gelungene Aktion. Als er allerdings Thorsten Schwenke auf die nächtliche Überwachung ansprach, merkte er, dass er seinen Plan nicht vollständig durchdacht hatte.

»Wir sind doch nicht verrückt und lassen uns noch tiefer in Ihre wahnwitzigen Unternehmungen hineinziehen!«, wehrte der Leiter der Spurensicherung ab. »Es reicht schon, dass wir die Beweisstücke wieder an den Tatort gebracht haben. Nein, da müssen Sie schon selbst zusehen, wo Sie die Leute herbekommen! Meine Mannschaft steht dafür jedenfalls nicht zur Verfügung.«

»Ähm, verstehe … Dann danke nochmals«, erwiderte Schröder zögerlich, während die Beamten die letzten Sachen zusammenpackten und zu ihren Fahrzeugen aufbrachen. »Ich werde auch Herrn Direktor Junge zu gegebener Zeit offiziell informieren, wenn Sie verstehen, was ich meine …«

»Das überlasse ich Ihnen«, erwiderte Schwenke. »Aber Sie sollten zumindest Ihren Chef informieren. Vielleicht hat ja Ruste eine seiner grandiosen Ideen.«

Schröder nickte. Direktor Junge konnte er schlecht um Verstärkung bitten, also musste er sich an Ruste wenden. Allein würde er nicht weiterkommen. Seufzend wählte er auf seinem Smartphone die Nummer seines direkten Vorgesetzten.

Der meldete sich kurz angebunden: »Schröder, was ist? Ich bin dem Erpresser dicht auf den Fersen. Ist es was Wichtiges?«

»Ich habe die Grube im Wald wieder herrichten lassen, weil ich davon ausgehe, dass die Täter wieder auftauchen werden, um Leichenteile verschwinden zu lassen.«

»Was? Wie kommen Sie denn darauf? Weiß Junge davon?«

»Ähm … nein«, antwortete Schröder zaghaft, sprach dann aber schnell weiter, um Ruste das Wort abzuschneiden: »Aber hören Sie: Mittlerweile sind die Ermittlungen der niederländischen Kollegen vorangeschritten. In Holland werden 46 Personen vermisst, deren Spuren ins Sauerland führen, wir haben allerdings Knochen und Schädel von nur 42 Menschen gefunden. Vielleicht sind die vier noch am Leben und wir können sie retten …«

»Schröder, Schröder!«, unterbrach ihn Ben Ruste. »Der Fall hat solche Dimensionen angenommen, dass Sie jetzt gemeinsam mit Junge das BKA und Interpol einschalten müssen. Ich kann mich derzeit nicht darum kümmern.«

»Aber jemand muss doch die Grube beobachten«, beharrte Schröder. »Irgendwann kehren die Täter bestimmt hierher zurück.«

»Meine Güte, Schröder! Das können Sie nicht mit Sicherheit wissen! Und allein darauf können Sie sich auch nicht verlassen!«

»Aber es ist der einzige Anhaltspunkt. So könnten wir den Fall lösen«, widersprach Schröder. »Die Kollegen haben sämtliche Parkplätze in der Umgebung überprüft. Es wurde kein verlassener holländischer Pkw gefunden. Die Autos sind wie vom Erdboden verschluckt. Uns bleibt nur diese Grube!«

»Schon gut …«, beschwichtigte ihn Ruste. »Aber die Überwachung müssen Sie allein durchziehen. Wenn Junge von dieser ungenehmigten Aktion erfahren sollte … Nun, dann kann ich Ihnen auch nicht mehr helfen. Schröder, beobachten Sie von mir aus die Grube, und vielleicht haben Sie Erfolg. Nur das kann Ihnen den Arsch retten. Ich muss mich jetzt um die Schokoladennikoläuse kümmern.«

Toll. Genau so hatte er es sich vorgestellt! Völlig alleine die Nacht im Wald verbringen!

Entnervt steckte Schröder sein Handy zurück in die Jackentasche. Mittlerweile waren sämtliche Kollegen abgerückt. Er hatte seinen Wagen weiter weg am Rande eines Feldes geparkt. Auf eine Überwachungsaktion war er nicht eingestellt. Schröder trug lediglich leichte Winterstiefel aus Leder, einen dünnen Mantel sowie Handschuhe und die dazu passende Mütze. Von seiner Mutter gestrickt, aus der gleichen Wolle. Vielleicht sollte er nochmals nach Hause fahren, um dickere Kleidung anzuziehen? Doch im Grunde hielt selbst seine dicke Winterjacke nicht viel wärmer als sein Mantel. Nach zwei Jahren hatte er seine Garderobe noch immer nicht an die eisigen Verhältnisse im Sauerland angepasst. Den letzten Winter hatte er für eine Ausnahme gehalten. Hatte er denn ahnen können, dass es hier jedes Jahr so kalt war und so viel schneite? Für einen Ruhrgebietler wie ihn war das einfach unvorstellbar! Und was eine neue Garderobe kosten würde! Schröder hoffte jeden Tag inständig, der Winter möge schnell vorüberziehen und ihm den teuren Einkauf ersparen, doch die schneereichen Wolken hielten sich hartnäckig über den Bergen und Wäldern.

Mittlerweile war es dunkel geworden und Schröder hatte noch immer keinen geeigneten Beobachtungsposten gefunden. Außerdem musste er unbedingt seine Eltern anrufen, die heute wieder mit ihm essen gehen wollten. Während er sich im Mondschein weiter nach einem Versteck umsah, wählte er mit steifen Fingern die Handynummer seines Vaters. Der wollte natürlich sofort mehr über die Überstunden seines Sohnes erfahren und bot ihm umgehend seine Hilfe an. Schröder flunkerte, er müsse wahrscheinlich die ganze Nacht im Büro am Computer Listen mit Verdächtigen auswerten. Als sein Vater ihm daraufhin erklären wollte, wie man früher solche Arbeiten noch ohne moderne Technik erledigt hatte, würgte Schröder das Gespräch ab.

Nun stand er da. Mutterseelenallein im sauerländischen Wald bei Ratemicke. In unmittelbarer Nähe von 42 Toten, deren bleiche Knochen in einer Grube ruhten. Jedem anderen wäre bei diesem Gedanken ein Schauer über den Rücken gelaufen, aber ihm würde das nicht passieren! Er war durch und durch ein rationaler Mensch, der nicht an Geister und anderen Spuk glaubte.

Ausgerechnet in diesem Augenblick schob sich eine Wolkendecke vor den Mond. In der totalen Finsternis bekam Schröder nun doch eine Gänsehaut. Allerdings nicht nur vor Kälte – nein, er hatte ein Geräusch aus dem Wald vernommen. Sobald die Augen nichts mehr sahen, wurde der Hörsinn geschärft, machte sich Schröder klar. Dennoch war ihm das Knacken und Rascheln nicht geheuer. Waren das wilde Tiere? So laut? Er lauschte angestrengt. Nie zuvor war ihm das Knarzen von Stämmen aufgefallen, die sich im Wind wiegten. Er hatte auch nie auf das leise Rauschen der Baumkronen geachtet, das wie eine ferne Meeresbrandung klang. Plötzlich ertönte ein durchdringender Laut.

Der Schrei eines Käuzchens, wie Schröder erleichtert feststellte. Unüberhörbar drang sein Ruf durch den Wald. Es war ganz in der Nähe. Schröder musste sich eingestehen, dass seine Nerven zum Zerreißen gespannt waren. Und wenn er ganz ehrlich mit sich selbst war, musste er sogar zugeben, dass er Angst hatte. Allein im dunklen Wald. Wie ein Muttersöhnchen, gar nicht wie der harte Polizist, der er immer sein wollte. Doch etwas beruhigte ihn …

Schröder knöpfte seinen Mantel auf, um sich zu vergewissern, dass seine Dienstpistole im Holster steckte. Ihm fiel auf, dass er sie an der denkbar ungünstigsten Stelle trug. Im Ernstfall würde er sie unter dem Mantel nicht schnell ziehen können. Also holte er die geladene Waffe hervor und steckte sie in seine Manteltasche. Seine Hand umschloss den Griff. Er merkte, wie er sich langsam beruhigte.

Vorsichtig schritt er den Waldweg weiter ab. Irgendwo musste er sich doch auf die Lauer legen können. Er wollte einen Posten finden, an dem er sich unauffällig in Bewegung halten konnte, ansonsten würde er in dieser bitterkalten Nacht Erfrierungen davontragen. Mehr tastend als sehend schritt er voran, bis er auf einen zugeschneiten Stapel aus aufgeschichtetem Holz stieß, der ihm für seine Zwecke ideal erschien. Schröder rechnete fest damit, dass die Mörder mit einem Auto kommen würden. Dann würde er hervorspringen, seine Taschenlampe einschalten, sie mit der Waffe in Schach halten und festnehmen. So weit der Plan.

Doch es gab ein Problem, wie er verärgert feststellte, als er seinen Mantel suchend abklopfte: Die Taschenlampe lag noch in seinem Wagen! Bevor er den finsteren Pfad hinaufirrte, musste er allerdings dringend pinkeln. Während der Wintermonate passierte ihm das andauernd! Schröder führte seinen verstärkten Harndrang auf die sauerländische Kälte und den erhöhten Konsum von heißen Getränken zurück. Nun gut, hinter dem Holzstapel konnte ihm ja nichts passieren, dachte er. Außerdem war es so finster, dass er selbst kaum die Hand vor Augen sah. Schröder nestelte an seiner Hose herum und verschaffte sich plätschernd Erleichterung. Eine Lücke in der Wolkendecke ließ kurz das Mondlicht aufblitzen. Schröder blickte zufrieden nach unten und sah, wie sein dampfender Strahl ein Loch in den Schnee fraß. Es steckte doch noch etwas vom Tier in uns, überlegte Schröder. Revier markieren!

In diesem Moment tiefer Zufriedenheit spürte Schröder etwas Hartes im Rücken. Er hörte das metallische

Klicken eines gespannten Abzugs und vernahm eine tiefe Stimme: »Schön weiterpinkeln, aber die Hände hochnehmen!«

Der junge Kripomann zuckte zusammen und wollte protestieren: »Aber dann …«

»Los jetzt, Hände hoch!«

Der unerbittliche Druck des Waffenlaufs im Rücken machte unmissverständlich klar, dass jeder Widerspruch zwecklos war. Schröder folgte der Aufforderung und spürte, wie es am linken Bein warm wurde.

31

Als Ben in Siegen eintraf, hatten sich die dortigen Kollegen bereits Zugang verschafft und die Studentenwohnung des Verdächtigen Jonas Keller gesichert.

»Der Vogel ist ausgeflogen«, empfing ihn der leitende Einsatzbeamte.

Ben war ihm in der Vergangenheit bereits häufiger bei Ermittlungen begegnet, doch das hieß nicht, dass sie ein kollegiales oder gar freundschaftliches Verhältnis hatten.

Das hatte allerdings nichts mit der Rivalität zwischen Siegerländern und Sauerländern zu tun. Vielmehr wusste Ben um seinen Ruf als Stinkstiefel, der seine Fälle jedoch genial löste. Und er pflegte ihn. Er nutzte ihn wie einen Panzer, um die Menschen auf Distanz zu halten. Doch das wusste keiner.

»Ich hoffe, ihr habt nicht alle Spuren verwüstet? Meine Güte … ein komplettes Überfallkommando für einen kleinen Studenten. Ich will nicht wissen, wie bei euch Großeinsätze aussehen«, blaffte er.

In dem winzigen Zimmer mit Kochnische standen fünf Beamte in voller Sturmmontur und traten sich fast auf die Füße.

»Wenn ihr eure kugelsicheren Ärsche hier rausbewegt, kann ich meine Arbeit machen«, ergänzte Ben und zog sich die obligatorischen Gummihandschuhe über.

»Ein Danke wäre auch mal ganz nett«, maulte der Einsatzleiter.

»Danke! Und jetzt raus hier!« Ben wies mit der Hand zur Wohnungstür.

Er folgte den Beamten. Nachdem sie gegangen waren, stellte er zufrieden fest, dass die Siegener Truppe die Tür mit einem Dietrich geöffnet und nicht mit einer Rohrramme aufgestoßen hatte. Falls Jonas Keller auftauchen sollte, würde er keinen Verdacht schöpfen und Ben konnte ihn festnehmen. War der junge Mann unschuldig, was Ben allerdings für unwahrscheinlich hielt, würde es ebenfalls keinen großen Ärger geben. Dennoch musste er sich unbedingt absichern.

Ben rief umgehend die Staatsanwaltschaft an, schilderte die neusten Erkenntnisse und bat um einen Durchsuchungsbefehl. Die zuständige Staatsanwältin ging in die Luft, als sie hörte, dass Ben bereits in die Wohnung eingedrungen war und den Beschluss schnellstmöglich mit einer Streife zugestellt bekommen wollte. Als sie die Worte »Unverschämtheit«, »Amtsanmaßung« und »Disziplinarverfahren« in den Hörer brüllte, beendete Ben kurzerhand das Telefonat. Er mochte die Staatsanwältin. Sie war ihm ähnlich und würde die Durchsuchung genehmigen. Das tat sie immer. Ihr Wutausbruch gehörte zu ihrem gemeinsamen Ritual.

Ben blickte sich im Zimmer um. Jonas Keller hatte diese Wohnung bestimmt möbliert gemietet, fuhr es ihm durch den Kopf. Kein Student würde sich doch freiwillig so einrichten, selbst wenn er auf Sachen vom Sperrmüll angewiesen war. Das Mobiliar bestand zumeist aus abgenutzten hellen Holzmöbeln aus den 60er-Jahren. Einen ähnlich schäbigen Eindruck machte der Teppich, dessen Farbe nicht mehr eindeutig zu identifizieren und irgendwo zwischen Grau und Beige anzusiedeln war. Nur die weiße Raufasertapete zeugte davon, dass der Raum regelmäßig gestrichen wurde, um die Absteige teuer als renoviertes Apartment vermieten zu können. Um einen kleinen, tiefen Tisch standen ein Sessel und eine Couch mit abgewetztem rotem Polsterstoff. An den Lehnen aus Buchenholz blätterte der Lack ab. Aus dem gleichen Material waren der Schrank und ein großes Regal. Letzteres war vollgestopft mit Fachliteratur zum Thema Chemie. Allein zwei Reihen enthielten Aktenordner und eine weitere Bestseller der letzten Jahre in abgegriffenen Bucheinbänden. Ben musterte den heruntergekommenen Schreibtisch in der Ecke. Darauf befand sich neben weiteren Ordnern ein PC, und einige Stifte lagen exakt ausgerichtet neben der Tastatur. Die Küchennische mit kleinem Herd und Kühlschrank war penibel aufgeräumt ebenso wie das winzige Badezimmer, das vom Wohnraum abgetrennt war. Sämtliche Utensilien wie Zahnpasta, Rasiercreme und Seife lagen auf einer kleinen Ablage unter dem Spiegel in einer Reihe.

Ben ging zurück in das Zimmer. Seltsam, es gab keine Poster an den Wänden, keine Pinnwand mit persönlichen Fotos, keine Notizzettel, mit bunten Magneten am Kühlschrank angeheftet. Nichts in dieser Richtung! Entweder war Jonas Keller ein Pedant oder aber er hatte gründlich aufgeräumt, bevor er untergetaucht war.

Ben hob die Sitzfläche der Couch an. Wie er vermutet hatte, war es ein ausziehbares Schlafsofa. Das Bettzeug lag ordentlich im Kasten. Ben schaute ihn sich genauer an, doch er fand nichts Auffälliges. Im Anschluss durchstöberte er die Küche. Ebenfalls ohne Ergebnis. So konnte das nicht weitergehen! Er hatte nun zwar einen Hauptverdächtigen, doch mittlerweile war es spät geworden und morgen sollte das Ultimatum ablaufen. Wo, verdammt noch mal, konnte sich in dieser Studentenbude ein Hinweis verbergen, der ihn zum Täter führte? Was war das Geheimnis von Jonas Keller? Vielleicht sollte er eine Zigarette rauchen, bevor er sich den Schreibtisch vornehmen würde, überlegte Ben. Das half ihm immer, sich zu konzentrieren.

Ben öffnete das Fenster und sah hinaus. Das Apartment lag im dritten Stock eines Mietshauses in einer unscheinbaren Seitenstraße. Keine Menschenseele ließ sich draußen blicken. Er zündete sich eine Zigarette an und blies den Rauch in die kalte Luft hinaus. Ihm war klar, dass einige Schwaden des Qualms in das Zimmer zogen und ihn verraten konnten. Doch er rechnete nicht damit, dass Jonas Keller jemals wieder in seine Wohnung zurückkehren würde. Ben hatte erwartet, dass er Nikolausformen, Schokoladenreste, Verpackungsfolie der Sauerländer Süßwarenfabrik und Chemikalien finden würde. Doch nichts von alldem befand sich in dem Apartment. Zudem war es zu aufgeräumt. Zu sauber. Zu ordentlich für eine Studentenbude. Ben hatte den Eindruck, dass alles extra so hergerichtet worden war. Als ob Jonas Keller die Polizei erwartet hatte. Ben kannte diese Art von Tätern nur zu gut. Einerseits trieben sie Spielchen, um Macht zu demonstrieren, andererseits wollten sie erwischt und damit erlöst werden. Aus diesem Grund hinterließen sie absichtlich Spuren, verdeckte Hinweise, die es zu entschlüsseln galt. In diesem Fall war es das offensichtliche Fehlen jeglicher Beweise, das stutzig machte. Ich werde dich trotzdem kriegen, mein Junge, brachte Ben seinen Gedankengang zu Ende.

Er schnippte den Zigarettenstummel in einen Schneeberg am Straßenrand, wo die Glut schnell erlosch. Ben hatte eine arbeitsreiche Nacht vor sich. Die Möglichkeit, dass Jonas Keller gar nichts mit dem Fall zu tun hatte, zog er nur noch für einen kurzen Augenblick in Betracht. Er war sich sicher: Er war dem Erpresser dicht auf den Fersen.

32

Polizeimeister Schröder schluckte schwer, als er hinter sich das Klicken eines weiteren gespannten Waffenhahns hörte. Seine nasse Hose war ihm in diesem Augenblick gleichgültig, jetzt ging es um sein Leben! Nicht er hatte die Massenmörder gestellt, sondern sie hatten ihn in ihrer Gewalt! Und angesichts der zahlreichen Toten in der Grube konnte sich Schröder sein Schicksal ausmalen. Diese Täter besaßen keine Skrupel. Sie würden ihn eiskalt hinrichten.

»Haben wir dich geschnappt, Bürschchen!«, sagte die männliche Stimme in seinem Rücken.

»Hältst dich wohl für ganz oberschlau, woll?«, fragte ein anderer Mann, der weiter rechts stand.

Schröder sparte sich jegliche Antwort. Stattdessen suchte er fieberhaft nach einem Ausweg aus der bedrohlichen Situation. Wie lange würden sie ihn am Leben lassen? Würden sie ihn zur Grube führen und ihn dann mit einem Genickschuss niederstrecken? Würden sie ihm etwa auch das Fleisch von den Knochen ziehen? Grausame Bilder schossen Schröder durch den Kopf und ließen keinen Raum für weitere Gedanken.

»Was machen wir jetzt mit ihm?«, wollte der Mann hinter ihm wissen.

»Ich … ich … bin …«, krächzte Schröder.

»Du bist mal schön still hier!«, blaffte ihn der Mann an und stieß ihm den Lauf in den Rücken. »Glaubst wohl, wir würden nicht bemerken, was du hier im Wald vorhast, was? Aber da musst du schon früher aufstehen! Jetzt sitzt du in der Falle!«

»Wir sollten ihn nach Waffen durchsuchen«, ertönte eine weitere, sehr raue Männerstimme. Sie kam von links, demnach war er von drei Mördern überwältigt worden, rechnete Schröder sich aus.

»Also, durchsuch ihn, Manfred«, erwiderte der Mann hinter ihm.

»Der ist voller Pisse, den fass ich nicht an. Georg, mach du es doch selbst!«

»Dann schalt deine Lampe an, und du, Karl, halt mein Gewehr!«

Aus den Augenwinkeln sah Schröder von rechts eine schemenhafte Gestalt mit ausgestrecktem Arm auf sich zukommen. Dann blendete ihn von der linken Seite der grelle Strahl einer Taschenlampe.

»Moment … Den kenn ich doch!«, sagte der Mann hinter ihm, der Georg hieß und ihn gerade durchsuchen wollte.

»Ich bin Polizist«, stieß Schröder hervor. »Sie werden nicht weit kommen, der Wald ist umstellt. Wenn Sie jetzt nicht Ihre Waffen niederlegen, wird man das Feuer eröffnen«, bluffte er.

»Der Wald ist umstellt?«, wiederholte Georg amüsiert. »Das ist doch lachhaft! Außer uns ist hier keine Menschenseele.«

»Der ist aber wirklich von der Polizei!«, meinte Karl rechts neben Schröder. »Jetzt erkenne ich ihn auch wieder. Der ist von der Kripo in Olpe.«

»Aber was will der uns denn hier für eine Geschichte auftischen?«, warf Georg ein.

»Vielleicht steckt ja die ganze Kripo in dieser Schweinerei mit drin«, mutmaßte Manfred von links, während er weiterhin mit der Taschenlampe direkt in Schröders Gesicht leuchtete.

»Also, was geht hier vor?«, wollte Georg wissen. Er hatte sich augenscheinlich sein Gewehr zurückgeholt und verlieh seiner Frage Nachdruck, indem er Schröder den Lauf wieder fest in den Rücken presste.

»Was meinen Sie? Was soll hier vorgehen?«, erwiderte Schröder völlig verdattert.

»Nimm uns nicht auf die Schippe!«, drohte Karl. Schröder spürte einen weiteren Gewehrlauf an seiner rechten Schläfe. »Wir haben gesehen, wie zuerst ein Haufen Knochen abtransportiert und dann wieder hergeschafft wurden. Die Kinder aus unserem Dorf, die hier gestern Schlitten gefahren sind, haben uns von dem Fund der Ruhrpottler erzählt. Und jetzt wüssten wir zu gerne, was hier los ist? Ist unser Dorf in Gefahr? Irgendein Virus?«

»*Ihr* Dorf?«, hakte Schröder erstaunt nach. »Was meinen Sie mit Virus?«

»Neulich kam so ein Film im Fernsehen. Da wurde ein ganzes Dorf von der Außenwelt abgeschnitten, weil ein Virus die Menschen befallen hat. Und dieses Grab, das gestern ausgehoben wurde, lässt ja einen ähnlichen Vorfall vermuten«, erklärte Manfred, während er sich mit der Taschenlampe Schröders Gesicht noch weiter näherte.

»Oh, nein!« Schröder lachte erleichtert auf, hielt jedoch sogleich inne, weil sich der Druck des Gewehrs in seinem Rücken verstärkte.

»Das ist nicht lustig!«, ermahnte ihn Georg. »Los! Wir warten auf eine Erklärung!«

»Es ist nicht so, wie Sie denken«, begann Schröder. »Also, es gibt keinen Virus. Ich bin Polizist, und wir haben in der Tat ein Massengrab hier im Wald gefunden.«

»Und weiter?«, hakte Georg nach.

»Sie werden verstehen, dass ich keine Details unserer polizeilichen Ermittlungen herausgeben darf. Wenn ich mich jetzt umdrehen und Ihnen meinen Dienstausweis zeigen dürfte …«

»Sie bewegen sich erst, wenn ich es sage!«, unterbrach ihn Georg und versetzte ihm mit dem Gewehr einen heftigen Stoß in den Rücken. »Noch glaube ich Ihnen kein Wort! Was ist mit dem Grab? Los, raus mit der Sprache!«

Schröder blieb keine andere Wahl. »Bei den Toten handelt es sich um niederländische Staatsangehörige, die in ihrem Heimatland als vermisst gelten und zuletzt bei uns auf den umliegenden Campingplätzen Urlaub gemacht haben. Wir wissen nicht, wer die Mörder sind. Ich habe die Grube wieder herrichten lassen, um den Tätern eine Falle zu stellen.«

»Alles Holländer?«, hakte Manfred skeptisch nach.

»Ja«, bestätigte Schröder.

»Und warum?«

»Vermutlich gingen die Täter davon aus, dass wir als deutsche Behörde von den Vermisstenmeldungen im Nachbarland nichts mitbekommen würden. Tatsächlich war das auch lange nicht der Fall, und niemand ist auf die Idee gekommen, in unserer Gegend auf den Campingplätzen nachzuforschen. So konnten die Mörder bisher unbemerkt die Taten begehen.«

»Uff … Das ist aber harter Tobak!«, bemerkte Georg.

Schröder merkte, wie der Druck des Gewehrlaufs in seinem Rücken nachließ. »Ja, das ist es. Könnten Sie jetzt bitte die Waffen herunternehmen? Sie bedrohen einen Polizeibeamten und behindern die Ermittlungen«, führte er mit fester Stimme an.

»Selbstverständlich«, beeilte sich Georg zu sagen, und auch Karl zog seine Waffe von Schröders Schläfe zurück.

Nachdem sich Schröder umgedreht und seinen Dienstausweis gezückt hatte, betrachtete er die drei Männer im Schein der Taschenlampe genauer. Sie kamen ihm ebenfalls bekannt vor.

Die drei stellten sich sogleich als Georg Winkelmann, Karl Wörner und Manfred Steffens vor. Sie beteuerten, wie leid ihnen die Verwechselung tue, und baten Schröder inständig, er möge von rechtlichen Schritten absehen. Sie hätten ihn in der Dunkelheit nicht sofort wiedererkannt und wären nur ihrer Pflicht als Jäger in diesem Wald nachgegangen …

Natürlich, die Jäger! Schröder fiel ein, wann er den drei Herren schon mal begegnet war. Während der Ermittlungen zu dem Fall vor zwei Jahren, in den Anna Lobbisch verwickelt gewesen war, hatten sich ihre Wege bereits gekreuzt.

»Und die Hose, die ersetzen wir ihnen auch!«, setzte Manfred Steffens seine Abbitte eifrig fort.

»Meine Herren, ich will die Verwechslung mal auf sich beruhen lassen. Aber Sie müssen mir versprechen, absolutes Stillschweigen über die Vorkommnisse und Ihre Beobachtungen zu wahren. Es ist eine … Ja, es ist sozusagen eine geheime Operation.«

»Oh …« Die Jäger sahen sich bedeutungsvoll an. Sichtlich stolz, Mitwisser eines derart wichtigen polizeilichen Einsatzes zu sein, nahmen die Herren eine stramme Haltung ein. »Sie können sich voll und ganz auf uns verlassen!«, versprachen alle drei unisono.

»Und wenn Sie uns bei Ihren weiteren Ermittlungen benötigen oder wir Sie in irgendeiner Form unterstützen können …«, bot Georg Winkelmann an, wurde jedoch von Manfred Steffens unterbrochen:

»… beispielsweise mit einer trockenen Hose …«

Winkelmann warf Steffens einen tadelnden Blick zu, bevor er fortfuhr: »… dann lassen Sie es uns wissen. Wir besorgen Ihnen jetzt zunächst einmal warme Kleidung und eine heiße Mahlzeit. Aber Sie sollten nicht hier hinter dem Holzstapel Stellung beziehen, wenn ich mir diese Anmerkung erlauben darf. Der Platz ist strategisch ungünstig. Wenn sich jemand der Grube nähert, kann er sehr leicht im Graben am Wegesrand oder hinter den Bäumen in Deckung gehen. Sie sollten daher dort drüben, oberhalb der Grube, hinter dem kleinen Felsen Stellung beziehen.« Winkelmann leuchtete mit einer Taschenlampe in den Wald hinein. »Von dort haben Sie freie Schusslinie!«

Schröder musste gestehen, dass der alte Jäger mit dem Holzstapel recht hatte, doch er konnte im Lichtkegel keinen Felsen ausmachen.

»Der ist da oben, unter dem Schnee!«

»Gut, ich werde Ihren Vorschlag befolgen. Aber Sie müssen jetzt wirklich gehen. Danke für Ihr Entgegenkommen, doch es ist zu gefährlich, Zivilisten in einen Fall hineinzuziehen. Ich komme allein zurecht.«

Kaum waren die alten Jäger abgezogen, bereute Schröder schon, ihr Angebot an trockener Kleidung ausgeschlagen zu haben. Die Feuchtigkeit kroch seine Hosenbeine weiter hoch und bewegte sich mittlerweile nahe dem Gefrierpunkt. Und das war noch unangenehmer als die kalten Füße.

33

Der PC von Jonas Keller war natürlich mit einem Passwort gesichert, wie Ben enttäuscht festgestellt hatte. Telefonisch hatte er bereits einen Spezialisten angefordert, der im Laufe der Nacht eintreffen sollte. Nun ging er die Papierstapel durch, die neben dem Drucker auf dem Schreibtisch lagen. Es waren hauptsächlich Ausdrucke aus dem Internet, und sie enthielten chemische Formeln, mit denen Ben nichts anfangen konnte. Wenn das so weiterging, würde er mehrere Tage benötigen, bis er auf einen verwertbaren Hinweis stieß. Doch so viel Zeit blieb ihm nicht. Das Ultimatum lief in wenigen Stunden ab, und dann würde es weitere Anschläge auf Kinder geben!

Ben vertrieb die düsteren Gedanken aus seinem Kopf, um sich konzentrieren zu können. Wo war der Schwachpunkt von Jonas Keller, überlegte er. Was wollte ihm der Student sagen?

Ben ging zum großen Regal hinüber. Die Aktenordner waren mit ausgedruckten Etiketten beschriftet, die auf Inhalte rund um das Thema Chemie deuteten. Trotzdem sah Ben in jeden Ordner hinein. Er ging die Regalreihen systematisch von links nach rechts durch. Nach zwei Stunden stapelten sich die durchforsteten Akten bereits auf dem Boden des kleinen Zimmers, obwohl Ben erst die Hälfte der Unterlagen geschafft hatte. Er brauchte unbedingt Unterstützung. Er wählte Schröders Nummer, wurde jedoch an die Mailbox weitergeleitet. Ungewöhnlich für seinen Assistenten, der sonst rund um die Uhr erreichbar war. Hatte der Idiot sich tatsächlich mutterseelenallein im Wald auf die Lauer gelegt?

Es klingelte an der Wohnungstür. Davor stand wie erwartet der Computerexperte. Nach einer kurzen Begrüßung schob der Mann eine CD in den PC von Jonas Keller. Innerhalb von Sekunden hatte er das Passwort geknackt. Statt sich zu bedanken, befahl Ben dem Spezialisten, den Computer nach verdächtigen Daten zu durchsuchen.

»Ich habe eigentlich bereits Weihnachtsurlaub«, protestierte der Fachmann. »Und was meinen Sie mit verdächtigen Daten?«

»Glauben Sie, der Erpresser richtet sich nach Ihrem Urlaub? Suchen Sie nach auffälligen Mails, nach einem ausländischen Online-Konto … Meine Güte, wie kann man nur so unkreativ sein?«, blaffte Ben.

Widerwillig begann der IT-Experte, mit der Maus verschiedene Ordner und Programme zu öffnen, während sich Ben weiter durch den Papierberg wühlte.

Als Ben eine Zigarettenpause am Fenster einlegte, entrüstete sich der Computerfachmann. »Sie können doch nicht einfach im Zimmer eines Verdächtigen rauchen!«

»Sehen Sie zu, dass Sie mir brauchbare Hinweise liefern!«

»Ich habe gleich die gesamte Festplatte durch. Nichts!«, erwiderte der Mann. »Auch die Stichworte, die ich eingegeben habe, haben keine Treffer gebracht. Ich fürchte, da ist nichts drauf, was uns weiterbringt.«

»Weitermachen!«, entgegnete Ben unwirsch und widmete sich wieder der ermüdenden Arbeit mit den Aktenordnern.

Missmutig nahm er einen weiteren Ordner aus dem Regal. Er überlegte kurz, ob er Anna anrufen sollte, einfach so, um sich zu erkundigen, wie es ihr ging, doch es war bereits sehr spät. Er würde sich besser direkt morgen Früh bei ihr melden.

»Da ist wirklich nichts Besonderes auf der Festplatte drauf! Ich kann aber den PC mit aufs Revier nehmen und dort nach gelöschten Daten suchen«, sagte der IT-Experte nach kurzer Zeit.

»Heute Nacht noch?«

»Ja sicher, damit ich Weihnachten meine Scheidung feiern kann!«

»Rufen Sie mich sofort an, wenn Sie etwas finden …«, brummte Ben, vertieft in die Papiere.

In einem unscheinbaren Ordner mit der Aufschrift »Organische Verbindungen III« schien er endlich etwas

Brauchbares gefunden zu haben. Die abgehefteten Seiten enthielten kein Wort über Chemie, sondern mehrere Zeitungsausschnitte, die fein säuberlich ausgeschnitten und aufgeklebt waren. Ben nahm einen umfangreichen Artikel eines Nachrichtenmagazins aus dem Ordner heraus und begann interessiert zu lesen.

Grenze überschritten: Privat-TV und Online-Portale machen tragisches Schicksal zur Lachnummer

Wie weit darf Informationsfreiheit gehen? Sollte es im Internetzeitalter die Möglichkeit geben, unwahre oder das Persönlichkeitsrecht verletzende Inhalte zurückzuziehen, um deren explosionsartige Ausbreitung zu verhindern? Oder ist dies der hohe Preis der Freiheit? Die Fronten zwischen denjenigen, die die Informationsfreiheit hartnäckig verteidigen, und jenen, die Opfer schützen wollen, sind verhärtet. Eine Lösung des Problems ist nicht in Sicht.

Der Fall von Margot Keller aus Hagen hat erneut die in Politik und Medien geführte Diskussion über Moral und Ethik in der digitalen Welt angeheizt. Der Tod der 282 Kilogramm schweren Frau mag nur wie ein tragisches Ereignis unter vielen erscheinen, aber er gibt der Debatte ein Gesicht.

Die stark übergewichtige Hagenerin war bereits über ein Jahr von ihrem Sohn in ihrer Wohnung gepflegt worden, als sie vor vier Wochen wegen Kreislaufproblemen ins Krankenhaus eingeliefert werden musste. Da sie jedoch aufgrund ihres Körperumfanges von den Rettungssanitätern nicht umgelagert und durch die Wohnungstür trans-

portiert werden konnte, musste sie mittels eines Krans in ihrem Bett aus dem dritten Stock eines Mehrfamilienhauses gehoben werden. Für die aufwendige Aktion wurde die Mittelstrebe des Schlafzimmerfensters entfernt, jedoch blieb beim Transport tragischerweise eine Stahltrosse am Fensterrahmen hängen. Margot Keller stürzte samt Matratze in die Tiefe und zog sich mehrere Brüche zu. Später verstarb sie im Krankenhaus an ihren inneren Verletzungen.

Das Erschütternde an diesem Fall: Einer der Rettungssanitäter hatte das Kamerateam eines Privatsenders informiert, das den gesamten Einsatz filmte. Der Einschaltquote zuliebe wurde auf eine journalistisch fundierte Hintergrundrecherche verzichtet, stattdessen wurden die Aufnahmen im Nachgang zu einer reißerischen Bildabfolge zusammengeschnitten. Den Sturz, bei dem Margot Keller beim Aufschlag von der Matratze nochmals hochgeschleudert wurde, stilisierte der Sender zu einem humoristischen Höhepunkt, den er mit Geräuschen eines Slapstickfilmes unterlegte. Im Vorfeld der Fernsehübertragung platzierte der Sender die Sequenz als Werbetrailer im Internet. Das Video verbreitete sich in kürzester Zeit auf diversen Plattformen und erzielte bei den Aufrufen eine Rekordhöhe. Auch wenn zu diesem Zeitpunkt niemand über den Tod von Margot Keller informiert war, ist doch allein die Tatsache, dass eine schwer kranke und schwer verletze Frau zur Zielscheibe öffentlichen Spotts gemacht wurde, aufs Schärfste zu verurteilen.

Nachdem das tragische Schicksal von Margot Keller in seinem vollen Umfang an die Öffentlichkeit gedrungen war, war der Sender bemüht, unter dem Deckman-

tel seriöser Berichterstattung Schadensbegrenzung zu betreiben. Ein fragwürdiges Interview mit dem Sohn der Verstorbenen brachte jedoch die wahren Absichten der Medienleute erneut zutage. Ohne ein Wort der Entschuldigung befragten sie den trauernden Jonas Keller auf unerbittliche Weise und überhäuften ihn mit Fragen zu seinem Leben mit einer fettleibigen Mutter: Wie war es, als die Mutter das Haus nicht mehr verlassen konnte? Hatte er sich für seine Mutter geschämt? Wieso hatte sie überhaupt so viel zugenommen?

Das Fernsehteam klärte nicht auf, sondern verwertete die Antworten des überrumpelten, überforderten jungen Mannes zu weiteren Sensationsmeldungen. Ihrem Sohn zufolge war Margot Keller schokoladensüchtig und verzehrte kiloweise Pralinen einer bestimmten Marke eines bekannten Sauerländer Unternehmens. Statt das Leben der Frau und die Hintergründe genauer zu beleuchten, blähte der Sender diese Information zu einer Meldung mit vermeintlich gesellschaftspolitischer Relevanz auf. Die endgültige Berichterstattung wurde von fragwürdigen Ernährungsexperten und Vertretern der Lebensmittelindustrie dominiert, die über das Suchtverhalten und die Disziplinlosigkeit der Menschen debattierten.

Der Fall von Margot Keller zeigt altbekannte Missstände, aber vor allem neue Gefahren der medialen Welt auf. Die schon immer existenten Auswüchse der Boulevardpresse scheinen in Zeiten des digitalen Wandels unkontrollierbar geworden zu sein. Die Medienvertreter müssen sich mehr denn je die Frage stellen, wie weit sie in ihrer Berichterstattung gehen dürfen und wo sie an moralische Grenzen stoßen. Die Verlage pochen auf Selbstkon-

trolle, doch wenn man die Medienlandschaft in Deutschland realistisch betrachtet, dann wird man feststellen …

Der Rest des Artikels beschäftigte sich mit politischen und medienrechtlichen Fragen, die für Ben nicht relevant waren. Er hatte genug gelesen. Hatte er bis dahin auch nur den kleinsten Restzweifel gehegt, ob Jonas Keller etwas mit der Sache zu tun hatte, war dieser nun verflogen. Jetzt hatte er einen konkreten Anhaltspunkt. Das in dem Artikel erwähnte »bekannte Sauerländer Unternehmen«, an dessen Pralinen sich die Mutter des Studenten im Grunde zu Tode gefressen hatte, konnte nur die Sauerländer Süßwarenfabrik sein. Es gab keine andere Schokoladenfirma in der Region.

Ben betrachtete die Bilder des Artikels genauer, bevor er weiterblätterte. Jonas Keller hatte feinsäuberlich, ja, nahezu besessen, zahlreiche Gazetten in dem Ordner abgeheftet, die in unterschiedlicher Weise über den Vorfall berichteten. In einem Beitrag wurde er mit den Worten zitiert, dass er »die Verantwortlichen für den Tod seiner Mutter zur Rechenschaft ziehen werde«. Bens Vermutung wurde damit bestätigt. Nun hatte er das Motiv Schwarz auf Weiß in der Hand. Ben hatte in seiner Laufbahn oft erleben müssen, wie blanker Hass und Rachegefühle ins Unermessliche steigen und selbst die friedliebendsten Menschen zu Tätern machen konnten. Wie ein Geschwür wucherten sie im Inneren, wurden zur Obsession. Jonas Keller ging es nicht um die fünf Millionen Euro – er wollte die Sauerländer Süßwarenfabrik in den Ruin treiben. Doch wie blind musste dein Hass sein, dass du dafür Kinder töten würdest, Jonas Keller? Ben lief bei dem Gedanken ein Schauer über den Rücken. Wo steckst du? Was hast du als Nächstes vor?

Ben riss ein Zeitungsfoto von Jonas Keller aus dem Ordner. Er würde den Studenten zur Fahndung ausschreiben lassen. Doch wenn dieser erneut als verkleideter Weihnachtsmann in der Öffentlichkeit auftreten würde, um die mit Gift versetzte Schokolade zu verteilen, würde es schwer, ja, sogar unmöglich sein, ihn zu identifizieren … Natürlich! Ben schlug sich mit der Hand gegen die Stirn. Der größte Dienstleister für Einsätze von Weihnachtsmännern war die Jobvermittlung der Uni Siegen, bei der sich die Studenten als Santa Claus ein paar Euro dazuverdienen konnten. Doch Jonas Keller war intelligent. Würde er zu so einer naheliegenden Möglichkeit greifen? Hatte er sich das Kostüm wirklich bei seiner eigenen Hochschule geliehen? Ben beschloss, gleich am frühen Morgen die Jobvermittlung der Siegener Universität aufzusuchen. Bis dahin würde er noch zwei Stunden schlafen können.

Als er die Wohnung verlassen wollte, klingelte sein Handy und der IT-Experte meldete sich. Er erklärte Ben, dass er auf Jonas Kellers Computer zwar keine verdächtigen Mails gefunden hatte, der Student sich aber in den letzten Wochen auffällig oft online über Rattengift informiert hatte. Trotz gelöschtem Cache habe er den Suchverlauf rekonstruieren können. Ben war so sehr in Gedanken versunken, dass er sich höflich für die gute Arbeit bedankte.

34

Als es hell wurde, nahm Anna den Bus von Ratemicke nach Olpe. Sie fand es seltsam, dass sie seit dem peinlichen Vorfall auf dem Campingplatz vor zwei Tagen nichts mehr von Ben gehört hatte. Immerhin war er ihr seit ihrer Entlassung aus der JVA kaum von der Seite gewichen. Zudem hatten sie sich im Unguten getrennt, nachdem Ben ihr wegen ihrer Spitzelaktion die Leviten gelesen hatte. Und trotzdem fuhr er weiterhin den Polo, obwohl er ihr das Auto eigentlich hatte schenken wollen und dann zur Verfügung gestellt hatte. Komisches Verhalten, zumal sein Dienstwagen endlich aus dem Graben vor ihrem Grundstück herausgezogen und abtransportiert worden war. Nun, sie wusste ja, dass Ben seine Eigenheiten hatte – aber dass er sich gleich *so* merkwürdig aufführte?

Anna war gespannt, ob sich Olpe während ihrer Haftzeit verändert hatte oder alles beim Alten geblieben war. Um möglichst viel von der winterlichen Stadt zu sehen, stieg sie bereits an der Haltestelle Globus-Markt aus. Die Polizeikreisbehörde, in der Ben arbeitete, lag direkt um die Ecke, doch Anna schlug die entgegengesetzte Richtung ein. Sie ging die Martinstraße entlang und stellte fest, dass hier einige große Gebäude und neue Geschäfte in ihrer Abwesenheit errichtet worden waren. Als sie am Verteilerkreis rechts zur Bleichewiese abbog, staunte sie erneut. Die alte Feuerwache war verschwunden und an ihrer Stelle ragte eine moderne Senioreneinrichtung in die Höhe. Glücklicherweise standen noch die bronzenen Skulpturen der Waschfrauen auf der verschneiten Wiese. Anna mochte diese Figuren sehr, weil sie auf gelungene Weise Kunst und Geschichte miteinander verbanden.

Sie ging weiter durch das Weierhohl, das ehemalige Gerberviertel mit seinen alten Fachwerkhäusern. Angesichts der schneebedeckten Dächer und der armdicken Eiszapfen an den Regenrinnen glaubte sich Anna einige Jahrhunderte in die Vergangenheit zurückversetzt. Sie liebte diesen Teil Olpes unterhalb der historischen Stadtmauer und freute sich, dass er unverändert geblieben war. Ihr Weg führte sie durch den kleinen Park am Hexenturm und am Mataré-Kreuz vorbei, das trotz des trüben Morgenlichtes golden glänzte. Neben dem Fußgängerweg floss die Olpe durch einen befestigten Graben. Schließlich erreichte sie den Kurkölner Platz mit dem Geschichtsbrunnen. Zufrieden schaute sie zur Martinus-Kirche hinauf, die sich majestätisch über die Stadtmauern erhob. Anna fühlte sich zu Hause und geborgen. Das war ihre Stadt!

Anna fasste den Entschluss, das Gefühl der zurückgewonnenen Freiheit bei einer heißen Tasse Kaffee und einer Olper Butterbrezel zu genießen. Sie wollte ihre ganz private Feierstunde begehen und damit auch ihr albernes Detektivspiel vergessen. Immerhin hatte sie sich auf dem Campingplatz bis auf die Knochen blamiert.

Kaum hatte sie im Café einen freien Platz am Fenster gefunden, fiel ihr Blick auf die Tagezeitungen, die in hölzerne Stöcke geheftet an der Wand hingen. »Vatikan prüft Engelserscheinung« prangte ihr die Schlagzeile auf einer Titelseite entgegen. Erschrocken dachte Anna im ersten Moment, die Überschrift bezöge sich auf die zwei Himmelsboten, die ihr vorgestern auf dem Campingplatz im Traum erschienen waren, doch dann fiel ihr ein, dass es sich dabei um das Phänomen handeln musste, das die Schulklasse beobachtet und von dem sie im Radio gehört hatte. Anna griff nach der Zeitung und las den Bericht, während sie an ihrem Kaffee nippte. Seltsam, dass auch sie ausgerechnet zwei goldene Engel gesehen hatte. Konnte das ein Zufall sein? Oder hatte ihr Unterbewusstsein ihr etwa einen Streich gespielt?

Dem Artikel zufolge war bislang keine rationale Erklärung für die Erscheinung gefunden worden. Es hatten sich sogar noch weitere Bürger gemeldet, die ebenfalls aussagten, einen Engel gesehen zu haben, der an den Fenstern ihrer Wohnungen vorbeigeschwebt war. Anna war ebenso skeptisch wie der Verfasser des Berichts, der seine Zweifel zwischen den Zeilen aufblitzen ließ. Gleichzeitig merkte sie, wie ihr detektivischer Spürsinn wieder geweckt wurde. Blamage hin oder her, sie konnte ungelöste Rätsel einfach nicht leiden. Und eigentlich konnte sie diese Schmach von vorgestern Abend auch nicht auf sich sitzen lassen.

Mit gerunzelter Stirn beobachtete Anna den Straßenverkehr, der sich durch den braunen Schneematsch auf der Hauptstraße wälzte. Wie konnte sie diese Scharte nur wieder auswetzen?, überlegte sie, während sie ein Stück von ihrer Butterbrezel abbiss und mit einem Schluck Kaffee hinunterspülte. Und wie sollte es mit ihr und Ben weitergehen? Wenn sie ganz ehrlich zu sich selbst war, ärgerte sie sich darüber, dass er sie seit ihrer Auseinandersetzung nicht angerufen hatte. Schließlich hatte sie in den letzten

Tagen nicht nur Mist gebaut. Allein wegen ihres Drängens hatte Ben die Presse über die lebensgefährlichen Schokoladennikoläuse informiert, und nun waren die Produkte der Sauerländer Süßwarenfabrik aus den Regalen entfernt worden. Die Regionalzeitung hatte nicht nur über die Rückholaktion berichtet, sondern die Öffentlichkeit trotz alledem zur Vorsicht gemahnt. Hoffentlich wurde dieser Ratschlag auch in anderen Medien verbreitet, denn welche junge Familie las heutzutage noch die Zeitung?

Anna ertappte sich dabei, wie sie sich von ihrer ursprünglichen Frage entfernte. Was sollte aus Ben und ihr werden? Ja, sie mochte ihn. Doch dann gab es Momente, in denen es ihr unmöglich erschien, dass sie sich in solch einen sturen Einzelgänger verlieben konnte. War er nicht irgendwie kauzig? Nein, das traf es nicht. Irgendetwas trug er mit sich herum, das ihn daran hinderte, sich anderen Menschen gegenüber zu öffnen. Er war, was persönliche Dinge anging, zutiefst verschlossen. Ja, dieses Wort beschrieb ihn am besten, fand Anna: Ben war verschlossen. Er blockte ab, wenn man zu tief bohrte, wenn es um sein Wesen und vor allem seine Gefühle ging. Das ist keine gute Voraussetzung für die Liebe, Ben …

Vielleicht sollte sie sich doch lieber Rätseln zuwenden, die sich lösen ließen. Sie war sich sicher, dass auf dem Campingplatz noch einige Geheimnisse schlummerten. Hatte sie nicht am Sonntag den Duft von heißer Schokolade gerochen?

35

Nach einer kurzen Nacht, in der er kaum ein Auge zugemacht hatte, fuhr Ben am frühen Morgen von seiner Wohnung direkt nach Siegen. Als er den Polo den Berg zu den Universitätsgebäuden hinauflenkte, wunderte er sich, wie viel Trubel um diese Uhrzeit bereits herrschte. Er war davon ausgegangen, dass es an der Uni in der Vorweihnachtszeit Semesterferien gab. Weit gefehlt.

Als er den Polo auf einem freien Parkplatz abgestellt hatte und ausstieg, fiel ihm ein, dass er Anna eigentlich anrufen und ihr den Wagen zurückgeben wollte. Doch das musste jetzt warten. Im Augenblick waren seine Ermittlungen wichtiger.

Ben fragte sich im Hauptgebäude der Universität zur Jobvermittlung durch. Vor dem verschlossenen Büro klopfte er laut an die Tür. Eine Frau mittleren Alters mit blond gefärbten Haaren, zu einem haarsprayfixierten Helm toupiert, öffnete von innen verärgert die Tür. Über ihrem schwarzen Kostüm baumelte eine Lesebrille an einer goldenen Kette.

»Wir haben noch zu. Die Besucherzeiten sind doch deutlich lesbar angeschlagen«, blaffte sie Ben mit dem für den Siegerländer Akzent typischen rollenden R an.

Ben zückte seinen Dienstausweis. »Kriminalpolizei Olpe. Für mich ist geöffnet. Guten Morgen.«

»Oh …« Die Frau schob ihre Lesebrille auf die Nase und studierte den Ausweis. »Das konnte ich ja nicht wissen, Herr Kommissar Ruste«, flötete sie auf einmal und bat Ben freundlich herein.

Warme Luft, in die sich der Duft eines frisch gebrühten Kaffees mischte, schlug Ben entgegen, als er das Zimmer betrat. »Kann ich einen Kaffee bekommen, und mit wem habe ich es zu tun?«

»Evelyn Trautmann«, stellte sich die Dame vor, während sie Ben Kaffee in einen Becher füllte, der den Aufdruck der Universität Siegen trug. »Wie können wir der Polizei behilflich sein?«

»Es geht um einen Studenten namens Jonas Keller. Ich muss wissen, ob er bei Ihnen einen Job als Weihnachtsmann hat. Sie vermitteln doch Einsätze von Weihnachtsmännern, oder?«

»Aber sicher doch. Inklusive Kostüm. Das komplette Programm, sogar mit Geschenken.«

»Mich interessieren jetzt weniger Einzelheiten Ihrer Dienstleistungen als Informationen über Jonas Keller. Nach ihm wird gefahndet.«

»Ja, wenn das so ist … Ich weiß aber gar nicht, ob ich Ihnen die Informationen so einfach rausgeben darf. Wegen des Datenschutzes, Sie verstehen?«

»Ich verstehe sehr gut, aber keinen Spaß!«, entgegnete Ben barsch. »Hören Sie, ich sagte doch eben, dass wir nach der Person fahnden. Also, wurde Jonas Keller als Weihnachtsmann eingesetzt und wenn ja, wo?«

»Ich muss mich erst bei der Direktion rückversichern. So einfach geht das nicht!«

Ben kannte diesen Typ Frau nur zu gut. Keine Kompetenzen. Keine Perspektiven. Aber sich wichtigmachen.

»Jetzt ist aber Schluss!«, rief er. »Es stehen Menschenleben auf dem Spiel! Das Leben von Kindern! Sie gucken sofort in Ihren Computer und sagen mir alles, was ich über Jonas Keller wissen muss!«

»So geht das schon mal gar nicht, Herr Ruste. Ich kann mich auch über Sie beschweren.«

Ben zog seine Zigaretten aus der Jacke und zündete sich seelenruhig eine an. Dann trank er einen Schluck Kaffee.

»Sie dürfen nicht rauchen! Hier herrscht absolutes Rauchverbot!« Evelyn Trautmann schrie fast hysterisch.

»So, ich zähle jetzt bis drei. Dann rufe ich meine Kollegen an und lasse Sie wegen Behinderung polizeilicher Ermittlungen in Beugehaft nehmen.« Ben blies ihr den Rauch ins Gesicht. »Eins, zwei …«

»Schon gut«, giftete Evelyn Trautmann und klimperte mit ihren manikürten Fingernägeln auf der Tastatur herum. »Hier haben wir ihn: Jonas Keller«, verkündete sie nach wenigen Sekunden. »Er wurde als Weihnachtsmann gebucht und von uns mit einem Kostüm ausgestattet. Er und neun weitere Studenten wurden als Gruppe von der Agentur Drexler Shop- und Event-Design angeheuert. Die richtet große Veranstaltungen auf Weihnachtsmärkten und in Einkaufszentren aus.«

»Gut. Und wo ist Jonas Keller im Einsatz?«

»Woher soll ich das denn wissen?«

»Steht das nicht da in Ihrem Computer?«

»Nein, natürlich nicht. Da müssen Sie schon Drexler Shop- und Event-Design fragen.«

»Dann geben Sie mir die Nummer!«

Evelyn Trautmann schaute Ben herausfordernd an. »Bin ich dazu verpflichtet?«

Ben warf seine Kippe in den Kaffeebecher und blickte der Frau ohne ein Wort eindringlich in die Augen.

»Ihr Verhalten wird Konsequenzen haben. Das schwöre ich Ihnen«, entrüstete sich Evelyn Trautmann, während sie eine Zahlenfolge auf ein Post-it kritzelte und den Zettel Ben widerwillig reichte.

Kaum stand er auf dem Flur, zückte Ben sein Handy und wollte gerade die notierte Nummer wählen, als das Display in seiner Hand aufleuchtete. Es war Junge. Ben nahm das Gespräch zähneknirschend entgegen. Der Polizeidirektor befahl ihm, sofort zur Kreispolizeibehörde zu kommen. Und er klang sehr verärgert.

Als Ben im Büro seines Vorgesetzten eintraf, musste er feststellen, dass Junge nicht einfach nur verärgert war. Der Direktor explodierte förmlich, als Ben die Tür hinter sich geschlossen hatte.

»Wissen Sie, was Sie mit Ihrem Wahnsinn verursacht haben? Wir haben von der Sauerländer Süßwarenfabrik ein Entschädigungsverfahren über Millionen am Hals, weil Sie die Presse informiert haben! Das Justizministerium hat bereits durchblicken lassen, dass der alte Lierenfeldt mit seiner Klage Erfolg haben wird. Ich habe aus Düsseldorf vom Staatssekretär persönlich einen Anruf erhalten! Sie sind von diesem Fall entbunden, Ruste! Damit Sie nicht noch mehr Schaden anrichten, übernimmt das LKA! Und Sie verfassen auf der Stelle einen ausführlichen Bericht für die Kollegen!« Er wartete kurz auf eine Reaktion von Ben, die jedoch ausblieb. »Habe ich mich klar und deutlich und unmissverständlich ausgedrückt?«

»Völlig klar, Herr Direktor.«

»Gut! Dann noch was«, fuhr Junge energisch fort. »Was ist eigentlich in Ihren Assistenten gefahren? Muss ich jetzt bei Schröder mit Ihren unkonventionellen Ermittlungsmethoden rechnen, oder was hat das zu bedeuten?«

»Ich weiß nicht, wovon Sie sprechen.«

»Ach, dann wissen Sie noch nicht einmal, was in Ihrer Abteilung vor sich geht? Das wird ja immer besser! Dann will ich Sie mal ins Bild setzen: Dieser Grünschnabel hat die Knochenfunde aus dem Wald bei Ratemicke und damit sämtliche Beweismittel zurück in die Grube bringen lassen! Eigenmächtig!« Junges Gebrüll war mittlerweile in ein hysterisches Geschrei übergegangen. »Das habe ich so nebenbei von der Spurensicherung erfahren! Ist das zu fassen? Und das kurz bevor Vertreter der niederländischen Behörden und ein hochrangiger Berater von Interpol bei uns eintreffen werden. Was soll ich denen denn erzählen, wenn die die Beweismittel sehen wollen, hä? ›Gehen Sie bitte in den Wald und buddeln Sie selbst‹, oder was? Und das Beste ist: Ihr Herr Kollege ist seit gestern nicht mehr erreichbar!«

»Ach so, das meinen Sie. Ja, davon hat mir Schröder erzählt. Er wollte den Tätern eine Falle stellen. Er zeigt Initiative, das kann ich nur unterstützen …«

»Wissen Sie was?« Junge quollen die Augen aus dem hochroten Kopf. »Eigentlich müsste ich Sie suspendieren! Aber wir brauchen vorher noch Ihren Bericht! Doch dann … Dann ist endgültig Feierabend für Sie, Ruste! Dann ist Schluss! Ich habe die Nase voll von Ihnen!«

Ben stand wortlos auf und ging zur Tür. Bevor er jedoch auf den Flur trat, drehte er sich nochmals zu Junge um. »Ach ja, nachdem ich den Bericht geschrieben habe, soll ich dann den Erpresser festnehmen? Oder doch lieber vorher? Er fängt nämlich wahrscheinlich genau in diesem Moment an, Schokoladennikoläuse mit Rattengift zu verteilen.«

Junge schaute Ben verdutzt an. »Sie wissen, wer es ist? Sie sind sich völlig sicher?«

»Hundertprozentig. Es ist ein Siegener Student namens Jonas Keller, der den Tod seiner Mutter rächen will. Es ist eine tragische Geschichte.«

»Ähm, ja dann ...« Junge blickte irritiert umher, bevor er mit der Hand eine einladende Geste machte. »Kommen Sie doch bitte noch einmal herein und berichten Sie.«

Nachdem Ben seine Ermittlungsergebnisse des vergangenen Tages und der letzten Nacht knapp vorgetragen hatte, lächelte Junge und nestelte verlegen an seiner Krawatte. »Wenn das so ist ... nun, dann ...«, stammelte er. »Dann werde ich wohl gleich noch mal mit Lierenfeldt sprechen. Ich kann mir gut vorstellen, dass er angesichts dieser Wendung seine Klage zurückzieht.«

»Hat der alte Herr zufälligerweise Ihnen gegenüber erwähnt, ob er das geforderte Geld überwiesen hat? Heute Morgen läuft die Frist ab.«

»Ähm, nun ja ...« Junge räusperte sich. »Laut Lierenfeldt ist die Angelegenheit für die Sauerländer Süßwarenfabrik mit der Rückholaktion ihrer Schokonikoläuse ad acta gelegt. Er ist zwar bereit, uns bei den Ermittlungen behilflich zu sein, insofern wir uns in seiner Firma nochmals umsehen müssen, sieht aber keinen weiteren Handlungsbedarf seinerseits.«

»Ja, hat denn dieser Lackaffe von Privatsekretär ihm nicht ausgerichtet ...?«

»Doch, Herr Ganske hat Lierenfeldt Ihre Anweisung übermittelt, das Geld zu überweisen. Aber angesichts Ihres ungehörigen Vorgehens in Bezug auf die Medien, hat Lierenfeldt davon abgesehen, Ihren Anordnungen zu folgen. Er betonte, dass er nur noch mit mir in dieser Sache kommunizieren wolle.«

»Verdammte Sch…« Ben besann sich eines Besseren. Immerhin stand er seinem Vorgesetzten gegenüber. »Dann sollte ich Jonas Keller sofort festnehmen, wir haben keine Zeit zu verlieren!«

»Seien Sie so gut und diktieren Sie wenigsten einen Kurzbericht, bevor die Truppe vom LKA gleich eintrifft. Und dann machen Sie diesen Kerl dingfest!«

Ben verließ ohne ein weiteres Wort Junges Büro. Als er an seinem Schreibtisch saß, wählte er sofort die Nummer von Drexler Shop- und Event-Design. Der Anrufbeantworter schaltete sich ein. Ben bat dringend um Rückruf. Auch bei Schröder meldete sich nur die Mobilbox, auf der Ben eine Nachricht hinterließ: »Schröder! Ihre Aktion mit dem Knochenhaufen ist bei Junge aufgeflogen. Bewegen Sie Ihren Hintern in die Dienststelle und die Knochen in die Spurensicherung! Sie bekommen Besuch von Interpol!«

Wütend knallte Ben das Telefon auf den Tisch. Wie wunderbar, dass man an einem normalen Vormittag keine Menschenseele erreichte! Nachdem er seinen Anflug an Sarkasmus überwunden hatte, schaltete Ben seinen Computer ein und gab im Internetbrowser den Unternehmensnamen von Drexler ein. Da die Firma eine Olper Vorwahl besaß, konnte er auch gleich persönlich dort vorbeifahren, um den Einsatzort von Jonas Keller zu erfahren. Er fand die Adresse auf Anhieb: Die Firma hatte ihren Sitz in der Raiffeisenstraße im Gewerbegebiet Biebickerhagen. Das war zwar genau am anderen Ende der Stadt, doch direkt am Autobahnkreuz der A45 und der A4, sodass Ben schnell in alle Richtungen weiterkam, falls es nötig sein sollte.

Bevor er allerdings die Jagd auf Jonas Keller aufnahm, musste er noch diesen bescheuerten Kurzbericht diktieren! Unglaublich, dieser Amtsschimmel! Ausgerechnet jetzt, wo jede Sekunde zählte!

36

Fast zwei Stunden brauchte Anna mit den öffentlichen Verkehrsmitteln, um von ihrem Bauernhof zum Campingplatz an der Biggetalsperre zu kommen. Auf dem Land gab es außerhalb der Hauptverkehrszeiten nur wenige Verbindungen. Dafür wurde Anna mit einer kurzen Bahnfahrt entlang des verschneiten Seeufers entschädigt.

Als Anna endlich den Campingplatz erreichte, ging sie zügig an der notdürftig reparierten Eingangsschranke neben dem Kiosk vorbei. Sie wollte nicht von dem Inhaberpaar gesehen werden, da ihre Tarnung als Kripobeamtin bei dem nächtlichen Tohuwabohu vor zwei Tagen aufgeflogen war. Sie musste unbedingt inkognito auf das Grundstück gelangen, um in Ruhe nach Auffälligkeiten Ausschau halten zu können.

Sie hatte gerade die Schranke hinter sich gelassen, als sich eine Stimme hinter ihr meldete: »Ach, wen haben wir denn da?«

Anna drehte sich verschämt um. »Hallo! Ich hatte Sie gar nicht gesehen.«

Herr Steuber stand ohne Jacke, nur mit einem Pullover und einer Ohrenklappenmütze auf dem Kopf, neben dem Kiosk. Sein zahmer Fuchs saß artig auf dem Boden vor den Füßen seines Herrchens und schaute Anna neugierig an.

»Ich wollte mich nur ein wenig umschauen«, sagte Anna zögerlich.

»Na, das haben wir ja erlebt, was dabei herauskommt, wenn Sie sich ›ein wenig umschauen‹, Frau Kommissarin!«, erwiderte Steuber sarkastisch.

»Tut mir leid«, gab Anna kleinlaut zurück.

»Sie verscheuchen mir noch die ganzen Gäste und bringen meinen Platz in Verruf!«

»Also, von mir erfährt keiner, dass hier Pornofilme gedreht werden – wenn ich mich noch etwas umsehen darf«, erwiderte Anna mit lauter Stimme.

»Verdammt! Müssen Sie so rumbrüllen?« Steuber musterte Sie misstrauisch, bevor er einlenkte: »Von mir aus … Gucken Sie sich um, aber rufen Sie nicht wieder ein Sondereinsatzkommando!«

Zufrieden stapfte Anna über den festgetretenen Schnee zu den Wohnwagen. Dort herrschte trotz des verhangenen Himmels reger Publikumsverkehr. Paare mit Langlaufskis auf den Schultern kamen und gingen. Neben einem Spielplatz hatte man eine kurze Rodelbahn angelegt, auf der sich Kleinkinder, Väter und Mütter gemeinsam vergnügten. Anna machte eine große Runde bis hinauf zu den abgelegenen Wohnwagen, wo es nicht so lebhaft zuging wie am unteren Ende des Platzes. Sie schaute sich aufmerksam um, aber alles schien normal. Lediglich ein großer, dunkler Geländewagen mit der Aufschrift »24h-Campinggas.de« und Olper Kennzeichen fiel ihr ins Auge, der vor einem der Caravans parkte. Neugierig näherte sich Anna dem Auto. Dahinter tauchten zwei kräftige Männer auf, die ihr den Rücken zuwandten und mit einer großen Gasflasche hantierten. Ihre Nylonjacken trugen die gleiche Werbeaufschrift wie der Wagen.

»Entschuldigung, wenn ich störe«, sprach Anna die Männer an. Erschrocken drehten die beiden ihre Köpfe in ihre Richtung. »Sie sind bestimmt häufig auf dem Campingplatz, und da wollte ich fragen, ob Ihnen in letzter Zeit etwas Ungewöhnliches aufgefallen ist?«, fuhr Anna unbeirrt fort.

Die Männer sahen einander an. Einer der beiden schraubte eilig an den Verschlüssen der Gasflasche herum. »Weshalb fragen Sie? Sind Sie von der Polizei?«

»An diesem Ort werden Ermittlungen durchgeführt, mehr darf ich nicht sagen.«

»Etwas Ungewöhnliches? Nein, eigentlich nicht«, überlegte der Mann laut, während er sein Kinn rieb.

»Sie haben also niemanden bemerkt, der nicht hierher gehört?«

»Also, wenn Sie mich so fragen, muss ich sagen, dass keiner hierher gehört! Camping im Winter? Wer macht denn so was? Die ticken doch alle nicht mehr richtig!«

»Aber es ist gut fürs Geschäft«, mischte sich jetzt der andere in das Gespräch ein. Er schulterte die schwere, längliche Gasflasche.

»Dann danke. Hätte ja sein können, dass Ihnen jemand aufgefallen ist«, sagte Anna und lächelte freundlich.

»Gern geschehen. Aber wir müssen jetzt weiter. Sonst bekommen die Leute kalte Füße. Sie entschuldigen uns bitte«, verabschiedete sich der Mann mit der Gasflasche auf der Schulter. Er schob sie vorsichtig durch die offene Hecktür des Geländewagens und legte sie im Gepäckraum ab.

Anna erhaschte einen flüchtigen Blick in den unaufgeräumten Kofferraum, wo weitere, kleinere Gasbehälter und große, vollgestopfte Plastiktüten verstaut waren. Der zweite Mann warf einen Schlauch hinein.

»Füllen Sie damit das Gas auf?«, wollte Anna wissen.

»Ja, genau. Das ist die günstigste Art. Wir müssen jetzt aber wirklich los.«

Die Männer stiegen in ihr Auto und fuhren langsam auf dem schneebedeckten Weg davon. Schade, dachte Anna, als sie dem Geländewagen nachschaute. Es wäre auch zu schön gewesen, wenn die beiden ihr einen Anhaltspunkt hätten liefern können.

Sie verließ den abgelegenen Teil des Campingplatzes und ging gedankenversunken zurück in Richtung Eingang. Sie betrachtete die verschneiten Bäume und ließ ihren Blick zu dem See schweifen, der zugefroren in die winterliche Landschaft eingebettet lag. Anna merkte, wie freudige Erregung in ihr hochstieg. Bald würde Heiligabend sein, ihr erstes Weihnachten wieder in Freiheit! Sie nahm sich vor, das Fest ausgiebig zu feiern und in vollen Zügen zu genießen. Wer weiß, vielleicht würde ihr ja Ben dabei Gesellschaft leisten …

Als ob Anna sie mit ihren Gedanken heraufbeschworen hätte, nahm sie in diesem Moment in einiger Entfernung eine Gestalt im Weihnachtsmannkostüm wahr, die mit einem dicken braunen Jutesack über der Schulter und schweren Schrittes vor ihr durch den Schnee stapfte. Der Wind ließ den weißen Bart sachte hin und her wehen. Bestimmt war der Weihnachtsmann auf dem Weg zu den Feriengästen, um den Kleinen eine Freude zu bereiten. Augenblicklich wünschte sich Anna, selbst wieder ein Kind zu sein. Wie herrlich, ohne Sorgen hier im idyllischen Sauerland den Winterfreuden nachgehen zu können, Schlitten zu fahren und Schneemänner zu bauen, ohne an morgen denken zu müssen. Und hätte sie es nicht besser gewusst, hätte sie selbst in dieser herrlichen Winterwelt an den Weihnachtsmann geglaubt. Die Atmosphäre war einfach perfekt! Anna erwartete förmlich, dass ein Rentierschlitten aus dem Himmel herabschweben und Santa Claus sie mitnehmen würde. Immerhin waren ihr an diesem Ort bereits zwei Engel erschienen.

Auch ein kleines Mädchen hatte den Weihnachtsmann entdeckt, riss sich von der Hand seiner Mutter los und rannte jauchzend auf ihn zu. Als das Kind ihn erreicht hatte, trabte es, völlig außer Puste, aber freudestrahlend, neben dem Mann im roten Gewand her.

»Hallo, Weihnachtsmann, hast du Geschenke in deinem Sack? Ist meines auch dabei?«, rief das Mädchen neugierig.

»Hau bloß ab, sonst stecke ich dich in den Sack!«, blaffte der Weihnachtsmann ungehalten und beschleunigte seine Schritte.

Anna war genauso verdutzt wie das Kind, das sich kurz die Augen rieb und dann heulend zu seiner Mutter zurückrannte. Nach einer Schrecksekunde beschloss Anna, einzugreifen und den unverschämten Weihnachtsmann zur Rede zu stellen. Wie konnte er derart gemein zu Kindern sein! Und das auch noch kurz vor Weihnachten!

So schnell es der rutschige Untergrund zuließ, folgte sie dem Mann, der den Abstand zu ihr mittlerweile vergrößert hatte. Während Anna vorsichtig den Weg hinunterschlitterte, stieg eine böse Ahnung in ihr auf. Hatte sie nicht bei ihrem ersten Besuch auf dem Campingplatz den Duft von heißer Schokolade wahrgenommen? Und war es nicht ein kostümierter Weihnachtsmann gewesen, der die Schokonikoläuse mit Brechmittel auf dem Olper Weihnachtsmarkt verteilt hatte? Auch wenn sie erneut völlig falsch lag, sie musste Ben unbedingt ihren Verdacht mitteilen. Aber vor allem durfte sie jetzt keine Aufmerksamkeit auf sich ziehen, wodurch sie den Weihnachtsmann womöglich noch in die Flucht schlagen würde. Sie musste ihn unauffällig verfolgen und herausfinden, was er vorhatte.

Anna ließ sich einige Schritte zurückfallen. Im Gehen holte sie ihr Handy hervor und wählte Bens Nummer. Hoffentlich glaubte er ihr und hielt sie nicht für verrückt!

37

An diesem trüben Dezembervormittag war die grelle Neonreklame von Drexler Shop- und Event-Design nicht zu übersehen. Ben parkte den Polo auf dem geräumten Kundenparkplatz vor dem Gebäude, das aus nüchternen Betonfertigbauteilen bestand. Eine elegante, aber rutschige Stahltreppe führte zu einer Glastür mit der Aufschrift »Büro«. Sie war verschlossen. Auch auf Bens mehrmaliges Klingeln reagierte niemand. Ben versuchte, durch die Tür etwas zu erkennen. Der Empfangsraum schien verlassen. Ben hätte vor Verzweiflung am liebsten das Glas eingetreten. Der Täter schien zum Greifen nah, die Lösung des Falls lag vor ihm … Und jetzt stand er vor einer verschlossenen Tür!

Verärgert ging er durch die Einfahrt neben dem Gebäude und lief um das große Haus herum. Auf dem Platz hinter dem Büro stand ein Lieferwagen mit offener Ladefläche, auf dessen niedriger Außenwand das Drexler-Logo prangte. Außer einem breiten Rolltor auf der Gebäuderückseite konnte er keinen weiteren Eingang entdecken. Ben versuchte sein Glück. Mit der Faust schlug er gegen das Tor, das laut schepperte.

Er hatte Erfolg. Von innen schimpfte jemand lautstark. Ben vernahm die Worte »bekloppt« und »Tor eintreten« und »na warte«.

Nach wenigen Sekunden öffnete sich das Tor, und ein Mann in schwarzer Kleidung, aber mit hochrotem Kopf trat wutschnaubend auf ihn zu. »Sind Sie bescheuert? Wollen Sie mein Tor ruinieren?«

»Nein, ich bin von der Kripo. Kommissar Ruste. Sind Sie Fabian Drexler?«

»Die Kripo? Mist, ich hab's geahnt! Das musste ja so kommen!«, stöhnte der Mann, bevor er kleinlaut ergänzte: »Ja … Ich bin Fabian Drexler.«

»Sie wissen, warum ich komme? Und warum haben Sie sich dann nicht an uns gewendet?«, fragte Ben erstaunt.

»Ich konnte nichts dafür! Dieser blöde Praktikant ist schuld. Erst wollte ich es ja melden, aber dann ist die ganze Geschichte in den Medien hochgekocht. Was sollte ich da noch machen?«

»Nun mal der Reihe nach. Der Gesuchte ist Praktikant bei Ihnen?«

»Ja sicher! Dieser nichtsnutzige Blödkopf. Der ist von hier mit dem Lieferwagen losgefahren und hat den Engel nicht richtig befestigt!« Drexler deutete hinter sich in eine große Halle, in der sich zahlreiche Dekorationsartikel befanden. »Der Engel war aber nur eine ganz kurze Strecke in der Luft!«, fügte der Unternehmer entschuldigend hinzu.

Ben stutzte »Was für ein Engel?«

»Na, der Depp hat unseren Rauschgoldengel nicht ordentlich auf der Ladefläche fixiert, und dann ist der während der Fahrt hochgeflogen.«

»Hochgeflogen, ein Rauschgoldengel?« Ben begann, an Drexlers Verstand zu zweifeln.

»Ja, aber nur so hoch, wie die Schnur es zuließ. Es ist ein Ballonengel, meine Erfindung«, sagte Drexler nicht ohne Stolz. »Deswegen flippt doch die ganze Gegend aus! Wegen der Engelserscheinung. Dabei schwebt der Engel jetzt ordnungsgemäß im Einkaufszentrum über dem Weihnachtsbaum. Für alle zu sehen! Eigentlich hätten die Leute mittlerweile darauf kommen können, dass es sich um unseren Rauschgoldengel gehandelt hat.«

»Hören Sie, Engel interessieren mich nicht. Ich bin wegen der Weihnachtsmänner hier. Wegen eines Studenten namens Jonas Keller«, präzisierte Ben sein Anliegen.

»Sie sind nicht …? Also, es gibt keinen Ärger wegen des Engels?«

»Ich will von Ihnen sofort wissen, ob Sie Jonas Keller als Weihnachtsmann beschäftigen und wo er sich augenblicklich aufhält«, schnauzte Ben den Mann an. »Ist Jonas Keller momentan für Ihr Unternehmen als Weihnachtsmann im Einsatz?«

»Gott, da bin ich erleichtert …«, entfuhr es Drexler.

»Verdammt noch mal! Was ist mit dem Trupp Weihnachtsmänner, den Sie bei der Jobvermittlung der Uni Siegen gebucht haben?«

»Ach, die Weihnachtsmänner! Warum sagen Sie das denn nicht gleich? Die sind heute … glaube ich … in der City-Galerie in Siegen. Ich müsste kurz im Büro nachschauen, dann kann ich es Ihnen genau sagen. Kommen Sie.«

Ben folgte dem Mann durch die Lagerhalle zu einer Metalltür, die zu den vorderen Büroräumen führte. Drexler schaltete das Licht ein.

»Nanu!« Drexler warf einen Blick auf das blinkende Telefon auf dem Schreibtisch. »Ich habe wohl vergessen, den Apparat aufs Lager umzustellen …«

»Das habe ich gemerkt«, sagte Ben gereizt.

Der Unternehmer fuhr seinen Laptop hoch. »Kleinen Moment, jetzt haben wir es gleich.«

Ben trat ungeduldig von einem Bein aufs andere.

»So! Ich lag richtig: Die zehn Weihnachtsmänner von der Jobvermittlung sind heute in Siegen in der City-Galerie. Aber wozu müssen Sie das wissen?«

»Ist ein gewisser Jonas Keller dabei?«

Drexler schaute auf den Bildschirm. »Ja, der ist dabei.«

»War Jonas Keller auch vergangenen Freitag auf dem Olper Weihnachtsmarkt?«

Das Klingeln von Bens Handy verhinderte eine Antwort Drexlers. Ben erhob entschuldigend den Zeigefinger und nahm das Gespräch an. Es war Anna.

»Ben, wir müssen reden. Es ist etwas vorgefallen …«

Ben ließ sie nicht weiter zu Wort kommen. »Anna, es ist jetzt ganz ungünstig. Ich melde mich später bei dir, okay? Dann klären wir das auch mit deinem Wagen. Mach's gut!«

Ben steckte das Telefon zurück in seine Jackentasche und wandte sich wieder Drexler zu: »Und? War er am letzten Freitag auf dem Olper Weihnachtsmarkt?«

»Olper Weihnachtsmarkt … Moment … Ja, da war er im Einsatz. Er ist auch noch für den Weihnachtsmarkt im Dreslers Park in Kreuztal gebucht und für das Siegerlandcenter«, erläuterte Drexler.

»Aber heute ist er ganz sicher in der City-Galerie in Siegen?«

»Ganz sicher. Er ist ein zuverlässiger Mann … glaube ich zumindest. Na ja, Sie müssen wissen, man kennt die Leute ja nicht persönlich. Aber ich habe mit der Jobvermittlung der Uni immer gute Erfahrungen gemacht. Da kann ich Ihnen ganz andere Geschichten …«

»Ja, ja, ist gut«, unterbrach ihn Ben und rannte zur Glastür. Er rüttelte am Griff. »Machen Sie sofort die verdammte Tür auf!«

»Immer mit der Ruhe«, tadelte Drexler empört. Als er das Eingangsschloss entriegelte, sagte er: »Sie sollten noch wissen, dass Sie sich an den Manager vom Einkaufszentrum wenden müssen.«

Ben nickte kurz zum Abschied und stürzte die Treppe zum Polo hinunter. Beim Anfahren drehten die Winterreifen in dem braunen Schneematsch durch, doch ohne Rücksicht auf die Wetterverhältnisse manövrierte Ben den Wagen durch die glitschigen Straßen wie ein Sportler seinen Bob durch den Eiskanal.

Als er auf die A4 in Richtung Siegen auffuhr, um dann über die HTS-Schnellstraße direkt zur City-Galerie zu gelangen, tastete er auf dem Beifahrersitz nach dem magnetischen Blaulicht für das Autodach. Er griff ins Leere. Natürlich, das lag in seinem Dienstwagen! Trotzdem trat er das Gaspedal voll durch und überschritt weit das angegebene Tempolimit. Der feuchte Asphalt und leichte Schneeverwehungen forderten Bens gesamtes fahrerisches Können. Immer wieder kam der Polo ins Schlingern, doch Ben fing ihn mit einer Hand am Lenkrad gekonnt ab. Mit der anderen hielt er sein Handy am Ohr. Er musste erneut die Siegener Kollegen anrücken lassen.

38

Nach einer schlaf- und ereignislosen Nacht war Schröder in den Morgenstunden zurück in seine Wohnung gefahren, um heiß zu duschen, zu frühstücken und vor allem um warme Kleidung anzuziehen. Er befürchtete, dass er sich bei seinem Einsatz leichte Erfrierungen zugezogen hatte.

Nachdem er sich für den neuen Tag gewappnet und mit mehreren Tassen Kaffee seine Müdigkeit verscheucht hatte, verriet ihm ein Blick auf sein Handydisplay, dass Direktor Junge mehrfach versucht hatte, ihn zu erreichen – ebenso Ben Ruste. Mist, er hatte sein Handy immer noch auf lautlos gestellt … Schröder war sich allerdings unschlüssig, ob er zurückrufen sollte. Ein Gespräch mit seinen Vorgesetzten konnte seinen Plan mit einem Schlag zunichtemachen. Nein, es war besser, wenn er zunächst einmal abtauchte und sich erst wieder meldete, wenn er einen Erfolg vorweisen konnte, überlegte er. Eine Methode, die Ruste selbst regelmäßig anwendete. Warum also nicht vom Chef lernen? Solange Schröder artig und vorschriftsmäßig seinen Dienst versah, würde er im Schatten von Ruste bleiben. Doch mit diesem Fall war seine Stunde endlich gekommen. Es war an der Zeit, seine Karriere zu beflügeln. Umso mehr seine Eltern gerade jetzt zu Besuch waren und Schröder seinem Vater endlich zeigen konnte, was wirklich in ihm steckte – doch dafür musste endlich etwas an der Grube passieren.

Schröder kehrte in den Wald zurück, bezog seinen Beobachtungsposten hinter dem verschneiten Felsen und wartete geduldig. In regelmäßigen Abständen zog er seine Fäustlinge aus und rieb sich die Hände. Vor der Dusche am Morgen hatten sie eine bedrohlich blauweiße Färbung angenommen. Nun waren sie krebsrot, wie Schröder feststellte, obwohl die Fingerkuppen vor Kälte bereits wieder taub waren.

Nach schier endlosen Stunden hörte Schröder plötzlich ein Motorengeräusch. Ein großer Geländewagen kam langsam den schneebedeckten Waldweg entlanggefahren. Sofort vergaß er die Kälte. Seine Nerven spannten sich an. Stand er kurz vor dem erhofften Durchbruch?

Der Wagen hielt verdächtig nahe an der Knochengrube. Noch konnte Schröder den Fahrer nicht erkennen, da die Scheiben des Autos getönt waren. Auf der Beifahrertür, die sich in Schröders Blickfeld befand, war eine Werbeschrift zu sehen: »24h-Campinggas.de«. Der Motor des Fahrzeuges wummerte dumpf in der winterlichen Stille des Waldes. Dann öffnete sich die Beifahrertür. Schröder hielt den Atem an. Er hatte es also mit mindestens zwei Personen zu tun.

Ein schwergewichtiger Mann stieg aus, der vor Anstrengung schnaubte. Er ging zum Kofferraum und öffnete die Heckklappe. »Du könntest ruhig auch mal die Drecksarbeit machen!«, raunte er ins Wageninnere.

Mit zwei vollgepackten Plastiktüten in den Händen ging der Mann wieder um das Auto herum und schlitterte über den rutschigen Schnee zum Wegesrand. Er bewegte sich genau auf Schröder zu. Schnell duckte sich Schröder tiefer hinter den Felsen. Mit einer Hand teilte er den Schnee auf dem Stein, sodass er durch eine kleine Kerbe hindurch das Massengrab beobachten konnte, das zwischen ihm und dem Dicken lag. Tatsächlich walzte sich dieser durch den Schnee und das Unterholz auf die Grube zu. War das nicht einer dieser massigen Besitzer von der »Wildhütte«? Einer dieser dubiosen Harnischmacher-Brüder?

Doch als das Schwergewicht sich weiter näherte, erkannte Schröder, dass er mit seiner ersten Vermutung falschlag. Es war ein fremder Mann, der am Rande der Grube verharrte und sich suchend umschaute. Er stellte die Tüten ab und zog vorsichtig einen der großen Äste beiseite, die das Versteck abdeckten. Nochmals blickte sich der Mann um, bevor er nach den Tüten griff und deren Inhalt in das Erdloch schüttete.

Schröder fuhr der Schreck in die Glieder. Es waren Knochen! Auch wenn er auf diesen Moment seit Stunden gewartet hatte, entsetzte ihn das Szenario so sehr, dass er sich zunächst nicht bewegen konnte. Aber er musste eingreifen! Jetzt war es so weit: Die Falle konnte zuschnappen!

Schröder sammelte all seine Kräfte und richtete sich hinter dem Felsen auf. »Halt, Hände hoch! Polizei! Sie sind festgenommen!«

Erstaunt schaute der Dicke von der Grube auf und blickte Schröder direkt in die Augen. Trotz seines massigen Körpers bewegte der Mann sich mit einem Mal sehr schnell. Mit einer kurzen Drehbewegung machte er auf dem Absatz kehrt und rannte zum Geländewagen.

»Halt! Oder ich schieße!«, brüllte Schröder, während er hinter dem Fels hervorsprang und an seine Hüfte griff, um die Waffe aus dem Holster zu lösen.

Verdammt noch mal! Seine Fäustlinge machten es Schröder unmöglich, die Pistole zu ziehen. Er hätte sich am liebsten selbst geohrfeigt. Stattdessen rannte er den Hang zur Grube hinunter und zog im Laufschritt mit den Zähnen den störenden Handschuh aus. Derart abgelenkt, stolperte er über einen Baumstumpf, der unter dem Schnee verborgen war. Schröder fiel der Länge nach auf den Boden. Sein Gesicht landete mit offenem Mund im weichen Schnee. Sofort spuckte er ihn aus, rappelte sich auf und nahm die Verfolgung wieder auf. Weiter am Sicherheitsbügel seines Holsters zu nesteln hatte keinen Sinn. Zunächst musste er den Mann überwältigen!

Doch der Dicke hatte bereits den Geländewagen erreicht. Nur noch wenige Meter trennten Schröder von ihm. »Sofort stehen bleiben oder ich schieße!«, rief er erneut und ahnte bereits, dass seine Drohung keine Wirkung zeigen würde.

Obwohl er immer näher kam, musste Schröder tatenlos zusehen, wie das Schwergewicht auf den Beifahrersitz hechtete. Sofort ließ der Fahrer den Motor an. Schneefontänen wurden von den durchdrehenden Reifen in die Luft geschleudert. Mit wenigen Lenkbewegungen wendete der Wagen auf dem schmalen Waldweg.

Schröder mobilisierte seine letzten Kräfte und sprang auf den Weg. Seine Hand griff nach der Ladetür des Wagens, doch er verfehlte sie und fiel nach vorne. Dafür konnte er aber die Stoßstange ergreifen. Schröder hielt sich mit beiden Händen fest. Die linke Hand im schützenden Fäustling, die rechte klebte an dem vereisten Metall fest.

Der PS-starke Wagen nahm trotz des verschneiten Weges schnell Geschwindigkeit auf. Wahrscheinlich Allrad, dachte Schröder bitter, während er von dem Auto über den Schnee gezogen wurde. Das Tempo wurde immer rasanter, und Bodenwellen schleuderten den schmächtigen Polizeibeamten am Heck des Fahrzeuges hoch. Permanent katapultierten die Reifen aufgewühlten Schnee in Schröders Gesicht. Feine Eissplitter stachen wie Nadeln. Doch er ließ nicht locker. Er konnte diese Mörder nicht entkommen lassen! Er war so nah dran …

Das Fahrzeug schoss schlitternd auf die kleine Kuppe zu, die das Ende des Waldweges markierte und nach der die Bäume in Felder übergingen. Trotz des enormen Gewichts hob der Geländewagen am Scheitelpunkt des Hügels ab und verlor wenige Sekunden lang die Bodenhaftung. Aber diese wenigen Sekunden waren für Schröder zu lang. Er ließ die Stoßstange los!

Die Landung war hart und presste sämtliche Luft aus seinem Brustkorb. Schröder erhob sich, vor Schmerzen stöhnend, und rieb sich das vom Schnee verkrustete Gesicht frei. So schnell es sein lädierter Körper zuließ, hastete er zu seinem Dienstwagen, den er wie in der Nacht zuvor hinter einer Biege am Waldesrand versteckt hatte. Mit steifen und vereisten Fingern entriegelte er die Tür, fummelte den Schlüssel ins Zündschloss und startete den kalten Diesel. Der Motor sprang unter Protest röchelnd an. Sofort legte Schröder krachend den Gang ein und jagte mit schleuderndem Heck vom Feld auf den schmalen Weg. Noch konnte er den Geländewagen der Massenmörder vor sich sehen. Und er hatte nicht vor, sich abschütteln zu lassen. Schröder gab Vollgas.

39

Anna hatte ihren Ohren nicht getraut. Wie konnte Ben sie am Telefon einfach so abfertigen? Und das, obwohl sie ihn dringend gebraucht hätte! Nachdem sie nach Bens Abfuhr kurz überlegt hatte, wie sie weiter vorgehen sollte, entschloss sie sich, selbst zu handeln. Sie war dem Weihnachtsmann, der das Kind so unwirsch angefaucht hatte, langsam und in sicherer Entfernung gefolgt. Doch ihre Umsicht war unnötig. Der Mann hatte sich kein einziges Mal umgedreht. Er marschierte festen Schrittes auf die Straße vor dem Campingplatz. Als er an der Bushaltestelle stehen blieb, war sich Anna allerdings unschlüssig, was sie tun sollte. Wie konnte sie ihm in dieser verlassenen Gegend unauffällig auf den Fersen bleiben? Als jedoch ein älteres Paar an der Haltestelle eintraf, wagte sie es ebenfalls, sich zu nähern.

Anna stand unmittelbar neben dem Mann im Weihnachtsmannkostüm und musterte sein Profil. Unter der roten Mütze mit dem plüschigen weißen Rand und hinter dem Rauschebart war es unmöglich, seine Gesichtszüge auszumachen. Doch Anna stellte fest, dass seine Augenpartie faltenlos war. Es musste sich demnach um einen jüngeren Mann handeln. Annas Augen wanderten zum Jutesack, den er über seiner Schulter trug. Befanden sich darin die giftigen Schokoladennikoläuse? Er schien gut gefüllt zu sein, aber Anna konnte anhand der Form nichts Konkretes erkennen. Vielleicht sollte sie ihm den Sack sofort entwenden?

Als ob er ihre Gedanken lesen könnte, blickte der Mann zu Anna herüber. Schnell schaute sie weg und vertiefte sich in den Fahrplan, der an der Stange des Halteschilds befestigt war.

»Na, wo haben Sie denn Ihren Schlitten?«, fragte der ältere Herr den Weihnachtsmann. Er und seine Frau trugen funktionelle und warme Wanderkleidung und ihre Rucksäcke deuteten darauf hin, dass sie eine längere Tour hinter sich hatten.

»Vielleicht laden Sie uns ja zu einer romantischen Schlittenfahrt ein?«, meinte seine bessere Hälfte lächelnd.

»Blöder Witz! Lassen Sie mich einfach in Ruhe!«, raunte der Weihnachtsmann abweisend.

Pikiert zog sich das Paar tuschelnd einige Schritte zurück, als auch schon die Lichter des heranfahrenden Busses im dunklen Grau des Tages aufleuchteten. Zischend öffnete sich die Tür. Der Weihnachtsmann zückte eine Monatskarte und ging an dem Busfahrer vorbei. Anna stieg nach dem älteren Paar ein und löste einen Fahrschein. Sie trat in den Gang, als der Bus anfuhr. Der Weihnachtsmann saß in der letzten Reihe und schaute starr zum Fenster hinaus. Anna hatte auf einen Platz hinter ihm gehofft, um ihn unauffällig beobachten zu können. Doch nun war es umgekehrt. Anna wagte es nur einmal, sich umzuschauen, und prompt kreuzten sich ihre Blicke. Die Augen des Weihnachtsmanns blitzten böse auf. Schnell drehte sich Anna wieder um.

Am Bahnhof in Attendorn stieg der Mann aus. Anna folgte ihm in den Bigge-Express, der bereits in Richtung Olpe abfahrbereit am Bahnsteig stand. Dieses Mal ergatterte Anna einen Sitz hinter dem Weihnachtsmann. Es war unvorstellbar, dass er in dieser Verkleidung vorhatte, Kinder zu vergiften, dachte sie aufgebracht. Das war doppelt verwerflich! Die Kleinen liebten doch den Weihnachtsmann! Wie konnte jemand nur so perfide sein, dieses blinde Vertrauen zu missbrauchen? Wie konnte jemand überhaupt Kindern Leid antun, um damit Geld zu erpressen? Am liebsten wäre Anna sofort aufgestanden und hätte den Mann geohrfeigt, ihn gefesselt und dann der Polizei übergeben.

Nervös fuhr sie sich durch ihre blonden Haare und wickelte eine Strähne um ihren Finger. Bilder leidender Kinder machten sich in ihrem Kopf breit. Aber noch konnte sie das verhindern. Anna holte ihr Handy aus der Tasche und überlegte kurz, ob sie Ben erneut anrufen sollte. Langsam wurde die Situation brenzlig. Der Mann verhielt sich sehr verdächtig, das war eindeutig, aber andererseits konnte Ben von ihr aus bleiben, wo der Pfeffer wuchs! Und sie hatte auch noch später die Gelegenheit einzugreifen. Sobald der Weihnachtsmann begann, Nikoläuse an Kinder zu verteilen, würde sie die Polizei benachrichtigen. Und gab es nicht ohnehin den Hauch einer Möglichkeit, dass der Mann völlig unschuldig war? Ein Kinderschreck zwar, aber kein Mörder? Einen weiteren Fehler wie mit dem Pornodreh konnte sie sich wohl kaum erlauben.

Während Annas Gedanken hin und her rasten, erreichte der Triebwagen die Endstation. Sie waren am Olper Bahnhof angekommen. Anna blieb sitzen und ließ den Weihnachtsmann aussteigen, bevor sie ihm mit etwas Abstand folgte. Sein Weg führte ihn zum gegenüberliegenden Busbahnhof. Anna war verblüfft, als sie sah, dass vor dem

Kleinbus, den der Mann ansteuerte, ungefähr zehn weitere Gestalten in voller Weihnachtsmannmontur standen. Gab es hier etwa ein Treffen?

Rasch klärte sich die Situation auf: Die Truppe wurde allem Anschein nach erwartet.

Ein hagerer Mann mit einem Klemmbrett in den Händen ging zwischen den Versammelten umher. »Na endlich!«, rief er, als der Weihnachtsmann vom Campingplatz eintraf. »Dann können wir jetzt los. Alle einsteigen! Wir sind spät dran«, kommandierte der Organisator, während er zur Fahrertür ging.

In dem Wirrwarr an roten Kostümen und Rauschebärten drohte Anna ihren Verdächtigen aus den Augen zu verlieren. Die Männer sahen alle gleich aus! Schnell verschwand die Gruppe im Inneren des Fahrzeugs. Der Motor heulte auf, dann fuhr der Kleinbus durch den Schneematsch vorsichtig in Richtung Hauptstraße an Anna vorbei. Verdutzt starrte sie zu den Fenstern hinauf. Einer der bärtigen Insassen blickte auf sie herab. Anna meinte, ein triumphierendes Funkeln in den eiskalten Augen zu erkennen. Sie sah den Rücklichtern nach, dann schaute sie sich hektisch um. Und jetzt? Ein Taxi! Natürlich, sie konnte das Taxi nehmen!

Der braune Schneematsch spritzte von ihren Füßen auf, als sie auf den cremefarbenen Wagen zurannte, der vor dem Bahnhof parkte. Mit einem Ruck riss sie die hintere Tür auf und ließ sich auf den Rücksitz fallen.

»Folgen Sie dem Bus und keine Fragen!«, befahl sie dem Fahrer, der aus einem dampfenden Pappbecher Kaffee trank.

Der Mann ließ surrend sein Seitenfenster herunter und warf den Kaffeebecher hinaus. Er lächelte Anna im Rückspiegel an. »Darauf warte ich schon seit 30 Jahren«, sagte er und startete den Motor.

Das Taxi folgte dem Kleinbus quer durch Olpe, und dann ging es über die Autobahn bis zu einem Einkaufszentrum. Als Anna beobachtete, wie die Weihnachtsmänner durch einen Liefereingang in dem riesigen Gebäude verschwanden, wollte sie sofort aus dem Auto springen und ihre Verfolgung fortsetzen. Doch der Taxifahrer machte ihr einen Strich durch die Rechnung.

»Moment! Nicht so eilig! Ich bekomme 75 Euro von Ihnen!«

»75 Euro?« Anna wühlte aus ihrer Manteltasche ihr Portemonnaie hervor. »So viel habe ich nicht dabei. Kann ich es Ihnen später geben?«

Der Mann lachte. »Sie sind witzig! Nein, die Fahrt wird sofort bezahlt!«

»Aber dann muss ich erst zum Bankautomaten und Geld ziehen«, gab Anna verzweifelt zurück.

»Dann machen Sie das. Aber lassen Sie mir Ihren Ausweis als Pfand hier. Die Uhr läuft weiter.«

Anna zog ihren Personalausweis hervor und reicht ihn nach vorne. »So, kann ich jetzt aussteigen?«, fragte sie wütend.

»Kein Problem, ich mache nur meine Arbeit.«

Statt einen Geldautomaten zu suchen, rannte Anna direkt zum Liefereingang, hinter dessen Stahltür die Weihnachtsmänner verschwunden waren. Sollte dieser blöde Taxifahrer doch ruhig auf sein Geld warten! Sie hatte Wichtigeres zu tun!

Zum Glück war der Eingang unverschlossen. Anna huschte hindurch und gelangte in einen schlecht beleuchteten Gang. Von den Weihnachtsmännern keine Spur. Sie hastete den Flur entlang, bis sie zu einer weiteren, zweiflügeligen Stahltür kam. Anna zog an dem Griff. Doch dieses Mal gab die Tür nicht nach. Auch heftiges Zerren half nichts, ohne Schlüssel kam Anna nicht weiter. Sie steckte in einer Sackgasse. Fieberhaft blickte sie sich in dem breiten Gang um. Erst jetzt bemerkte sie, dass er rechts vor der Stahltür einen Knick machte und zu einer dunklen Nische führte, in der sich ein Aufzug befand. Als sie auf den Knopf drückte, hörte sie ein mechanisches Geräusch. Der Fahrstuhl bewegte sich. Endlos scheinende Sekunden verstrichen, bis sich die Türen vor ihr öffneten. Anna sprang in den Aufzug und drückte die Taste, neben der die Aufschrift »Einkaufspassage« prangte. Nach einer kurzen Fahrt hielt der Lift mit einem Ruck. Anna kam in einen weiteren spärlich beleuchteten Flur, an dessen Ende eine Metalltür erneut den Weg versperrte. Doch dieses Mal ließ sie sich geräuschlos öffnen, und Anna betrat die Einkaufszone.

Die Tür fiel hinter ihr mit einem leisen Klacken ins Schloss. Anna drehte sich kurz um und betrachtete das darauf befestigte Schild: »Betreten verboten. Nur für Personal.« Dann ließ sie ihren Blick durch die Gänge schweifen, in denen sich unzählige Menschen aneinander vorbeidrängten. Diese Massen an Kaufwütigen waren ein Albtraum. Nicht nur, dass sie Schwierigkeiten hatte, in dem Gewusel einen Weihnachtsmann aufzuspüren – sie musste auch noch den richtigen erwischen! Eine Nadel im Heuhaufen wäre leichter zu finden!

Anna stand wie angewurzelt vor der Lieferantentür. Sie dachte kurz an die Taxirechnung, die mittlerweile in astronomische Höhe geschossen sein dürfte. Doch dann zog ein leuchtender Fleck in der Menschenmenge ihre Aufmerksamkeit auf sich. In einiger Entfernung entdeckte sie im Gewirr eine rote Mütze mit weißem Bommel.

40

Als Ben von der Abfahrt der HTS-Schnellstraße am Amtsgericht Siegen in die Straße zur City-Galerie eingebogen war, sah er schon von Weitem das Blaulicht der Einsatzfahrzeuge. Mit halsbrecherischem Tempo hielt er auf die Autos zu und brachte den Polo unmittelbar davor schlitternd zum Stehen. Ein Trupp Streifenpolizisten erwartete ihn schon ungeduldig.

»Kommissar Ruste, Kripo Olpe«, rief er, als er aus dem Wagen sprang.

»Dann haben Sie den ganzen Zauber hier zu verantworten?«, fragte ein junger Beamter in Zivil, der in seinem dünnen Anzug fror.

Ben ignorierte den Mann und erkundigte sich ohne Umschweife: »Habt ihr den Manager des Einkaufszentrums ausfindig machen können?«

»Der steht bereits vor Ihnen«, meldete sich der fröstelnde Anzugträger.

Ben inspizierte den Mann mit einem schnellen Blick von oben bis unten. Dichte schwarze Haare, mit viel Gel in Form gebracht, ein leicht sonnengebräuntes Gesicht, ein knallblaues Hemd unter dem Zweiteiler, einen dünnen Männerschal um den Hals und braune Halbschuhe. Ben schätzte ihn gerade mal auf Ende 20.

»Also gut«, wandte er sich an den Manager. »Wir wissen, dass sich unter den zehn kostümierten Weihnachtsmännern, die heute bei Ihnen im Einkaufszentrum im Einsatz sind, ein Attentäter befindet. Er will Schokoladennikoläuse oder andere Süßigkeiten, die mit Gift versetzt sind, an Kinder verteilen.«

»Aber das ist ja entsetzlich«, erwiderte der junge Mann. »Hat das mit der Erpressung der Sauerländer Süßwarenfabrik zu tun? Unsere Geschäfte führen kein einziges Produkt des Unternehmens mehr! Ist dieser Erpresser jetzt bei uns im Haus?«

»Genau so ist die Situation«, bestätigte Ben. »Wie heißen Sie eigentlich?«

»Philip Meier.«

»Okay, Philip Meier. Der Mann, den wir suchen, heißt Jonas Keller. Wissen Sie, wo wir ihn finden können?«

»Sie sind gut … Die Weihnachtsmänner sind vor Kurzem angekommen und haben sich direkt verteilt. An der Aktion sind auch die Händler der Unterstadt beteiligt. Das heißt, die Weihnachtsmänner sind nicht nur bei uns im Einsatz – die könnten sich jetzt überall in den Einkaufsstraßen befinden! Allerdings halten sich die meisten bei uns in der City-Galerie auf, weil es hier schön warm ist.«

»Aber Sie können doch zumindest feststellen, ob ein Jonas Keller dabei ist?«, wollte Ben ungeduldig wissen.

»Dazu müsste ich im Büro die Liste raussuchen«, antwortete Meier.

»Scheiße! Dafür haben wir jetzt keine Zeit!« Ben rollte mit den Augen. »Habt ihr wenigstens das Fahndungsfoto von Jonas Keller parat?«, fragte er die umstehenden Polizisten.

Einer der Uniformierten trat auf ihn zu und stellte sich als Einsatzleiter vor. »Tut mir leid; wir wissen nur, dass wir einen Giftanschlag in der City-Galerie verhindern sollen.«

»Na klasse!« Ben kramte in seiner Jackentasche und holte den zerknüllten Zeitungsbericht hervor, den er aus Kellers Wohnung mitgenommen hatte. »Wir suchen diesen Studenten.« Er hielt den Artikel hoch und zeigte auf das Bild.

»Wie sollen wir den erkennen, wenn doch alle als Weihnachtsmänner verkleidet sind und Bärte tragen?«, wollte einer der Siegener Polizisten wissen.

»Gute Frage. Hier die Antwort: Wir teilen uns in zwei Gruppen auf. Eine durchkämmt die Einkaufsstraße der Unterstadt und das Sieg Carré, die andere durchsucht mit mir die City-Galerie. Jedem Weihnachtsmann wird der Bart runtergezogen und seine Identität festgestellt. Zur Sicherheit werden alle Weihnachtsmänner festgesetzt und hier in den Streifenwagen festgehalten. Am besten, Sie lassen noch zwei VW-Busse und weitere Leute kommen. Da ich das Aussehen des Verdächtigen kenne, braucht meine Gruppe das Foto nicht. Die anderen, die die Unterstadt überprüfen, nehmen diesen Zeitungsausschnitt mit. Alles klar?«

»Verstanden«, bestätigte der Einsatzleiter und teilte seine Männer ein. Während er mit einer Truppe in Richtung Unterstadt abrückte, forderte er über sein Funksprechgerät die erwünschte Verstärkung an.

»Soll ich mitkommen?«, wandte sich der Manager des Einkaufszentrums an Ben.

Der überlegte kurz. »Ja, es wäre ganz gut, falls wir Fragen haben oder Bereiche räumen lassen müssen. Aber halten Sie sich im Hintergrund. Wir wissen nicht, ob der Mann bewaffnet ist.«

»Räumen lassen?«, hakte Meier ungläubig nach. »Ich glaube kaum, dass das möglich ist.«

»Wieso?«

»Am besten, Sie sehen selbst, was da drin los ist.«

Als Ben mit fünf Uniformierten und Meier im Schlepptau die City-Galerie durch einen Seiteneingang betrat, wusste er sofort, was der Manager gemeint hatte. Die Einkaufspassage war vollgestopft mit Menschen, die sich wie auf einer Kirmes in den Gängen von einem Schaufenster zum nächsten schoben. Eine fast schon tropische Hitze schlug ihnen entgegen. Die zahlreichen erleuchteten Weihnachtsbäume und goldenen Sterne an den Decken tauchten die Masse in ein funkelndes Lichtermeer. Durch das Gewirr tausender Stimmen drangen die Fetzen kitschiger Weihnachtslieder an Bens Ohr. Wo nur anfangen? Sie mussten unbedingt systematisch vorgehen.

»Wie viele Etagen hat das Zentrum?«, fragte Ben den Manager.

»Wir haben mit den Parkdecks sieben Ebenen, drei davon sind Verkaufsflächen.«

»Okay, dann fangen wir oben an. Gibt es hier noch mehr Ausgänge?«

»Für den Publikumsverkehr nur diesen Seitenausgang und dann das Hauptportal. Und natürlich kann man über die Parkdecks und die Fluchtwege das Gebäude verlassen.«

Eigentlich müsste er die Ausgänge sperren lassen, um das Zentrum komplett durchkämmen zu können, überlegte Ben. Aber angesichts des Kundenansturms war das unmöglich. Es würde womöglich Panik ausbrechen.

»Okay, Sie beide bewachen den Seiteneingang und Sie beide den Haupteingang. Jeder Weihnachtsmann wird sofort festgesetzt und zu den Einsatzfahrzeugen gebracht.«

Nun wurde Ben neben Meier nur noch von einem Uniformierten begleitet, aber das war ihm ganz recht, denn so konnten sie sich unauffälliger durch das Gewühl bewegen. Eine Gruppe von fünf Polizisten hätte jeden Verdächtigen sofort in die Flucht geschlagen.

Zu dritt fuhren sie mit der Rolltreppe bis zur obersten Verkaufsebene und tauchten in die Menge ein. Es schien unmöglich, angesichts der Menschenmassen einen Überblick zu bekommen. Mit Tüten beladene Paare spazierten entspannt an den Schaufenstern entlang, junge Frauen und Männer mit gehetztem Gesichtsausdruck drängten sich auf der Suche nach einem Last-minute-Geschenk an ihnen vorbei. Kinder mit erwartungsvollen Gesichtern und geröteten Wangen plapperten aufgeregt an der Hand ihrer Eltern. Teenager, die ihren Blick nicht vom Smartphone hoben, stießen mit Passanten zusammen. Und dazwischen kämpften sich Ben, der uniformierte Polizist und der Manager ihren Weg durch das Gewühl.

»Da! Da vorne ist einer!«, raunte der Streifenbeamte und deutete mit dem Kopf auf eine Dekorationsinsel mit einem überdimensionalen Lebkuchenhaus, vor dem ein Weihnachtsmann saß.

Beim Näherkommen sah Ben, dass der Mann von Kindern umringt war und soeben seinen Jutesack öffnete. Ben wollte sich durch die Menge zu dem Mann nach vorne drängen, doch die Leute standen zu dicht beieinander. Er musste zu rabiateren Methoden greifen und schubste die Kunden unwirsch beiseite. Die Menschen protestierten zunächst laut, verstummten aber sofort, als sie den uniformierten Polizisten hinter ihm sahen. Es waren nur noch wenige Meter, da beobachtete Ben mit Entsetzen, wie der Weihnachtsmann einem kleinen Geschwisterpaar etwas aus dem grobmaschigen Sack überreichte.

41

Schröder hatte Schwierigkeiten, mit seinem frontangetriebenen Dienstwagen an dem Geländefahrzeug der Massenmörder dranzubleiben. Und noch etwas kam erschwerend hinzu: Sein Brustkorb schmerzte nach dem Sturz höllisch. Bei jeder kleinsten Bewegung hatte er das Gefühl, von mehreren Messern gleichzeitig durchbohrt zu werden. Doch er konnte unmöglich ruhig auf dem Fahrersitz verharren, zu sehr musste er mit dem Lenkrad hantieren, um sein Auto auf der glatten Landstraße auf Kurs zu halten.

Nach Ratemicke folgte er dem Geländewagen über die Landstraße in Richtung Krombach. An einer Abzweigung bogen die Verdächtigen in Richtung Rhonard ab. Auf der kurvigen Straße, die auf eine Anhöhe führte, verlor Schröder den Wagen für einen Moment aus den Augen. Als die Fahrbahn wieder gerade und bergab verlief, konnte Schröder bereits das Dorf erkennen. Doch der Geländewagen blieb verschwunden!

Schröder trat schlagartig auf die Bremse, sein Auto rutschte über den salzigen Asphalt und kam dann zum Halten. Mit laufendem Motor stand er mitten auf der Landstraße. Wo waren die Täter plötzlich hin? Das konnte doch nicht mit rechten Dingen zugehen!

Ruckartig legte Schröder den Rückwärtsgang ein und fuhr langsam nach hinten. Da tauchten in der Heckscheibe die grellen Lichter eines Autos auf. Schröders Augen weiteten sich, als die Scheinwerfer aufblendeten. Sie kamen bedrohlich näher und wichen im letzten Augenblick seinem Wagen aus. Laut hupend fuhr ein Pkw an ihm vorbei, und Schröder konnte erkennen, dass der Fahrer ihm wild gestikulierend den Vogel zeigte. Trotz aller Anspannung merkte sich Schröder das Kennzeichen. Das würde Konsequenzen haben! Aber nun musste er sich wieder der Strafverfolgung der Massenmörder widmen!

Schröder entdeckte auf der linken Fahrbahnseite einen kleinen landwirtschaftlichen Hohlweg, an dem er langsam im Rückwärtsgang vorbeirollte. Der festgefahrene Schnee deutete darauf hin, dass dieser Weg häufig benutzt wurde. Er konnte zwar keine Reifenspuren ausmachen, doch der Geländewagen konnte nur an dieser Stelle abgebogen sein. Das war die einzig mögliche Erklärung!

Schröder schlug das Lenkrad ein. In diesem Moment empfand er eine große Dankbarkeit seinem Arbeitgeber gegenüber, der Olper Polizei, die ihre Dienstwagen mit guten Winterreifen ausstattete. Denn ohne die wäre er auf dieser schmalen Straße, neben der sich am Hang der Schnee türmte, nicht vorwärtsgekommen. Der Hohlweg ging steil bergauf, bevor er auf einem Plateau ebenerdig weiterverlief. Links und rechts konnte man vor Schneemassen die Zaunpfähle, die die Weiden abgrenzten, nur noch erahnen. In der Ferne, auf den Hügeln, erblickte Schröder die Masten von Hochspannungsleitungen, aber weit und breit keinen Geländewagen – geschweige denn Spuren einer menschlichen Ansiedlung. Hatte er doch den falschen Kurs eingeschlagen? Der Weg war zu schmal, um zu wenden, also drückte Schröder auf das Gaspedal, bemüht, seinen schmerzenden Oberkörper möglichst wenig zu bewegen. Er passierte ein Wanderschild, das aus den Schneebergen hervorlugte, und erkannte in der Ferne Thieringhausen. Mittlerweile kannte sich Schröder in der Umgebung von Olpe ganz gut aus. War dieses Dorf etwa das Ziel der Mörder?

Er fuhr durch ein kleines Waldstück und trat erneut hart auf die Bremse. Mitten im verschneiten Wald hatte er ein Haus entdeckt. Die Zufahrt war geräumt. Schröder bog in den kleinen Weg ein und stellte den Motor ab. Stöhnend stieg er aus dem Wagen. Die Stiche in seinen Rippen waren unerträglich und trieben ihm zusammen mit der Kälte Tränen in die Augen. Dennoch riss er sich zusammen und ging vorsichtig auf das Gebäude zu, das auf den ersten Blick verlassen aussah.

Als er näher kam, sah er, dass zu dem Haus ein großes gerodetes Grundstück gehörte, das von einem hohen Maschendrahtzaun umgeben war. Der obere Abschluss der Begrenzung war durch drei Reihen Stacheldraht zusätzlich gesichert, sodass das Anwesen wie ein Gefängnis wirkte. Mehrere Schuppen standen auf dem weitläufigen Areal, auf deren Dächern sich der Schnee türmte. Zahlreiche Pfotenabdrücke auf dem Boden deuteten darauf hin, dass auf diesem Gelände Tiere gehalten wurden. Etwas weiter weg entdeckte Schröder neben dem Haus schließlich einen großen Carport, der vom Waldrand aus nicht einsehbar war, da er hinter einer verschneiten Hecke im Verborgenen lag. Volltreffer, freute sich Schröder. Unter dem Carport parkte der Geländewagen mit der Werbeaufschrift »24h-Campinggas.de«!

42

Ben war zwischen den umherstehenden Erwachsenen auf den Weihnachtsmann zugestürzt. Die Kinder sprangen erschrocken zur Seite, um bei ihren Eltern Schutz zu suchen.

»Kripo Olpe! Sie sind festgenommen!« Ben riss dem Mann den weißen Bart herunter.

Der Weihnachtsmann schrie sofort vor Schmerz auf, da der Bart mit einem Klebstoff auf seiner Haut fixiert gewesen war. »Du Arschloch!«, jaulte er und hielt sich die geröteten Stellen im Gesicht.

Es war der Falsche. Es war nicht Jonas Keller. Schlagartig wurde Ben klar, dass er das gesamte Einkaufszentrum in Aufruhr versetzen würde, wenn er so weiter vorging. Damit könnte er die Fahndungsaktion vergessen. Der Verdächtige wäre gewarnt und würde untertauchen. Er musste behutsamer handeln.

»Ich wollte nur sehen, ob es der echte Weihnachtsmann ist«, erklärte Ben, und lächelte gequält in die Runde von Eltern und Kindern, die ihn entsetzt anschauten. »Sie sehen, dieser Weihnachtsmann ist falsch!«

Ben warf einen verstohlenen Blick in den Sack neben dem Mann. Darin befanden sich nur Tüten mit Gummibärchen. Also falscher Alarm – in jeder Hinsicht.

»Sie begleiten jetzt meinen Kollegen, der Ihre Personalien aufnehmen wird«, zischte Ben dem verärgerten Weihnachtsmann zu und zeigte ihm seinen Ausweis. Dann ging er auf den Uniformierten zu, der sich bei der gesamten Aktion im Hintergrund gehalten hatte. »Wenn Sie ihn abgeliefert haben, kommen Sie wieder hierher und helfen mir weiter.«

»Aber wie soll ich Sie finden?«

»Meine Güte, einfach die Augen aufhalten!«

»Ich habe doch gar nichts gemacht!«, protestierte der falsche Weihnachtsmann, während ihn der Beamte am Arm wegführte.

»So, wir suchen jetzt weiter«, wandte sich Ben an den Manager der City-Galerie, dessen Mund weit offen stand.

Ben machte, ohne ein weiteres Wort zu verlieren, auf dem Absatz kehrt und tauchte mit Meier wieder in die Menschenmenge der Weihnachtseinkäufer ein. Doch ihre Suche in der oberen Etage blieb erfolglos. Erst im Erdgeschoss stießen sie auf zwei weitere Weihnachtsmänner, denen Ben ebenso gefühllos den Bart herunterriss, wie er es beim ersten Verdächtigen getan hatte – allerdings nicht, ohne vorher mit einem entschuldigenden Lächeln den Tross an wartenden Kindern und Erwachsenen anzublicken. Das Ergebnis war so oder so niederschmetternd. Auch hinter diesen falschen Rauschebärten verbarg sich nicht Jonas Keller.

Als der uniformierte Polizist wieder zu Ben stieß und die zwei festgesetzten Weihnachtsmänner übernahm, berichtete er dem Olper Kripomann, dass die Einsatztruppe in der Unterstadt bereits vier weitere zu den Fahrzeugen gebracht hatte. Ebenfalls ohne Fahndungserfolg. Demnach waren mittlerweile sieben Personen in Gewahrsam genommen. Blieben nur noch drei.

Ben fuhr mit dem Manager über eine Rolltreppe ins Untergeschoss. Die Chancen, dass sie bald auf den Richtigen stießen, waren gestiegen. Doch es dauerte alles viel zu lange. In der Zwischenzeit konnte Jonas Keller bereits seine tödlichen Geschenke in Umlauf gebracht haben.

43

Schröder ging in Deckung. Es waren zwar, soweit er feststellen konnte, sämtliche Rollläden an der Hausfront heruntergelassen, dennoch konnte er nicht vorsichtig genug sein. Eigentlich wäre jetzt der richtige Zeitpunkt gewesen, um Verstärkung anzufordern, überlegte Schröder kurz. Doch er wollte sich zunächst einen Überblick verschaffen und mehr darüber herausfinden, was hier vor sich ging.

Er schlich in geduckter Haltung näher an das eingezäunte Gelände heran. Das Tageslicht fiel nur spärlich durch die Wolkendecke am grauen Himmel. Die verschneiten Bäume, die das Grundstück säumten, wirkten wie Skizzen einer Bleistiftzeichnung. Die Kulisse schien Schröder unwirklich. Seltsam war auch die unheimliche Stille. Jeder seiner Schritte knirschte im Schnee. Das Geräusch kam ihm wie ohrenbetäubender Lärm vor. Er setzte vorsichtig einen Fuß vor den anderen, um sich möglichst lautlos vorwärtszubewegen. Waren die beiden Verdächtigen überhaupt hier? Das Haus wirkte völlig verlassen.

Schröder hatte den Zaun erreicht und blieb stehen. Er suchte die Begrenzung nach Schwachstellen ab, dann fiel ihm ein Abschnitt auf, an dem der Stacheldraht durchtrennt war. Die Enden ringelten sich auf beiden Seiten in die Höhe und gaben in der Mitte eine ungeschützte Lücke frei. Schröder streifte den einen Fäustling ab, den er noch trug, und griff nach dem oberen Rand des Maschendrahtzauns. Doch kaum hatte er sich gereckt, brach er stöhnend zusammen. Sein Brustkorb brannte wie Feuer. Einige Sekunden lag er wie von Schmerz betäubt im Schnee und rang nach Luft.

Als er das Gefühl hatte, wieder frei atmen zu können, rappelte er sich auf. Dieses Mal hob er die Arme langsamer. So ging es. Jetzt kam allerdings der schwierige Teil. Er biss die Zähne zusammen, zog sich am Zaun hoch, versuchte mit den Schuhen in die Lücken der Maschen zu treten und wuchtete seinen Körper nach oben. Als er sich auf der anderen Seite der Begrenzung herabließ, tanzten Sterne vor seinen Augen. Schröder versuchte zu gehen, torkelte jedoch gegen den Zaun. Gekrümmt fasste er sich an den Brustkorb. Der Schmerz war unerträglich! Er würde nur noch die Hinterseite des Gebäudes inspizieren und dann Verstärkung rufen, dachte er. Er musste überprüfen, ob sich überhaupt jemand im Inneren des Hauses befand.

Gepeinigt von den Stichen in der Brust, erhob er sich wieder und zückte sein Handy, um es bei Gelegenheit sofort parat zu haben. Dann schleppte er sich über das weitläufig eingezäunte Gelände, um einen Blick hinter das Haus zu werfen. Nur noch ein paar Meter, ermutigte sich Schröder. Nur noch ein paar Meter, dann hatte er es geschafft.

Die Schuppen auf dem Areal boten ihm Schutz. Er ging hinter einem der Holzverschläge in Deckung und lugte vorsichtig um die Ecke zum Haupthaus hinüber. Auf dessen Rückseite schienen die Rollläden nicht geschlossen, Schröder konnte dunkle Fensterscheiben erkennen. Aus einem der Fenster, das halb von einem verschneiten Baum verdeckt war, drang ein schwacher Lichtschein nach außen. Na also, triumphierte Schröder.

Er begann die Telefonnummer der Olper Kripo auf seinem Display einzutippen, als er in seinem Rücken ein tiefes Knurren hörte. Ganz langsam drehte er sich um. Was er sah, ließ ihn alle Schmerzen vergessen. Eiseskälte kroch in seine Adern. Vor ihm standen fünf Furcht einflößende Hunde, die direkt aus der Hölle zu kommen schienen. Aus ihren Mäulern tropfte der Speichel. Sie knurrten bedrohlich. Es klang wie ein unheilvolles, dumpfes Grollen.

Als Schröder sein Handy, starr vor Schreck, in den Schnee fallen ließ, fletschten die aggressiven Tiere ihre Zähne. Gewaltige Reißzähne blitzten hervor, die aussahen, als ob sie alles zerfetzten, was sich ihnen in den Weg stellte. Die zerfleischen mich, durchfuhr es Schröder. Er konnte die pure Angriffslust in den Augen der Höllenhunde erkennen. Schröder wollte schreien, doch der Laut blieb ihm im Hals stecken, denn er bemerkte mit Entsetzen, wie sich die harten Muskeln der Tiere zum Sprung anspannten.

»Ganz brav … Ma… macht Sitz!«, stotterte Schröder ängstlich. Das erschien ihm in der Situation zwar völlig dämlich, aber es war sein letzter Hoffnungsschimmer.

Das Tier, das an der Spitze des fünfköpfigen Rudels stand, knurrte erneut böse. Dann schob es seinen Körper zurück und schnellte wie ein Pfeil durch die Luft.

44

In dem undurchdringlichen Gewühl hatte Anna die auffällige rote Mütze wieder aus den Augen verloren. Ziellos ließ sie sich von der Masse durch das weihnachtlich dekorierte Zentrum zum oberen Stockwerk treiben. Dort war das Gedränge noch größer, da eine Art Atrium, das sich in der Mitte der Etage über die gesamte Länge erstreckte, diese Einkaufsfläche in zwei schmale Gänge unterteilte. Der Besucherstrom wurde dadurch auf beiden Seiten kanalisiert, um ihn direkt an den Schaufenstern vorbeizuführen. Immer wieder wurde Anna gegen die geschmückten Geländer der Empore gedrückt und dann wieder zurück gegen die Fenster der Geschäfte. Doch

Anna hatte weder einen Blick für die glitzernden Girlanden an der Balustrade noch für die lockenden Angebote in den Auslagen übrig. Fieberhaft durchleuchtete sie die Menschenmenge, in der Hoffnung, endlich den Weihnachtsmann vom Campingplatz zu entdecken.

Immer weiter wurde sie von dem Gedränge an den Schaufenstern vorbeigeschoben. Dann sah Anna im Gang auf der anderen Seite der Einkaufsebene etwas Rotes aufblitzen. Sofort kämpfte sie sich zum Gelände vor. Sie hatte sich nicht getäuscht. Genau gegenüber, vor dem Eingang eines Modegeschäfts, stand ein verkleideter Weihnachtsmann. Er hatte sich in den geschützten Ladeneingang zurückgezogen. Anna glaubte den eisigen Ausdruck in seinen umhersuchenden Augen wiederzuerkennen. Und er verhielt sich höchst auffällig. Anna beobachtete, wie Kinder voller Erwartung auf ihn zugingen, er sich jedoch schroff abwandte. Der Mann machte nicht die geringsten Anstalten, den Kleinen ein Geschenk aus seinem Jutesack zu übergeben. Aber der Giftmörder hatte doch gedroht, Schokoladennikoläuse zu verteilen, überlegte Anna. Dann sah sie, wie der Weihnachtsmann hektisch auf einem Smartphone herumtippte. Was hatte er vor? Schickte er eine letzte Erpresserbotschaft ab?

Zwischen ihr und dem Weihnachtsmann lag das offene untere Geschoss des Einkaufszentrums. Verzweifelt bückte sich Anna über die Brüstung und blickte nach links und rechts. Um auf die andere Seite der Empore zu gelangen, musste sie sich bis zum Ende der Passage durchkämpfen, wo eine Brücke die beiden Gänge miteinander verband. Doch wenn sie noch mehr Zeit verlieren würde, könnte der Weihnachtsmann womöglich mit seiner Giftaktion anfangen, befürchtete Anna. Der Erpresser stand lediglich wenige Meter von ihr entfernt, kurz davor, seine Drohungen in die Tat umzusetzen. Und nur sie konnte jetzt noch die Kinder retten! Aber wie sollte sie das machen? Sie brauchte unbedingt Hilfe von diesem sturen Ben Ruste!

Energisch riss Anna ihr Handy aus der Manteltasche. Dieses Mal würde er sie nicht so einfach abwimmeln und wie ein dummes Schulmädchen behandeln!

45

Mit jeder Minute wurde Bens Laune schlechter. Die Luft in der großen Einkaufspassage war stickig. Die einlullende Weihnachtsmusik machte ihn aggressiv – genauso wie die erdrückende Menschenmenge. Nur langsam kam Ben voran und musste sich darüber hinaus ständig versichern, dass er den Manager und den uniformierten Polizisten in den Massen nicht verlor. Wo konnte dieser verdammte Jonas Keller in seinem Weihnachtsmannkostüm nur stecken? Es war zum Verrücktwerden!

Inmitten der ohrenbetäubenden Geräuschkulisse vernahm er einen vertrauten Ton. Ben blickte sich verwirrt um, als er bemerkte, dass der Laut von seinem Handy ausging, das sich in seiner Tasche meldete. Anrufe konnte er jetzt gar nicht gebrauchen. Womöglich war es der dusselige Schröder … oder noch schlimmer: Junge, der mit weiteren Hiobsbotschaften aufwartete.

Widerwillig holte Ben sein Smartphone hervor und blickte aufs Display. Es war Anna. Wie sollte er ihr schonend beibringen, dass er im Augenblick keine Zeit für sie hatte?

»Anna«, flötete er, »hör mal, momentan ist es ganz …«

Anna unterbrach ihn mit einem hektischen Redefluss, von dem er jedoch wegen des Lärms um sich herum kein Wort verstand. Ben hielt sich mit der anderen Hand das Ohr zu, um sie besser zu hören.

»Du hast was? … Den Erpresser? Im Einkaufszentrum? … Nein, jetzt hörst du mir zu! Du bewegst dich nicht vom Fleck, verstanden? Sag mir einfach, vor welchem Geschäft er steht.« Ben blickte kurz den Manager an, der stumm neben ihm stand. »Anna, beruhig dich! Ich bin sofort bei dir. Du unternimmst nichts, versprich mir das … Moment, Anna, bleib dran.«

»Ist der Modeladen Black & Bones weit von hier entfernt?«, wandte er sich an Meier.

»Der ist ganz in der Nähe, da hinten. Fast am Ende der Passage.«

»Anna, hörst du? Verhalte dich ganz ruhig. Ich bin in wenigen Sekunden bei dir … Wieso so schnell? Das kann ich dir jetzt nicht erklären, ich lege auf.«

»Los, wir müssen zu diesem Modeladen!«, rief Ben seinen zwei Begleitern zu. »Direkt vor dem Geschäft steht unser Mann!«

Ben war nicht mehr zu bremsen. Er rannte los, ohne Rücksicht auf die Passanten, die samt ihrer Tüten von ihm umgerissen wurden. »Platz da! Dies ist ein Polizeieinsatz!«, brüllte er.

In seinem Windschatten folgten ihm der Manager und der Streifenpolizist im Laufschritt durch die Schneise in der Menschenmenge.

46

Ein Schuss peitschte durch die winterliche Stille. Der Höllenhund wurde in der Luft zur Seite gerissen und krachte donnernd gegen die Wand des Schuppens. Fast zeitgleich hallten zwei weitere Schüsse über das offene Gelände. Ein Tier des jetzt nur noch vierköpfigen Rudels fiel wie vom Schlag getroffen zu Boden, ein weiteres sprang jaulend davon und suchte humpelnd das Weite. Die beiden anderen Hunde verharrten vor Schröder. Sie reckten ihre

Schnauzen schnuppernd in die Höhe. Dann machten sie auf der Stelle kehrt und verschwanden hinter der Hütte aus Schröders Gesichtsfeld.

»Hierher!«, rief eine Stimme vom Zaun herüber. Schröder kam sie bekannt vor.

Er erwachte aus seiner Starre, griff nach seinem Handy im Schnee und setzte sich in Bewegung. Seine Rippen meldeten sich wieder mit höllischen Schmerzen. Als sich Schröder der Begrenzung schleppend näherte, erkannte er seine Retter. Es waren die Jäger aus Ratemicke. Aber es waren nur zwei. Wo war der dritte? Er hatte doch drei Schüsse gehört.

»Schnell raus da, bevor die Biester wiederkommen!«, forderte ihn Georg Winkelmann auf, während Karl Wörner neben ihm hektisch mit dem Gewehrlauf hin und her wedelte.

Der junge Beamte sparte sich die vielen Fragen, die ihm durch den Kopf schossen, für später auf. Er lief am Stacheldraht entlang, um die Lücke im Zaun aufzuspüren. Die Schmerzen und die Aufregung raubten ihm den Atem. Immer wieder musste er stehen bleiben, um Luft zu schöpfen. Dann endlich erreichte er die gesuchte Stelle. Mit letzter Kraft zog sich Schröder am Zaun hoch, als ein weiterer Schuss fiel. Erschrocken ließ er den Draht los und prallte rücklings auf den Boden. Wie auf Kommando tauchten die zwei unversehrten Hunde bellend hinter dem Schuppen auf und jagten auf Schröder zu, der hilflos auf der Erde lag.

Verzweifelt schaute er die zwei Jäger jenseits des Zauns an, die ohne Zögern das Feuer eröffneten. Dieses Mal waren sie allerdings nicht so zielsicher. Ein kurzer Blick in Richtung Schuppen verriet Schröder, dass die wütenden Tiere weiter über das freie Gelände auf ihn zuhetzten. Die Todesangst weckte die letzten Kräfte in ihm. Mit einem Adrenalinschub sprang Schröder auf, riss sich an dem Zaun hoch und ließ sich kopfüber auf die andere Seite in den Schnee fallen.

Durch die Lücke stellte der Zaun allerding auch für die großen Hunde kein Hindernis dar. Entsetzt beobachtete Schröder, wie sie im vollen Lauf abhoben und über die Begrenzung segelten. Wörner und Winkelmann rissen ihre Gewehre herum, doch da waren die Tiere schon in den dunklen Schatten der Bäume verschwunden.

»Mist! Aber wir können den Spuren folgen, was meinst du?«, fragte Wörner seinen Kumpan.

»Hat keinen Sinn, wird zu dunkel. Wir sollten lieber nach Manfred schauen«, erwiderte Winkelmann.

Starr vor Schreck und Schmerzen, stützte sich Schröder auf die Schulter von Winkelmann und ließ sich wortlos von den beiden Männern am Zaun entlangführen. Sie umrundeten den hohen Zaun, der an einer Hauswand des Gebäudes endete.

Als sie sich der Vorderfront näherten, erwartete Schröder eine weitere Überraschung: Der dritte Jäger stand vor dem Haus, sein Gewehr im Anschlag auf zwei korpulente Männer mit erhobenen Händen gerichtet. Den einen identifizierte Schröder sofort als den Verdächtigen, den er im Wald bei der Grube verfolgt hatte.

»Die wollten sich gerade aus dem Staub machen. Hab natürlich gleich einen Warnschuss abgegeben«, erklärte Manfred Steffens kurz.

»Tja, mein Junge, damit wäre der Fall gelöst, was?«

Wörner schlug Schröder kumpelhaft auf die Schulter. Sofort raste der Schmerz durch seinen Brustkorb und zwang Schröder in die Knie.

»Nun ja, so sehr brauchen Sie uns nicht Ihre Dankbarkeit zu erweisen«, meinte Winkelmann.

»Ich … ich …«, stöhnte Schröder. »Ich habe Schmerzen.« Er holte tief Luft und erhob sich langsam. »Wie kommen Sie überhaupt hierher?«

»Wie wäre es, wenn wir die Täter zunächst fesseln?«, meldete sich Steffens. »Ich kann nämlich nicht stundenlang die Waffe im Anschlag halten.«

»Hier, ich habe Handschellen … an meinem Gürtel«, ächzte Schröder und drehte sich zur Seite.

»Kann einer von euch mit den Dingern umgehen?«, wollte Winkelmann wissen, der die Handschellen an sich nahm.

»Einfach einrasten lassen«, erklärte Schröder mit schmerzverzerrtem Gesicht.

»Na dann.« Winkelmann händigte Wörner sein Gewehr aus und ging auf die beiden Schwergewichte zu. »Los, Arme runter und hierher!«

Er zog die beiden Männer zu den Stufen, die zur Haustür hinaufführten. Rechts davon befand sich ein Treppengeländer mit schmiedeeisernen Verzierungen. Winkelmann positionierte den kleineren der beiden Männer links auf den Stufen, den anderen auf der rechten Seite der Brüstung. Steffens bewachte das Geschehen mit dem Gewehr im Anschlag, und auch Wörner hatte nun seine Waffe auf die Täter gerichtet. Winkelmann führte die Handschellen durch eine Lücke in den Verzierungen und ließ die stählerne Fessel an den Handgelenken der beiden Männer einrasten. Verdattert blickten sich die zwei Dicken über das Geländer hinweg an, durch das sie aneinandergefesselt waren.

»So, das wäre erledigt«, sagte Winkelmann zufrieden. »Ich schlage vor, wir schauen uns jetzt mal drinnen genauer um.«

Schröder wollte protestieren, brachte aber nur ein Krächzen hervor.

Winkelmann und Steffens standen bereits vor der Haustür. »Ist nicht abgeschlossen. Seid wohl etwas überstürzt geflohen, was?«, neckte Winkelmann die Männer.

»Wenn ich bitten darf, Herr Kommissar«, wandte sich Wörner an Schröder, während er ihm auf die Beine half.

»Kollegen … Ich muss die Kollegen rufen«, stöhnte er.

»Das hat Zeit. Jetzt sehen wir uns erst mal um und kümmern uns um Ihre Verletzung«, beruhigte ihn Wörner.

»Und wir?« Einer der zwei Dicken hatte seine Stimme wiedergefunden. »Wir erfrieren doch hier draußen!«

47

Schon von Weitem konnte Ben die Leuchtschrift des Modegeschäfts erkennen. Als er sich näherte, sah er auch den Weihnachtsmann, der vor dem Eingang herumlungerte. Ben verlangsamte seinen Schritt, um keine Aufmerksamkeit auf sich zu ziehen. Er musterte die Gesichter der Passanten. Wo stand Anna? Sie hatte doch gesagt, dass sie sich in Sichtweite zum Laden befand …

Ben fokussierte seinen Blick wieder auf den Verdächtigen und ging weiter auf ihn zu. Jetzt nur keinen Fehler machen, nur keine hastigen Bewegungen. Er tat, als ob er an den Schaufenstern vorbeischlendern würde. Als er nahe genug war, packte er mit einem schnellen Handgriff zu, Ben krallte seine Finger in den rechten Arm des Mannes, drehte ihn unsanft auf den Rücken und drückte den Körper zu Boden. Noch ehe sein Gegenüber reagieren konnte, ließ Ben seine Handschellen ins Schloss schnappen. Wie ein rotes Geschenkpaket lag der Weihnachtsmann ihm zu Füßen.

»So, das Spiel ist aus«, sagte Ben und riss dem Mann den Bart aus dem Gesicht. Darin hatte er mittlerweile Routine.

Ebenso mit Misserfolgen. Es war nicht Jonas Keller.

Erstaunt schaute sich Ben um. Hinter ihm stand der Manager mit leerem Blick. Um ihn herum hatte sich ein Ring Schaulustiger gebildet. Der Streifenpolizist versuchte mit ausgebreiteten Armen mühsam, die neugierigen Menschen auf Distanz zu halten.

Ben suchte in der Menge nach Anna. Sie musste doch dabei sein! Wie er sich über sie ärgerte! Schon wieder hatte sie ihn in eine peinliche Situation gebracht. Wie konnte er auch nur so dämlich sein und auf diese Hobbydetektivin hören! Aber Liebe machte offensichtlich wirklich blind, dachte Ben bitter. Er musste in Zukunft Privates und Berufliches strikter voneinander trennen.

»Wir müssen Ihre Personalien überprüfen. Mein Kollege wird Sie nach draußen führen«, meinte Ben zu dem gefesselten Mann am Boden.

»Ganz schön harte Methoden!«, gab der trocken zurück, während er sich aufrappelte.

Ben wandte sich ab und winkte den Streifenpolizisten zu sich. Dann blickte er in die zahllosen Gesichter, die ihn umgaben, aber Annas blonder Schopf befand sich nicht darunter. Zur Sicherheit schaute er nochmals auf das beleuchtete Schild des Modegeschäfts. Black & Bones, wie Anna gesagt hatte, er war ohne Zweifel richtig!

Trotzdem fragte er bei Meier nach: »Sagen Sie mal, gibt es hier ein zweites Geschäft mit gleichem oder ähnlichem Namen?«

Der junge Manager schüttelte den Kopf. »Nein, ausgeschlossen.«

»Okay, dann gehen wir jetzt kurz nach draußen. Ich muss dringend telefonieren. Und eine rauchen.«

48

Von wegen, er würde in einer Minute da sein! Anna ärgerte sich maßlos. Wohin sie auch blickte, sie konnte weder Ben noch sonst einen Polizisten in der Menge ausmachen. Zum Glück hatte der Weihnachtsmann noch nicht gehandelt, sondern war nach wie vor in sein Smartphone vertieft. Dennoch blieb ihr offensichtlich nichts anderes übrig, als die Dinge selbst in die Hand zu nehmen.

Entschlossen kämpfte sich Anna zum Ende der Passage vor. Als sie auf der anderen Seite der Empore angekommen war, eilte sie, so schnell es die Menschenmassen zuließen, in Richtung Modegeschäft, vor dem der Weihnachtsmann stand. Sie wollte keine Sekunde mehr verlieren. Doch als sie in unmittelbarer Nähe des Weihnachtsmannes stehen blieb, nahm er sie gar nicht wahr. In sich versunken starrte er auf sein Handy. Körperlich würde sie kaum eine Chance gegen ihn haben, fuhr es Anna durch den Kopf. Aber sie musste verhindern, dass er die mit Gift versetzten Schokoladennikoläuse verteilte.

Während Anna den Verdächtigen genauer betrachtete, drehte er sich ruckartig zu ihr um. Sofort erkannte sie den stechenden Blick des Mannes, dem sie vom Campingplatz aus gefolgt war.

»Sie?«, fragte er verärgert. »Sie habe ich heute doch schon mal gesehen!«

Mehr musste Anna nicht hören! Jetzt war sie sich vollkommen sicher. Ihre Hand schnellte vor und entriss dem Mann den Jutesack.

»Ey, was soll das? Geben Sie mir sofort den Sack wieder!«, zischte ihr Gegenüber. Er wollte augenscheinlich keine Aufmerksamkeit erregen.

»Oh nein! Sie können ja gerne die Polizei rufen!«, erwiderte Anna mit fester Stimme.

»Sie sind wohl verrückt, was?«

Trotz ihres dicken Wintermantels spürte Anna, wie seine Hand fest ihren Oberarm umklammerte. Sie riss sich los und öffnete den Sack. »Ich lasse nicht zu, dass Sie Kinder vergiften!«

Doch der Sack enthielt keine Schokoladennikoläuse. Anna blickte zu ihrer Verwunderung auf eine technische Vorrichtung mit einer Digitalanzeige hinunter. Drähte und Stangen waren mit Isolierband zusammengebunden.

Anna brauchte einen Augenblick, um zu realisieren, was sie in den Händen hielt:

Keine Schokolade!

Sondern eine Bombe!

»Aber, aber … Das ist ja eine …«, stotterte sie und schaute den Weihnachtsmann an.

»Das ist, was es ist!« Der Mann hatte erneut Annas Arm ergriffen und drehte ihn leicht nach hinten. »Und du gibst mir jetzt unauffällig den Sack, oder ich lasse die Bombe sofort explodieren«, raunte er ihr zu. Er schaute sich um, ob jemand das Gespräch mitverfolgte. »Sofort her damit, oder es geschieht ein Unglück. Ich kann die Bombe hiermit sofort auslösen.«

Drohend hielt er sein Smartphone vor Annas Gesicht. Ohne zu zögern, schlug sie es ihm mit dem Jutesack aus der Hand. Das Telefon flog durch die Luft und schlitterte dann auf dem Boden zwischen den Füßen der Passanten hindurch.

Der Weihnachtsmann griff sich vor Schmerz ans Handgelenk, während er seinem Gerät verdutzt hinterherblickte. Anna nutzte ihre Chance und versuchte wegzulaufen, doch die Menschenmassen machten eine schnelle Flucht unmöglich. Sie kam einfach nicht vorwärts, so sehr sie auch drängte und die Leute beiseiteschob. Nach nur wenigen Schritten spürte Anna, wie sie an ihrem Mantel nach hinten gezogen wurde. Sie brauchte sich gar nicht umzudrehen, um zu wissen, dass der Attentäter sie festhielt. Sie musste sich losreißen und sofort die Polizei verständigen, dachte sie.

Verzweifelt versuchte sie, den Mann abzuschütteln, doch sein Griff wurde immer fester. Annas Flucht drohte zu scheitern, da kam ihr eine Fernsehsendung für Kinder in den Sinn, die sie zufällig im Gefängnis gesehen hatte. Den Kleinen wurde darin der Tipp gegeben, bei Gefahr nicht um Hilfe zu rufen, sondern stattdessen ein anderes, effektiveres Wort zu nutzen, das die Menschen alarmierte.

»Feuer! Feuer!«, schrie Anna so laut sie konnte. »Es brennt! Feuer!«

Es war unglaublich. Sofort kam Bewegung in die Massen. Alles strömte panisch zu den Toren und Notausgängen.

»Du verdammtes Miststück!«, brüllte ihr Verfolger und schlug ihr in den Nacken.

»Feuer! Feuer!«, rief Anna erneut, doch die Worte gingen bereits unter. Die Menschen kreischten vor Angst, während sie versuchten, das Einkaufszentrum auf schnellstem Wege zu verlassen.

»Den Sack! Gib mir den Sack!« Der Attentäter drückte Anna nach vorne und drängte sie mit dem Bauch gegen das Geländer der Empore.

Anna trat mit den Füßen nach hinten. In dem allgemeinen Chaos kam ihr niemand zu Hilfe. Es war ohrenbetäubend laut. Annas Angreifer packte mit einer Hand ihren Nacken und versuchte mit der anderen, ihr die Bombe zu entwenden. Doch Anna streckte ihren Arm weit von sich und ließ den Jutesack jenseits des Geländers über dem unteren Stockwerk baumeln. Der Attentäter beugte sich nach vorne, um an den Sack zu gelangen. Anna konnte seinen Atem auf ihrer Wange spüren. Mit ihrem Ellenbogen stieß sie ihn heftig in die Seite.

»Verdammt!«, brüllte der Mann wütend. »Gib mir den Sack zurück, oder ich bring dich um!«

Er legte beide Hände um Annas Hals. Und drückte zu. Sie konnte nicht mehr atmen. Luft, ihr ganzer Körper schrie nach Luft!

Anna ließ den Sack los. Mit beiden Händen schlug sie blind nach hinten und bekam die Mütze des Weihnachtsmanns zu fassen. Luft! Ich brauche Luft! Nur dieser eine Gedanke hämmerte in ihrem Kopf. Nochmals griff Anna verzweifelt nach dem Attentäter in ihrem Rücken. Sie packte seine Haare und zog mit allerletzter Kraft daran. Der Mann brüllte vor Schmerzen. Sofort lockerte sich der Druck um ihren Hals.

Röchelnd drehte sie sich nach ihrem Peiniger um, der

sich mit gekrümmtem Oberkörper den Kopf hielt. Anna schaute auf ihre Hand. Sie hielt ein ganzes Büschel Haare zwischen den Finger.

»Du Teufel, du!« Seine Augen blitzten gefährlich zu ihr herauf. »Du verdammter Teufel!«

Anna sah den Schlag nicht kommen. Plötzlich traf seine Faust ihre Schläfe und schleuderte sie rücklings gegen das Geländer. Sie verlor das Gleichgewicht und fiel über das Geländer in die Tiefe.

Im freien Fall schien die Welt stillzustehen.

Alles zog wie in Zeitlupe an ihr vorüber.

Das gütige Gesicht eines Engels tauchte vor ihr auf.

Anna klammerte sich an die goldene Gestalt und schwebte gemeinsam mit ihr durch die Luft.

»Alles ist gut, Anna. Hab keine Angst«, sprach der Himmelsbote zu ihr.

Dann sah Anna nur noch ein gleißendes Weiß.

49

Ben stand vor der City-Galerie und zündete sich eine Zigarette an. Seine Stimmung war ebenso trüb wie dieser Tag. Der uniformierte Polizist nahm in einem der VW-Busse die Personalien des zuletzt festgesetzten Weihnachtsmanns auf. Vorher hatte Ben ihm noch die Handschellen abgenommen und so etwas wie »Entschuldigung« gemurmelt. Mittlerweile hatten die Kollegen des anderen Suchtrupps einen weiteren Mann zu den Einsatzfahrzeugen gebracht. Damit waren nun neun der zehn Weihnachtsmänner in Gewahrsam, und ausgerechnet Jonas Keller befand sich nicht darunter! Die eigentliche Zielperson lief immer noch kostümiert durch das Einkaufszentrum oder die Straßen der Siegener Unterstadt! Es war nicht zu fassen …

»Sind Sie ganz sicher, dass auch wirklich zehn Weihnachtsmänner angekommen sind?«, fragte er Meier, der ein paar Schritte entfernt stand.

»Also, ich habe das nicht kontrolliert. Das ist die Aufgabe der Event-Firma. Die haben uns zehn Männer für die Promo zugesagt. Der Teamleiter der Agentur hat eine Liste angefertigt, die, wie ich schon sagte, in meinem Büro liegt. Ich hatte noch keine Zeit, einen Blick darauf zu werfen. In der Vorweihnachtszeit ist es so hektisch, da kann ich mich nicht um alle Details kümmern.«

Es konnte also gut sein, dass Jonas Keller alle zum Narren hielt und an einem ganz anderen Ort seine Aktion durchführte. Hatte er die Polizei bewusst auf eine falsche

Fährte gelockt? Das war durchaus möglich, so akribisch, wie Keller bisher Spuren hinterlassen hatte … Verdammt! Ben war sauer, dass er nicht sofort nach seiner Ankunft die Liste kontrolliert hatte.

»Wir müssen diese Aufstellung haben«, sagte er zum Manager. »Aber vorher muss ich noch einen wichtigen Anruf erledigen.«

Die Sache mit Anna ließ ihm keine Ruhe. Was hatte sie sich bloß dabei gedacht, auf eigene Faust eine Verfolgungsjagd aufzunehmen? Und wo war sie dann geblieben? War sie verärgert, weil er bei ihrem ersten Gespräch so knapp angebunden gewesen war?

Ben holte sein Handy aus der Hosentasche. Annas Nummer stand in seiner Kontaktliste ganz oben, sodass er sie sofort anrufen konnte.

»Der Teilnehmer ist vorübergehend nicht erreichbar«, meldete sich eine automatische Stimme.

Komisch, dachte Ben, diese Ansage hatte er bei Annas Handy noch nie gehört. Entweder nahm sie ab oder es meldete sich die Mailbox. Er versuchte es sofort noch einmal. Wieder meldete sich die blecherne Stimme. Das gab's doch nicht!

Verärgert warf Ben seine Zigarette in den Schnee am Straßenrand. In diesem Augenblick sah er einen der Streifenpolizisten auf sich zurennen.

»Herr Kommissar, wir müssen die Aktion sofort abbrechen! Sämtliche Einsatzkräfte sind nach Lüdenscheid beordert worden. Wir brauchen alle Männer. Ich schlage vor, dass wir die festgesetzten Personen sofort freilassen und direkt aufbrechen. Ich habe die Streifen in der Einkaufsstraße bereits zurückbeordert.«

»Was ist denn passiert?«, erkundigte sich Ben erstaunt.

»In der Einkaufspassage, dem Stern-Center, ist eine Bombe explodiert. Es handelt sich offenbar um einen Terroranschlag. Wir sollen sofort nach Lüdenscheid fahren, die genauen Einsatzbefehle erhalten wir per Funk. Es muss eine große Katastrophe sein.«

Ben wurde bleich. Ein schlimmer Verdacht stieg in ihm auf.

»Sagen Sie mal, gibt es in der Lüdenscheider Einkaufspassage auch ein Modegeschäft namens Black & Bones?«, wandte er sich an Meier.

»Ja klar. Das ist eine Kette.«

»Sind Sie sich sicher?«

»Absolut sicher.«

Ben spurtete zu seinem Auto.

»Und die Liste?«, rief ihm der Manager hinterher.

50

Schon von der Autobahn aus sah Ben die große Rauchwolke über Lüdenscheid. Doch erst als er die Stadt erreichte, begriff er das Ausmaß des Unglücks. Die Innenstadt war weiträumig gesperrt, auf den Straßen herrschte Chaos. Löschfahrzeuge der Feuerwehr rasten mit Blaulicht und Martinshorn durch die engen Rettungsgassen zwischen den Autoschlangen, gefolgt von Krankenwagen und Polizeibussen.

Ben brauchte eine Weile, bis er mit seinem Polo zur Absperrung durchdringen konnte, wo Verkehrspolizisten unbefugten Autos die Zufahrt verwehrten und sie mit Kellen in verschiedene Richtungen wiesen. Ben öffnete das Seitenfenster, zog seinen Dienstausweis hervor und hielt ihn einem der Beamten unter die Nase.

»Ruste, Kripo Olpe. Ich muss sofort zum Tatort.«

»In Ordnung, aber halten Sie bitte die Einkaufsstraßen beim Rathausplatz frei, dort richten die Einsatzkräfte Nothilfezentren ein.«

»Ist es so schlimm?«

»Keine Ahnung. Nach dem, was man hört, ist das halbe Stern-Center in die Luft geflogen und Feuer ausgebrochen. Ich glaube, die Feuerwehr konnte das Gebäude noch nicht betreten.«

»Danke.« Ben nickte dem Polizisten zu, der ihn passieren ließ.

Er parkte seinen Wagen auf einer der Zufahrtsstraßen des Einkaufszentrums und ging den restlichen Weg zu

Fuß. Ein beißender Brandgeruch schlug ihm entgegen. Über der Innenstadt stiegen dunkle Wolken in die Luft, und pausenlos heulten Martinshörner auf. Ben blieb stehen. Er war sich noch nicht einmal sicher, ob Anna in Lüdenscheid war. Doch ein untrügliches Gefühl sagte ihm, dass sie hier war. Plötzlich schossen ihm Tränen in die Augen. Annas Gesicht tauchte vor seinem inneren Auge auf. Ihr wundervolles Lächeln. Ihre klaren blauen Augen mit den kleinen Sprenkeln in der Iris. Er suchte Halt an einer Hauswand und atmete tief durch. Er betete im Stillen, dass ihr nichts passiert sein möge. Dann wischte er mit dem Handrücken die Tränen von der Wange und ging schweren Schrittes weiter.

Er musste erneut eine Absperrung durchqueren. Auf dem Rathausplatz bot sich ihm ein Bild des Schreckens: Unzählige Notarzt-, Einsatz- und THW-Fahrzeuge standen in den schmalen Gassen des Weihnachtsmarktes. Menschen mit rußverschmierten Gesichtern liefen eingehüllt in Decken orientierungslos umher. Sanitäter und Helfer versuchten, die Betroffenen zu den Zelten und Sammelstellen zu führen, die eilig auf dem freien Teil der Einkaufsstraße errichtet wurden. Ben versuchte, weiter zum Stern-Center vorzudringen, doch immer größere Massen an Zivilisten, Feuerwehrleuten und Sanitätern kamen ihm entgegen. Mit großer Mühe erreichte er einen Seiteneingang der Einkaufspassage unmittelbar neben dem Rathaus. Überall lagen Glassplitter im Schneematsch. Ben blicke an den Fassaden der umliegenden Gebäude hoch. Die Detonation musste gewaltig gewesen sein. In einem großen Umkreis waren sämtliche Fensterscheiben geplatzt.

In dem Durcheinander entdeckte Ben einen Kollegen der Lüdenscheider Kripo, den er zwar kannte, dessen Namen er jedoch vergessen hatte. Das spielte in solch einer Ausnahmesituation ohnehin keine Rolle. Er kämpfte sich zu dem Mann durch.

»Können Sie mir nähere Informationen geben?«, fragte Ben.

Der Beamte erkannte ihn. »Oh, der Kollege Ruste aus Olpe. Tut mir leid, wir wissen auch noch nichts Genaues. Die Löscharbeiten dauern an. Es war wohl ein Terroranschlag, doch die Menschen wurden frühzeitig gewarnt. Gott sei Dank, kann man sagen. Ob sich trotzdem Verletzte oder gar Tote noch im Gebäude befinden, können wir allerdings nicht sagen. Auch nichts zu den Tätern. Am besten, Sie melden sich bei der Einsatzleitung, man wird Sie dann einem Team zuteilen.«

»Sie wissen nicht zufällig etwas über eine blonde Frau Mitte 40? Ihr Name ist Anna Lobbisch.«

»Nein, dazu kann ich nichts sagen. Wir haben zusammen mit der Feuerwehr und dem THW Sammelstellen eingerichtet, wo wir die Namen der Betroffenen notieren. Da es gut möglich ist, dass sich die Attentäter noch im Sperrgebiet aufhalten, sollte eigentlich niemand ohne Berechtigung rein- oder rauskommen. Die Namen der Überlebenden werden im Internet veröffentlicht, das Handynetz ist zusammengebrochen.«

»Gibt es denn viele Opfer?«, erkundigte sich Ben und schluckte.

»Wie gesagt, ins Center kommen wir noch nicht hinein. Bisher haben wir nur Verletzungen durch Glassplitter zu beklagen, und fast alle Menschen, die sich in der

Nähe aufgehalten haben, haben ein Knalltrauma. Beten wir, dass es dabei bleibt. Ich muss weiter, entschuldigen Sie mich.«

Ben stand unschlüssig herum. Er fühlte sich elend. In seiner Berufslaufbahn hatte er viel gesehen und erlebt, doch noch nie hatte er solch eine Angst verspürt. Mit hängenden Schultern ging er zur provisorischen Einsatzzentrale, die aus mehreren großen Polizeibussen bestand. Zahlreiche schwerbewaffnete Spezialkräfte sammelten sich im Umfeld. Vielleicht konnte er sich nützlich machen. Denn hier wurde jede Hand gebraucht.

51

Neugierig sahen sich Winkelmann und Wörner im Wohnzimmer der zwei festgesetzten Männer um. Steffens war irgendwo im Haus verschwunden.

»Bitte nichts anrühren«, ächzte Schröder, während er sich mit seinem Smartphone in der Hand vorsichtig auf einen Sessel im Wohnzimmer niederließ. Er hatte soeben die Dienststelle informiert. »Gleich kommt die Spurensicherung und ein Aufgebot von Interpol und der niederländischen Polizei.«

»Man wird ja wohl mal gucken dürfen, wo wir doch den Fall gelöst haben, woll?«, meinte Winkelmann.

»Wieso sind Sie eigentlich hier aufgetaucht?«, erwiderte Schröder.

»Mein Junge, wir konnten Sie doch nicht so allein im Wald zurücklassen! Also haben wir zur Sicherheit in der Nähe in einem Hochsitz Posten bezogen. Die Stelle mit der Grube konnten wir zwar nicht einsehen, aber als Sie dann an dem Jeep hingen – das haben wir alles mitbekommen. Meine Güte, das war filmreif«, lobte Winkelmann.

»Und dann?« Schröder war zu müde, um näher auf die Bemerkungen des Jägers einzugehen.

»Ja, dann haben wir Karls Geländewagen genommen und sind Ihnen gefolgt. War ein Kinderspiel, Sie sind ja mehr gerutscht als gefahren. Das Auto haben wir weiter unten stehen lassen und sind zu Fuß hierhergekommen. Gerade noch rechtzeitig. Da haben Sie aber großes Glück gehabt!«

Steffens trat ins Wohnzimmer. »Diese Küche müsst ihr euch ansehen! Ist die reinste Metzgerei – inklusive Kühlraum. Ich wette, das ist alles Menschenfleisch, was die da drinnen gelagert haben. Widerlich, wenn ihr mich fragt.«

»Sie haben doch nichts angefasst?«, erkundigte sich Schröder bestürzt.

»Keine Sorge, ich habe schon genügend Krimis im Fernsehen gesehen«, antwortete Steffens ruhig. »Außerdem helfen wir der Polizei nicht zum ersten Mal, nicht wahr, Georg?«

Winkelmann nickte zustimmend.

»Ich danke Ihnen herzlich, dass Sie mir das Leben gerettet haben. Aber jetzt müssen Sie die Polizei Ihre Arbeit machen lassen«, erklärte Schröder.

»Ich würde aber ganz gerne erfahren, was hier vor sich gegangen ist. Ohne uns wären Sie jetzt mausetot. Ich denke, es wäre ganz gut, wenn wir die beiden Mörder reinholen und einem Verhör unterziehen«, schlug Wörner vor. »Kann ich bitte den Handschellenschlüssel haben?«

Schröder wollte protestieren, doch die Stiche in der Brust ließen ihn in den Sessel zurücksinken. Es hatte keinen Sinn. Er konnte diese drei alten, sturen Jäger nicht abschütteln. Resigniert überreichte er Wörner den Schlüssel.

»Georg, komm mit, wir holen die Gefangenen herein.«

Kurze Zeit später tauchten Wörner und Winkelmann mit den beiden Männern wieder auf. Unsanft stießen sie die Verbrecher mit ihren Gewehren vor sich ins Wohnzimmer hinein.

»Ihr beide dahin.« Winkelmann deutete mit seiner Waffe auf die Couch.

»Manfred, such etwas zu schreiben und führ Protokoll«, befahl Wörner seinem Jagdgefährten.

Zwei Gewehrläufe vor den Augen, saßen die beiden Dicken stumm auf dem Sofa. Steffens hatte im Wohnzimmerschrank mittlerweile einen Block und einen Kugelschreiber gefunden.

»Dann kann es ja losgehen«, freute sich Winkelmann. »Wollen Sie das Verhör übernehmen?« Er blickte Schröder fragend an.

Steffens wollte noch wissen: »Müssen Sie nicht zuerst noch sagen: ›Sie haben das Recht zu schweigen. Alles was Sie sagen …‹ und so weiter. Wie die im Fernsehen?«

»Nein, nicht in Deutschland. Diese Floskel gibt es nur in den USA.« Schröder wurde immer müder. »Und wenn man die Verdächtigen mit Waffen bedroht, ist eine Belehrung auch vollends egal«, fügte er zähneknirschend hinzu, aber die Jäger und die dicken Männer waren viel zu sehr damit beschäftigt, sich gegenseitig drohend zu fixieren, als dass sie ihn gehört hätten.

Schröder atmete schwer. Das gesamte Szenario erschien ihm bizarr und unwirklich. Allein die unerträglichen Schmerzen in seiner Brust erinnerten ihn daran, wie real dies alles war. Er war sich bewusst, dass ein Verhör vor Zivilisten, die auch noch die Verdächtigen mit Gewehren im Anschlag bedrohten, vor Gericht keinen Bestand haben würde. Noch so ein Fehler wie in der »Wildhütte« würde ihm nicht passieren! Er musste die beiden Männer auf alle Fälle auf der Dienststelle unter Berücksichtigung aller Vorschriften vernehmen – und das sofort nach ihrer Festnahme, bevor sie sich irgendwelche Ausflüchte ausdenken konnten. Doch die Jäger würden keine Ruhe geben, bis die Kollegen eintrafen, und im Grunde brannte er selbst darauf, mehr über die Morde zu erfahren – denn dass die beiden Dicken die Verbrechen begangenen hatten, daran ließen die Ereignisse der letzten Stunden und die Funde im Haus keinen Zweifel mehr.

»Also gut«, begann Schröder zögerlich. »Name und Beruf?«

Einer der beiden Dicken räusperte sich, blieb aber stumm.

»Na wird's bald!« Winkelmann stieß den Lauf seines Gewehrs gegen den Kopf des Gefangenen.

»Edwin Loß, und das ist mein jüngerer Bruder, Josef Loß. Wir sind Hundezüchter«, sagte der Mann knapp.

»Warum haben Sie all diese holländischen Campinggästen ermordet?«, fragte Schröder ohne weitere Umschweife.

Die beiden Männer schauten betreten zu Boden und schwiegen.

»Antworten, oder es knallt«, drohte Winkelmann erneut und spannte den Hahn.

»Nun, das ist eine bloße Unterstellung …«, krächzte Edwin Loß.

»Ich bitte Sie, lassen Sie die Spielereien«, unterbrach ihn Schröder bestimmt. »Ich denke, wir wissen alle, dass Sie die Taten begangen haben. Also, aus welchem Grund?«

Diesmal gingen sowohl Winkelmann als auch Wörner mit den Gewehren drohend einen Schritt auf die zwei Dicken zu, um Schröders Aufforderung Nachdruck zu verleihen.

»Nun … Das ist eine längere Geschichte …«, begann Edwin Loß kleinlaut und knetete seine Hände.

»Das war alles seine Idee!« fiel ihm sein jüngerer Bruder ins Wort und fuhr hastig fort: »Unsere Hundezucht lief nicht mehr, und wir waren so gut wie pleite. Als Zusatzerwerb haben wir daher einen Lieferservice für Campinggas aufgemacht, immerhin befinden wir uns ja in 'ner Urlaubsregion. Dachten, das wäre lukrativ. Da hat uns Edwins Freund Wolfgang eines Tages erzählt, er könne uns günstig 20 Flaschen CO_2-Löschgas verkaufen. In dem Edelstahlwalzwerk, in dem er arbeitet, hatte man die Löschanlage erneuert und dabei die alten Gasflaschen vergessen. Und Wolfgang dachte, wir könnten das CO_2 verhökern.«

Edwin Loß blickte seinen Bruder wütend an. »Was heißt hier meine Idee? Du warst ebenfalls Feuer und Flamme!«

»Bitte zurück zu den Gasflaschen«, erstickte Schröder die Stichelei im Keim. »Was haben die mit den Morden zu tun?«

Edwin Loß seufzte resigniert. »Nun ja, bringt ja wohl nichts … Wir haben Wolfgang natürlich aufgeklärt, dass CO_2 genau das Gegenteil von dem ist, was wir verkaufen. Wir vertreiben entflammbares Propangas, CO_2 löscht Brände. Außerdem ist es gefährlich, sogar lebensbedrohlich. Das Gas verdrängt ja Sauerstoff, daher wird es beispielsweise von Schlachtbetrieben zum Betäuben oder Töten der Tiere genutzt. Da meinte der Wolfgang, das sei doch prima, wir könnten das CO_2 ja an Schlachtbetriebe gewinnbringend weiterverkaufen.«

Josef Loß nickte. »Ja, und er sagte, wir würden als Gaslieferanten doch viele Leute in der Gegend kennen, das sollte kein Problem sein. Aber mein Bruder hatte dann eine bessere Idee!«

»Das war nicht nur meine Idee!«, blaffte Edwin Loß. »Wir haben uns das zusammen ausgedacht!«

»Was denn nun genau?«, fragte Schröder ungeduldig.

»Nun, wir hatten Verbindung zu einem Typen, der wollte richtig scharfe Hunde für Auslandseinsätze«, fuhr der ältere der beiden Brüder fort.

»Einsätze der Bundeswehr?«, wunderte sich Schröder.

Edwin Loß schüttelte den Kopf. »Nee, Wachhunde für Diamantenminen irgendwo da unten in Afrika. Oder für Militäranlagen, Hochsicherheitstrakte, sogar Privatgrundstücke von irgendwelchen Mafiabossen in all den gottverlassenen Ländern, wo man halt nicht so genau auf das Gesetz schaut. Eben überall da, wo kein Mensch rein oder raus soll – jedenfalls nicht lebend.« Er lachte laut auf, verstummte jedoch sofort, als er die ernsten Gesichter von Schröder und den alten Jägern bemerkte. »Also, diese Anlagen haben mehrere Zaunreihen und in den Ausläufen dazwischen bewachen die Hunde das Areal, falls es doch mal jemandem gelingen sollte, einen Zaun zu überwinden.«

In Schröder keimte eine böse Vorahnung auf, doch er wollte es aus den Mündern dieser Schwerverbrecher hören. »Und dann?«

»Dann kamen wir …«

»Du! Du allein kamst auf die Idee!«, beharrte Josef Loß.

»Wie auch immer!«, schnauzte sein Bruder zurück. »Es lag auf der Hand, dass man die Hunde für diese Einsätze besonders scharf machen musste. Mit Menschenfleisch. Tja, und da kam das Angebot von Wolfgang mit dem CO_2-Gas gerade zur richtigen Zeit.«

»Haben Sie damit die Urlauber getötet? Wie? Und warum gerade Holländer?«

»Es war eigentlich ganz einfach. Als Lieferanten für Campinggas sind wir ohne Probleme, wann immer wir wollten, auf die Plätze gekommen. Wir haben uns die Wohnwagen ausgeguckt, vor denen ein holländisches Auto stand, weil Vermisstenmeldungen von Ausländern bei uns ja nicht so schnell bekannt werden. Mit einem Schlauch haben wir das Gas ins Innere geleitet, haben eine halbe Stunde gewartet, kurz Luft durch die Tür hineingelassen und dann die erstickten Holländer rausgeholt. Die Autos haben wir gleich mitgenommen, die Schlüssel lagen ja immer irgendwo im Wohnwagen herum. Ein Bekannter von uns hat 'nen Autohandel, der hat uns die Fahrzeuge ohne große Fragen abgekauft und weiterverschachert. Beim Preis hat er uns zwar übers Ohr gehauen, aber wir wollten die Autos ja vor allem loswerden.«

Schröder dachte an den toten Hund im Campingwagen. Das Gas erklärte auch die mysteriösen Umstände seines Todes. Er hatte genug gehört. Wann würden endlich die Kollegen eintreffen? Wieso ließen die sich so viel Zeit?

»Und was habt ihr mit den Holländern gemacht?«, fragte Winkelmann beharrlich und stieß erneut den Gewehrlauf gegen den Kopf von Edwin Loß.

»Die haben wir zerlegt. Wir haben uns im Internet informiert, wie man Wild auseinandernimmt, und haben das einfach bei den Toten genauso gemacht. Tja, und dann …« Edwin Loß zögerte. »Dann haben wir das Fleisch an die Hunde verfüttert.« Er flüsterte die letzten Worte fast.

»Lauter, was habt ihr getan?«, forderte Winkelmann den älteren Loß provokant heraus.

»Wir haben das Menschenfleisch an die Hunde verfüttert. Und es hat wunderbar funktioniert!« Jetzt schrie Edwin Loß nahezu. »Unsere Bullmastiffs haben sich hervorragend verkauft, wir wurden mit Aufträgen überhäuft! Unsere Zucht dieser Rasse ist mittlerweile weltberühmt!«

»Jedenfalls in gewissen Kreisen«, ergänzte Schröder matt.

»Ich muss gleich kotzen«, sagte Steffens und blickte von dem Notizblock auf, auf dem er die Aussagen der Brüder Loß fein säuberlich festgehalten hatte.

»Und die Überreste? Was haben Sie mit den Überresten der Menschen gemacht?« Winkelmann wollte anscheinend ein lückenloses Geständnis erzwingen.

»Die haben wir im Wald bei Ratemicke in einer Grube entsorgt.«

Der alte Jäger schien zufrieden und wütend zugleich. »Am liebsten würde ich jetzt …«, flüsterte Winkelmann.

»Denken Sie nicht einmal daran«, ermahnte ihn Schröder. »Edwin Loß, Josef Loß, ich verhafte Sie wegen mehrfachen Mordes«, fügte er erschöpft hinzu. »Gibt es noch mehr Opfer, als die, die wir im Wald und im Kühlraum gefunden haben? Befinden sich weitere Leichen im Haus?«

»Also, wir haben da …«, antwortete Josef Loß, wurde jedoch durch einen Stoß seines älteren Bruders in die Seite unterbrochen. Schnell beeilte er sich zu erklären: »Also, wir haben kein Frischfleisch mehr besorgt.«

»*Frischfleisch?*«, fragte Schröder empört.

»Mein Gott, so haben wir das eben genannt. Es war ja für die Hunde«, gab Edwin Loß kleinlaut zu.

»Ich fasse es nicht!«, stöhnte Steffens.

»Ich glaube, ich brauche jetzt wirklich einen Arzt«, stöhnte Schröder.

Ihm wurde schwarz vor Augen. Verschwommen sah er Wörners Gesicht vor sich, der ihm einige Klapse auf die Wangen gab. Doch es half nichts. Schröder merkte, wie ihn eine tiefe Müdigkeit überfiel.

»Oh, sieht ernst aus mit dem Jungen«, hörte er dumpf Wörner rufen.

In diesem Augenblick ertönte das ohrenbetäubende Läuten der Türklingel. Schröder vernahm zunächst nur ein undeutliches Stimmengewirr, bis Worte in einem fremden Akzent zu ihm durchdrangen: »Jacques Lefèvre, Interpol. Wer von Ihnen ist Polizeimeister Schröder?«

»Ich …«, ächzte Schröder und versuchte seine Augen aufzureißen.

»… und er braucht dringend einen Arzt«, ergänzte Winkelmann.

Mussten diese verdammten Jäger immer das letzte Wort haben, durchfuhr es Schröder. Dann wurde es dunkel um ihn.

52

Anna blinzelte. Sie sah schemenhaft Gestalten über sich. In ihren Ohren schrillte ein greller Pfeifton. Sie wollte sich bewegen, doch sämtliche Muskeln schmerzten. Sie versuchte, die über sie gebeugten Körper mit ihren Augen zu fokussieren. Langsam wurden die Konturen schärfer. Männer mit schwarzen Westen und dunklen Helmen. Sie trugen Maschinengewehre.

Anna richtete sich mühevoll auf. Erstaunt stellte sie fest, dass sie unter freiem Himmel auf einer Trage lag. Um sie herum standen große Polizeifahrzeuge. Und sie war mit Handschellen gefesselt. Warum? Was war passiert?

Sie spürte, wie ihr eine Hand sanft über den Kopf strich. Erschrocken fuhr Anna herum und erkannte Ben.

»Was hat das alles zu bedeuten, Ben?«, stieß sie hervor.

»Du warst ohnmächtig.«

Fieberhaft versuchte Anna, sich zu erinnern. Dann schossen ihr Bilder durch den Kopf: Der Weihnachtsmann mit dem eisigen Blick … Der Jutesack baumelnd über der Brüstung …

»Die Bombe? Was ist mit der Bombe, Ben?«, fragte sie hastig.

»Die ist detoniert«, antwortete Ben mit trauriger Stimme.

»Gibt es viele Tote?«

»Das kann man noch nicht sagen. Ich habe aber herausbekommen, dass dich der Sicherheitsdienst des Stern-Centers ohnmächtig gefunden hat. Das Gebäude war da bereits so gut wie leer, weil jemand einen falschen Feueralarm ausgelöst hatte.«

»Das war ich«, sagte Anna leise. »Ich wollte die Menschen retten.«

Dann erzählte sie Ben die ganze Geschichte von ihrer Verfolgungsjagd über den Kampf mit dem Attentäter im Weihnachtsmannkostüm bis zu ihrem Sturz von der Empore. Die Engelserscheinung verschwieg sie lieber.

Als sie ihren Bericht beendet hatte, blickte Ben sie mit tränenverschleierten Augen an. »Wahrscheinlich hast du sehr vielen Menschen das Leben gerettet.« Er setzte sich neben sie auf die Trage und nahm sie in den Arm.

Anna lehnte sich erschöpft an Bens Schulter. Sie spürte seinen zärtlichen Kuss an ihrer Schläfe und griff nach seiner Hand. Sie drückte sie fest.

»Du hast großes Glück gehabt. Du hattest buchstäblich einen Schutzengel. Ein Sturz aus der Höhe ist lebensgefährlich, doch du musst auf eine Art Luftballonengel gefallen sein, der deinen Fall abgefedert hat. Das hat jedenfalls einer der Männer erzählt, die dich gefunden haben. Der Engel lag unter dir. Teilweise zerplatzt. Ein himmlischer Airbag.« Er schmunzelte.

Also hatte sie die Erscheinung doch nicht geträumt, durchfuhr es Anna.

»Aber warum bin ich gefesselt?«, wollte sie wissen.

»Weil man dich für die Attentäterin hält. Oder für eine Komplizin, immerhin wurdest du neben der Bombe gefunden.«

»Aber das stimmt nicht!« Anna merkte, wie ihre Lebensgeister zurückkehrten. »Hat man den falschen Weihnachtsmann denn noch nicht festgenommen?«

»Von dem wusste hier bisher niemand. Ich werde sofort dafür sorgen, dass du dem Leiter des Einsatzkommandos die Ereignisse schildern kannst.«

»Ben, ich habe dem Attentäter die Mütze und ein Büschel Haare vom Kopf gerissen«, erinnerte sich Anna. »Ein Weihnachtsmann ohne Mütze muss doch leicht zu finden sein!«

»Wir werden das alles gleich dem Einsatzleiter erzählen …«

»Nichts da, Ben«, unterbrach sie ihn.

»Was soll das heißen?«

»Ich habe es bis hierher allein geschafft, und jetzt will ich diesen Typen auch finden. Er hätte mich fast umgebracht!«

»Das geht nicht Anna. Noch bist du die Hauptverdächtige.«

»Dann schließ die Handschellen auf! Während du mit dem Leiter sprichst, mache ich mich auf die Suche.«

»Anna, ich kann beim besten Willen nicht …«

»Ben Ruste, du hast mich im Stich gelassen, obwohl du gesagt hast, du bist in wenigen Sekunden bei mir«, beschwerte sich Anna. »Jetzt führe ich es auch zu Ende!«

»Das war eine unglückliche Verwechslung, Anna. Ich dachte, du wärst in der City-Galerie in Siegen, nicht im Stern-Center in Lüdenscheid.«

Anna verstand nicht, was Ben damit meinte, doch in diesem Moment war es ihr auch gleichgültig. »Wenn dir etwas an mir liegt, dann nimm mir sofort diese Dinger ab!« Sie hielt Ben die Handschellen unter die Nase.

Ben deutete mit dem Kopf auf zwei Zivilbeamte, die etwas weiter weg standen und sie beobachteten. »Selbst wenn ich wollte – ich kann es nicht, Anna. Du stehst unter Verdacht, und das müssen wir mit dem Einsatzleiter klären. Man hat mich nur mit dir sprechen lassen, weil ich dich als meine Lebenspartnerin ausgegeben habe.«

»Lebenspartnerin? Bist du noch ganz gescheit?«

Aus dem Stern-Center drang plötzlich ein lautes Krachen. Weitere Gebäudeteile waren eingestürzt. Die Menschen richteten ihre Blicke ängstlich auf die Fassade mit den zerborstenen Fenstern, aus denen dicker Qualm in den Himmel aufstieg.

»Jetzt, Ben!« Anna griff seine Hand und stand auf. Sofort pochten starke Schmerzen in ihrem Kopf, und ein Schwindelgefühl ergriff sie. Sie hielt sich kurz an Ben fest und ignorierte einfach die Signale ihres Körpers. »Los jetzt, weg hier!«, zischte sie.

Anna merkte, dass Ben widersprechen wollte, doch er beugte sich ihrem Willen. Da alle Umstehenden durch das Grollen, das aus dem Stern-Center drang, abgelenkt waren, gelang es ihnen, schnellen Schrittes ungehindert den Bereich der Einsatzzentrale zu verlassen.

»Das ist völlig verrückt, Anna«, sagte Ben, als sie auf die Einkaufsstraße abbogen und außer Sichtweite der Polizeibeamten waren.

»Verrückt ist, dass dieses Monster immer noch frei herumläuft!«, entgegnete sie entschlossen.

Doch nur kurze Zeit später musste Anna resigniert feststellen, dass es angesichts der vielen Menschen und Einsatzkräfte, die sich im abgesperrten Areal drängten, wohl aussichtslos war, den Attentäter zu finden. Sie mussten gezielt vorgehen. Was hätte sie an seiner Stelle getan?, überlegte Anna. Sie hätte vermutlich möglichst schnell und unauffällig das Weite gesucht. Er konnte also in jede Richtung verschwunden sein.

Annas Kopf schmerzte vor Anstrengung. Sie musste sich jetzt konzentrieren. Welchen Fluchtweg hätte sie gewählt? Plötzlich fiel ihr die Fußgängerunterführung unter der Sauerfelder Straße ein! Wenn sie den Innenstadtbereich verlassen wollte, würde sie diesen Weg nehmen!

Hastig zog Anna Ben mit sich. Doch ihre Eingebung erwies sich schnell als falsch. In der Unterführung wurden Verletzte behandelt, und auch hier hatte man einen Kontrollpunkt eingerichtet. Vielleicht war es doch das Beste, Bens Vorschlag zu folgen und alles der Polizei zu überlassen, überlegte Anna frustriert. Außerdem pochte ihr Kopf unerträglich vor Schmerzen und das Schwindelgefühl nahm zu. Ihr wurde übel.

»Ben, ich glaube, das war eine blöde Idee. Lass uns umkehren«, sagte sie kleinlaut und klammerte sich an seinen Arm.

Sie ließ sich behutsam von Ben durch das Chaos führen. Das Getümmel glich einem unkontrollierten Haufen Ameisen, und dennoch schienen die Einsatzkräfte die Lage im Griff zu haben. Anna sah unzählige Menschen mit blutigen Verbänden und Helfer, die Decken verteilten und heißen Tee ausschenkten, während sie beruhigend auf die Leute einsprachen. Sie beobachtete, wie Verletzte auf Tragen abtransportiert wurden – und einen jungen Mann, der die Auswirkungen des hinterhältigen Terroranschlags mit einem Handy filmte. Sein Anblick löste unbändigen Ärger in Anna aus. Wie konnte sich jemand derart schamlos am Leid anderer ergötzen!

Erbost ging Anna auf den Mann zu, der sich soeben mit dem Smartphone in der Luft um die eigene Achse drehte, um einen Rundblick aufzunehmen. »Lassen Sie das sofort sein!«, schimpfte Anna.

Sie war so wütend, dass sie bereit war, ihm trotz ihrer Handschellen das Handy aus der Hand zu schlagen. Anna hatte schon beide Arme erhoben, als sich der junge Mann verärgert zu ihr umschaute. Anna erstarrte.

Der gleiche stechende Blick! Obwohl er kein Kostüm und keinen Bart mehr trug, erkannte ihn Anna wieder. Niemals mehr würde sie dieses kalte Funkeln in den Augen vergessen.

53

Am nächsten Morgen setzte sich Anna vorsichtig in ihrem Krankenbett auf, um einen Blick in einen Handspiegel zu werfen, den ihr eine Krankenschwester gebracht hatte. Sie fuhr sich mit der Hand über den Kopf. Ihre Haare fühlten sich fettig an und hingen in Strähnen herunter. Überhaupt fühlte sie sich dreckig. Sie hatte das dringende Bedürfnis, sich zu duschen und sich von den gestrigen Ereignissen reinzuwaschen. Doch sobald sie versuchte aufzustehen, meldete sich ihre Gehirnerschütterung wieder. Mehr Körperpflege als der feuchte Waschlappen der Morgenschwester war nicht möglich.

Im Grunde wusste sie, dass sie froh sein konnte, dass alles so glimpflich verlaufen war. Ben hatte den Terroristen überwältigen können und seine Kollegen informiert. Und vor ihrer Einlieferung ins Olper Krankenhaus hatte sie noch erfahren, dass man von einer sehr geringen Anzahl an Opfern ausging. Dennoch fühlte sie sich hundeelend.

Als die Tür zu ihrem Krankenzimmer aufflog, schreckte Anna zusammen. Ben trat freudestrahlend in den Raum. Ohne anzuklopfen. Typisch Ben, dachte Anna lächelnd.

Ben wedelte mit der Zeitung in der einen Hand, in der anderen trug er einen Blumenstrauß. »Du bist eine Heldin«, begrüßte er sie.

Anna setzte sich in ihrem Krankenbett aufrecht hin. »Leg doch erst mal ab und stell die Blumen in eine Vase. Herzlichen Dank dafür, die sind wirklich schön.«

»Ja, ja, die Blumen können warten.«

Er faltete die Titelseite auf und legte sie vor Anna auf die Bettdecke. »Das Weihnachtswunder von Lüdenscheid«, lautete die Schlagzeile.

Anna wollte den Artikel lesen, doch die kleinen Buchstaben tanzten vor ihren Augen. »Ich fürchte, ich kann nicht … die Gehirnerschütterung.«

»Oh«, erwiderte Ben besorgt. »Wie geht es dir überhaupt? Hast du noch starke Schmerzen? Was machen die Prellungen?«

»Danke, es geht einigermaßen.« Anna zwang sich ein Lächeln ab.

»In dem Artikel steht, dass Anna Lobbisch aus Olpe durch ihr beherztes Eingreifen Hunderte von Menschenleben gerettet hat«, fuhr Ben eifrig fort. »Es gab keine Toten bei dem Terroranschlag! Du wirst als der wahrhaftige Engel von Lüdenscheid bezeichnet, während sich die wundersame Erscheinung vor ein paar Tagen als ein mit Helium gefüllter Dekoartikel entpuppt hat.« Seine Stimme überschlug sich fast vor Aufregung.

»Und der Attentäter? War es wirklich der Mann mit dem Handy?«, wollte Anna wissen.

»Ja, das war ein Volltreffer. Eine Sonderkommission hat den Fall übernommen. Der Attentäter heißt Lars Sundmann, nennt sich aber Khaled Hamza. Er ist ein Konvertit, der sich vor einiger Zeit dem islamistischen Fundamentalismus zugewandt hat. Ein brandgefährlicher radikaler Einzelgänger ohne soziale Kontakte. Aber es muss natürlich Hintermänner geben, er muss Verbindung zu al-Qaida oder dem IS haben, denn das Material, mit dem er die Bombe gebaut hat, kriegt man nicht einfach so. Es ist zudem ein Bekennervideo im Internet aufgetaucht, dessen Authentizität noch geprüft wird. Sundmann wollte die Filmaufnahmen über die Folgen seines Anschlags ebenfalls hochladen. Doch da bist du ihm zuvorgekommen.«

»Werden die Hintermänner gefasst?«

»Schwer zu sagen. Er hat den Terroranschlag von langer Hand geplant. Um den Schein der Normalität zu wahren, hat er sich in Siegen an der Uni eingeschrieben und in der Abgeschiedenheit des Campingplatzes die Bombe gebaut. Jemand muss allerdings seine Aktion finanziert haben, vielleicht kommen wir über die Bankdaten an die Hinterleute. Aber wie gesagt, es ist nicht meine Ermittlung. Der Leiter der Sonderkommission hat mir das alles aus reinem Entgegenkommen verraten, weil du als meine ›Lebensgefährtin‹ entscheidend an der Festnahme des Mannes beteiligt warst.« Er zwinkerte Anna mit einem schelmischen Lächeln zu.

»Gott sei Dank sind keine Menschen ums Leben gekommen …«

»Ja, das ist wahrlich ein Wunder und allein dir zu verdanken.«

Anna klopfte auffordernd auf die Matratze. Als Ben sich zu ihr setzte, ergriff sie seine Hand. Beide blickten schweigend aus dem Fenster hinaus in die verschneite Stadt.

»Übrigens, der Taxifahrer ist auch bezahlt«, sagte Ben in die Stille hinein. »Vater Staat hat großzügigerweise die Rechnung übernommen.«

Daran hatte Anna gar nicht mehr gedacht. Beide lachten lauthals los, sodass Anna aufpassen musste, dass ihre Kopfschmerzen nicht schlimmer wurden.

Ein zaghaftes Türklopfen unterbrach ihr Gelächter. Anna schaute Ben fragend an. Der zuckte nur mit den Schultern.

»Herein?«, rief Anna.

Schröder steckte den Kopf herein. »Störe ich?«, fragte er schüchtern.

»Nein, ich freue mich. Kommen Sie herein«, forderte ihn Anna auf.

Schröder trat ins Zimmer. Er steckte in einem braunen Bademantel. »Guten Tag, Frau Lobbisch. Hallo, Herr Ruste. Ich bin auch hier im Krankenhaus. Ich liege quasi unter Ihnen, Frau … äh, ich meine, ich liege eine Station tiefer …« Schröder lief rot an, bevor er eilig weitersprach: »Nun, jedenfalls wollte ich Ihnen persönlich zu Ihrer großartigen Tat gratulieren!«

»Oh, vielen Dank«, sagte Anna freundlich. »Warum sind Sie den eingeliefert worden?« Erst jetzt fiel ihr auf, dass Schröder wie ein alter Mann gebückt ging.

»Ach, eine Lappalie. Nur vier gebrochene Rippen. Das wird schon wieder.«

»Wie ist das denn passiert?«, fragte Anna.

Schröder warf seinem Chef, der schweigend auf Annas Bettkante saß und nach wie vor ihre Hand festhielt, einen fragenden Blick zu.

»Die Blumen! Ich habe die Blumen ganz vergessen«, rief Ben und nickte Schröder kurz zu. »Sie können es ihr verraten. Fangen Sie ruhig an, ich kenn die Story ja schon. Ich hol in der Zwischenzeit eine Vase«, erklärte er und sprang vom Bett auf.

»Jetzt berichten Sie mal. Wieso haben Sie vier Rippen gebrochen?«, wollte Anna wissen, nachdem Ben verschwunden war.

Der junge Polizeimeister trat näher an ihr Bett. Er schaute aus dem Fenster. »Haben Sie übrigens den Pressepulk vor dem Krankenhaus schon bemerkt? Sogar das Fernsehen ist da. Sie sind jetzt eine Berühmtheit!«

»Herr Schröder, ich mache mir nichts daraus. Aber Sie wollten von Ihrer Verletzung erzählen. Haben Sie den Fall mit den toten Holländern lösen können?«

Schröder griff sich einen Stuhl aus der Ecke und suchte nach einer Haltung, die ihm möglichst wenig Schmerzen bereitete, als Ben ins Zimmer zurückkam. Während sein Chef die Blumen in die Vase stellte und einen geeigneten Platz im Raum dafür suchte, begann Schröder mit seinem Bericht über die Festnahme der Hundezüchter Edwin und Josef Loß.

»Während ich ins Krankenhaus eingeliefert wurde, haben die Kollegen auf Basis der Aussagen, die einer der Jäger bei unserem inoffiziellen Verhör notiert hatte, sofort eine ordentliche Vernehmung durchgeführt. Die Brüder haben nochmals alles zu Protokoll gegeben und das Geständnis sogar bereits unterschrieben«, beendete Schröder seinen Bericht.

»Aber das ist doch wunderbar!«, rief Anna.

»Das ist allerdings nicht alles«, fügte Schröder zögerlich hinzu. »Ich habe heute mit den Kollegen telefoniert.« Er machte ein besorgtes Gesicht. »Die zwei freilaufenden Bullmastiffs haben ein Ehepaar angefallen, das im Wald spazieren war. Das Paar wurde schwer verletzt, es bestand Lebensgefahr. Zum Glück wurden sie rechtzeitig von einem Förster entdeckt. Sie scheinen über den Berg zu sein. Der Förster konnte im Schnee zudem die Spur der Hunde aufnehmen und hat einen der beiden getötet. Der andere wildert allerdings immer noch durch unsere Wälder.«

»Schlimme Sache«, stimmte ihm Anna zu. »Und die anderen Hunde im Gehege?«

»Zwei der drei hatten ja die alten Jäger schon niedergestreckt. Das andere Tier war verletzt, es wurde operiert. Es soll zu einem Spezialhundetrainer zur Umerziehung kommen. Hoffentlich klappt das … Es ist wirklich in zweifacher Hinsicht abscheulich: Wie kann man auf derart widerwärtige Weise Menschen töten und dann auch noch Tiere so skrupellos missbrauchen?«

»Die Welt wird nicht besser, wenn Sie rhetorische Fragen stellen, Schröder«, sagte Ben.

»Tolle Bemerkung!«, fuhr Anna ihn an.

»Ist doch so …«, erwiderte Ben bockig.

»Er hat den Fall gelöst, was willst du denn noch?«, fragte Anna patzig.

»Er hätte ihn auch gelöst, wenn er einfach einen Trupp Polizisten in dem Wald zur Überwachung der Grube positioniert hätte. Es war völlig unnötig, die Knochen wieder in das Versteck zurückzubringen!«, beharrte Ben grimmig. »Dann hätte man auch die Brüder vor Ort in Aktion überwältigt, die Hunde wären nicht entflohen, Zivilisten wären nicht in die Ermittlung verwickelt und die Spaziergänger nicht lebensgefährlich verletzt worden. Und Schröder wäre jetzt dienstfähig!«

Der junge Polizeimeister, der ohnehin gekrümmt auf dem Besucherstuhl saß, sank noch mehr in sich zusammen. Auch Anna verstummte. Schröder tat ihr leid.

»Immerhin sind die Massenmörder gefasst worden, auch wenn das mit den Spaziergängern tragisch ist«, sagte Anna schließlich, um dem Thema ein Ende zu setzen. »Aber was ist überhaupt aus dem Erpresser geworden?«

»Das ist sehr mysteriös. Obwohl gestern die Frist abgelaufen ist, gibt es kein Anzeichen dafür, dass mit Gift versetzte Schokonikoläuse im Umlauf sind«, erklärte Ben. »Und Jonas Keller, der mutmaßliche Täter, ist wie vom Erdboden verschluckt. Er war gestern nicht in der City-Galerie in Siegen, wo er eigentlich einen Einsatz als Weihnachtsmann gehabt hätte. Der Liste des Promo-Teams zufolge, die mir der Manager des Einkaufszentrums gefaxt hat, ist er einfach nicht erschienenen. Es waren nur neun der gebuchten zehn Weihnachtsmänner vor Ort.«

»Vielleicht ist ja die Sauerländer Süßwarenfabrik auf die Forderungen des Erpressers eingegangen«, mutmaßte Anna.

»Nein«, erwiderte Ben grimmig. »Die haben sich nach dem Medienrummel geweigert.«

»Und wenn sie es sich doch überlegt haben – ohne euch zu informieren?«

»Das habe ich auch in Erwägung gezogen, aber Junge hat bei Lierenfeldt nochmals nachgefragt. Der hat keinen Finger gekrümmt. Und so wie ich diesen sturen Geizhals einschätze, glaube ich, dass wirklich kein Geld geflossen ist. Ich habe ohnehin den Verdacht, dass sich Keller im Grunde gar nicht persönlich bereichern will. Er will der Sauerländer Süßwarenfabrik schaden, sie in den Bankrott treiben.« Ben schilderte die Hintergründe des Falls, auf die er in der Studentenwohnung gestoßen war. »Die Erpressung ist vermutlich nur ein Teil seiner perfiden Strategie gewesen. Ich bin mir sicher, dass er geplant hatte, die Vergiftungsaktion in jedem Fall durchzuführen – nur habe ich keine Ahnung, warum er es nicht getan hat. Irgendetwas muss ihm gestern dazwischengekommen sein. Ich fürchte, das Damoklesschwert schwebt immer noch über uns …«

Anna und Schröder blickten Ben betroffen an. Nach einer Weile räusperte sich Anna. »Was ist mit dem Campingplatz?«

»Wieso Campingplatz?«, fragten Ben und Schröder fast gleichzeitig. »Was hat das mit dem Erpresserfall zu tun?«, hakte Ben nach.

»Ich bin gestern nochmals auf den Campingplatz gefahren, weil mir einfiel, dass ich dort am Sonntag den Duft von heißer Schokolade gerochen habe. Das war an dem Tag, als der Hundekadaver gefunden wurde und ich dich hingefahren habe, Ben«, erklärte Anna. »Ich dachte, es würde nicht schaden, der Sache auf den Grund zu gehen. Als ich dann dort auf den Weihnachtsmann traf, der so abweisend und grob mit dem Kind umgegangen ist, hatte ich keinen Zweifel daran, dass der Erpresser der Sauerländer Süßwarenfabrik vor mir steht. Dass ich stattdessen auf einen Terroristen gestoßen bin, war reiner Zufall.«

Anna kamen die beiden Engel in den Sinn, die ihr in der Nacht auf dem Hochsitz erschienen waren. Hatten sie ihr nicht die Worte »Lösung« und »Duplizität« zugeraunt? Und Anna war sich sicher: Die Himmelsboten hatten ihr einen Hinweis gegeben. Die beiden Fälle hingen irgendwie zusammen. Allerdings hatte sie dafür keinen handfesten Beweis, und die wundersame Prophezeiung behielt sie besser für sich. Ben käme ansonsten noch auf die Idee, ihr aufgrund der Gehirnerschütterung Hirngespinste zu unterstellen.

»Das wäre doch möglich, Herr Ruste«, stimmte Schröder Anna zu. »Wenn der Erpresser untergetaucht ist, warum nicht auf dem Campingplatz? Er liegt fernab jeden Menschenrummels. Das ideale Versteck. Es wäre zwar ein riesiger Zufall, aber immerhin möglich.«

Ben lachte höhnisch auf. »Danke für Ihre geistreiche Hypothese, Schröder. Sicher ist es möglich, dass er sich in einem Wohnwagen eingemietet hat, aber ich bitte euch … Außerdem, Schröder: Sie haben sich doch von dem Inhaber eine Liste der Camper geben lassen – stand da ein Jonas Keller drauf?«

»Soweit ich mich erinnern kann … nein«, antwortete der Polizeimeister zögerlich. »Allerdings habe ich die Liste auch auf holländische Urlauber hin überprüft. Kann schon sein …«

»Dann lasst uns sofort aufbrechen«, schlug Anna vor. »Vielleicht kriegen wie vor Ort mehr raus!« Sie versuchte, aus ihrem Bett aufzustehen, doch erneut hämmerten die Schmerzen in ihrem Kopf. Anna biss die Zähne zusammen und erhob sich trotzdem. Dann tanzten ihr Sterne vor den Augen.

Ben packte Anna an den Unterarmen und schob sie vorsichtig ins Bett zurück. »Ich glaube, es ist besser, wenn du hier bleibst. Aber wenn es dich beruhigt, fahr ich noch mal zum Campingplatz und schau mich um.«

»Aber ruf mich direkt an!«, rief ihm Anna hinterher, als Ben das Zimmer verließ.

54

»Nach welchem Namen soll ich suchen? Wir haben immer wieder junge Gäste, die einen Wohnwagen mieten. Immerhin ist das günstiger als ein Hotel, und man ist ungestörter, wenn Sie verstehen, was ich meine?« Der Campingplatzbesitzer zwinkerte Ben zu.

»Was meinen Sie, Herr Steuber? Junge Leute? Entschuldigung, ich war mit meinen Gedanken woanders …«

Ben ließ den Krankenbesuch bei Anna nochmals Revue passieren. Den hatte er sich ganz anders vorgestellt. Warum musste auch ausgerechnet Schröder auftauchen?

»Ähm, wir fahnden nach einem Jonas Keller. Student aus Siegen, 26 Jahre alt.«

Steuber schüttelte den Kopf. »Nee, einen Keller haben wir nicht dabei.«

»Moment, ich schaue mal, ob ich ein Bild von ihm habe.«

Ben durchsuchte alle seine Taschen, doch er hatte kein Fahndungsfoto dabei. Und den Zeitungsartikel hatte er den Kollegen in Siegen ausgehändigt und nicht wiederbekommen. Umständlich beschrieb er Steuber den jungen Studenten.

»Vielleicht können Sie sich an einen jungen Mann erinnern, auf den die Beschreibung zutrifft? Bei Lars Sundmann konnten Sie den Kollegen ja auch direkt weiterhelfen.«

Steuber kratzte sich am Kinn. »Normalerweise kann ich mir die Gesichter unserer Gäste gut merken, aber mir fällt niemand ein. Es kann jedoch sein, dass sich der Kerl bei meiner Frau angemeldet hat.«

»Dann fragen wir sie doch!«

»Die ist beim Friseur.«

»Dann rufen wir sie an! Sie wird ja wohl ein Handy besitzen.«

Ben schaute Steuber auffordernd an. Während der murmelnd zur Theke des Kiosks schlurfte und zum Telefon griff, blickte Ben hinaus ins Freie. Das wäre wirklich ein großer Zufall, wenn zwei Täter auf demselben Campingplatz untergetaucht wären, überlegte er. Völlig unwahrscheinlich, doch nach den verrückten Ereignissen der letzten Tage hielt Ben alles für möglich.

»Meine Frau sagt, ein junger Mann, auf den die Beschreibung passen könnte, hat den Wagen 15 gemietet«, unterbrach Steuber Bens Gedanken. »Allerdings hat er einen anderen Namen genannt. Er hat auf einen abseits gelegenen Stellplatz bestanden, weil er in Ruhe für seine Uniprüfung lernen müsse. Hat im Voraus die Miete für drei Monate bezahlt. Komisch, dass ich den noch nie gesehen habe. Eigentlich kauft hier jeder mal ein Bier oder Zigaretten.« Steuber kam hinter dem Empfangstresen hervor, an der Leine führte er einen Fuchs. »Kennen Sie Foxtrott schon?«

»Ich habe von ihm gehört. Gibt es einen Zweitschlüssel für den Wagen?«, fragte Ben, ohne weiter auf Steubers seltsames Haustier einzugehen. Was der Campingplatzbesitzer gesagt hatte, hatte ihn hellhörig gemacht.

Steuber schien Bens Ignoranz beleidigt zu haben. »Hier!«, sagte er kurz angebunden und überreichte Ben einen Schlüssel.

Ben zog eine Augenbraue hoch. Er hatte keine Zeit, sich mit den Launen des Campingplatzbesitzers auseinanderzusetzen. »Na, dann führen Sie mich mal hin!«

Steuber setzte sich widerwillig in Bewegung. »Ist der Mann gefährlich? Wie der Terrorist? Wenn ich nur daran denke! Der hätte den ganzen Platz in die Luft sprengen können!«

»Gefährlicher«, meinte Ben trocken.

»Wie soll ich das verstehen?«, fragte Steuber irritiert und wurde blass im Gesicht.

»Sie führen mich am besten zu dem Wohnwagen und bringen sich dann leise auf Zehenspitzen in Sicherheit«, erwiderte Ben amüsiert.

»Muss ich wirklich mit? Es ist der letzte Wohnwagen dort oben in der dritten Reihe. Sie können ihn gar nicht verfehlen …«

»Mitkommen!«, befahl Ben.

Steuber ging murrend voraus. Auf ihrem Weg über das verschneite Grundstück begrüßte der Campingplatzbesitzer mit knappen Worten einige Spaziergänger, die sich nach Foxtrotts Befinden erkundigten. »Dem geht's gut, der hat sein Winterfell ja immer dabei«, antwortete er stets mit dem gleichen stupiden Scherz.

Ben verdrehte die Augen. Nach fünf Minuten Fußweg wurde er endlich von dem Wichtigtuer erlöst. Aus sicherer Entfernung deutete Steuber auf den betreffenden Wohnwagen.

»In Ordnung, gehen Sie zurück zum Kiosk. Falls Sie Schüsse hören, rufen Sie die Polizei und fordern Verstärkung an. Falls alles ruhig bleibt, bleiben auch Sie ruhig, verstanden?«, instruierte Ben den bleichen Steuber.

Der schluckte und nickte eifrig. Dann verschwand er schnell mit seinem Fuchs im Schlepptau.

Ben sondierte die Lage. Der Caravan wirkte verlassen. Auf den ersten Blick schien alles unauffällig, doch Ben wusste, dass das täuschen konnte. Nur zu häufig waren unerfahrene Kollegen in ähnlichen Situationen in eine tödliche Falle getappt. Zu sicher hatten sie sich gefühlt, während die Mörder sie im Hinterhalt bereits erwartet hatten. Was war, wenn auch Jonas Keller ihm auflauerte? Der Student war bisher sehr intelligent vorgegangen. Er hatte Ben mit seinen Spuren in eine bestimmte Richtung geführt. Hatte er aber auch geplant, dass man ihn auf dem Campingplatz finden würde? Oder wollte er hier in aller Abgeschiedenheit ungestört seine perfide Aktion weitervorantreiben? Falls Keller wirklich der Mieter dieses Caravans war, hatte er zumindest einen falschen Namen genutzt. Und letztendlich war es Annas Idee gewesen, hier nach ihm zu suchen. Ben überlegte, dass Keller eigentlich nicht damit rechnen konnte, dass man ihn hier auf dem Campingplatz überraschen würde. Trotzdem musste er vorsichtig sein. Zu ideal schien der Wohnwagen als Versteck: Er lag etwas abseits, bot einen weiten Rundumblick und somit auch ein freies Schussfeld.

Ben stand vor der Wahl: Er konnte nun so tun, als sei er ein Passant, der zufällig vorbeischlenderte, und sich so dem Wagen unauffällig nähern. Eine gefährliche Option. Alternativ konnte er seine Pistole zücken und auf den Caravan zustürmen. Ebenso gefährlich, aber es würde schneller gehen. Oder aber er rief ein Einsatzkommando. Letztere Möglichkeit verwarf er allerdings sofort wieder. Nach der Schmach mit dem Pornodreh und der Festnahme unschuldiger Weihnachtsmänner würde er es sich in nächster Zeit gut überlegen, bevor er Verstärkung anforderte. Also dann auf eigene Faust, dachte sich Ben.

Er zog seine Dienstwaffe und rannte geduckt auf den Campingwagen zu. Als er den Caravan erreicht hatte, lehnte er sich, nach Atem ringend, an die Außenwand. Kleine Luftwolken stiegen aus seinem Mund in die Höhe. Nachdem sich sein Puls wieder beruhigt hatte, steckte er, den Körper an den Wagen gepresst, den Arm seitlich zur Tür hinüber und hämmerte dagegen.

»Aufmachen! Polizei! Kommen Sie mit erhobenen Händen heraus!«

Ben holte tief Luft. Er wartete. Keine Reaktion. Ben drückte sein Ohr gegen die eiskalte Außenwand. Aus dem Inneren drangen keine Geräusche hervor. Ben glitt an der Wand entlang zur Tür hinüber, blieb aber seitlich davon stehen. Er musste seinen Arm etwas verrenken, um den Zweitschlüssel ins Schloss zu stecken. Falls Keller vorhatte, eine Ladung Schrot durch die geschlossene Tür zu jagen, würde der Angriff ins Leere gehen.

Doch auch als sich die Tür mit einem Knall öffnete, bewegte sich nichts im Wagen. Ben wollte soeben mit vorgehaltener Waffe hineinspringen, als ihn plötzlich eine Vorahnung durchfuhr und ihn innehalten ließ. Mit der Pistole in der einen Hand zielte er auf die Tür, mit der anderen zog er mühsam sein Feuerzeug aus der Jeans. Er drehte am Rädchen und hielt die brennende Flamme vor den Eingang des Wagens. Sie erlosch sofort.

Ben ließ die Waffe sinken und sprang vom Caravan weg. In sicherer Entfernung zog er seine Zigaretten aus der Tasche und zündete sich eine an. Dann rief er zunächst den Rechtsmediziner und im Anschluss den Leiter der Spurensicherung an.

Nachdem er eine Weile gewartet hatte, näherte sich Ben dem Wagen erneut mit seinem Feuerzeug in der Hand. Dieses Mal brannte die Flamme weiter. Es war genügend Sauerstoff in den Caravan geströmt, Ben konnte ihn jetzt problemlos betreten. Der Anblick im Wageninneren überraschte ihn nicht: Jonas Keller lag tot auf dem Boden.

Hatte Anna also recht gehabt, und auch sein Instinkt vorhin hatte ihn nicht getrogen: Keller war allem Anschein nach den CO_2-Angriffen der Hundezüchter Loß zum Opfer gefallen. Augenscheinlich hatten sie aber durch ihre Festnahme keine Gelegenheit mehr gehabt, die Leiche zu Hundefutter zu verarbeiten.

Ben musste unwillkürlich lachen. Hatte er bislang in seiner Laufbahn nie an Zufälle glauben wollen, schien es nun, als ob das Schicksal ihm bei diesem Fall wohlgesonnen war.

Nachdem der Rechtsmediziner Doktor Korfmacher und Schwenke von der Spurensicherung nach ihrer Ankunft den Tatort einer ersten Untersuchung unterzogen hatten, unterstützten sie Bens Vermutung: Keller wies keine erkennbaren äußeren Verletzungen auf, er schien erstickt zu sein. Genaueres wollte der Rechtsmediziner erst nach einer ausführlichen Obduktion sagen. Schwenke konnte derweil in dem Wohnwagen Nikolausformen sowie Verpackungsfolie der Sauerländer Süßwarenfabrik sicherstellen. Außerdem fand er Abführmittel, Rattengift und Vorrichtungen chemischer Behältnisse. Keller muss im Begriff gewesen sein, die Bitterstoffe aus dem Gift zu extrahieren, als das tödliche Gas ihn dahinstreckte.

Wahrscheinlich hatten die Massenmörder Loß unzähligen Kindern das Leben gerettet. Ben schüttelte bei diesem Gedanken ungläubig den Kopf. Dann wählte er Annas Nummer.

55

Das Sauerland konnte bei schönem Wetter die idyllischste Gegend auf der Welt sein, bei Nässe und Kälte aber auch die ungemütlichste, fand Anna. Jedenfalls konnte man sich auf eines verlassen: Das Wetter war eigensinnig und tat nie, was man von ihm erwartete. So auch am Heiligabend. Statt dicke, weiße Flocken zu schneien, setzte ausgerechnet an diesem Tag das Tauwetter vollends ein. Anna schaute aus ihrem Küchenfenster auf den gepflasterten Hof. Es regnete Bindfäden. Mit dem Regen schmolz der Schnee auf dem Dach, und Wasser prasselte wie aus Eimer aus den überfüllten Rinnen herunter. Die Fallrohre gurgelten. Neben dem Weg vom Kuhstall zum Hof hatte sich ein kleiner Bach gebildet, der bis hinunter zur Straße floss. Schöne Weihnachten, dachte Anna und zündete die Kerzen des Adventskranzes an, um zumindest etwas festliche Stimmung zu verbreiten.

Die Ereignisse der letzten Zeit hatten sie in Atem gehalten. Angesichts all der schrecklichen Dinge, die um sie herum passiert waren, hatte sie das Fest völlig aus den Augen verloren. Aber nun hatte all das ein Ende. Ben hatte sogar noch den Erpresserfall bis ins letzte Detail lösen können. Sie war sich ja sicher gewesen, dass die Verbrechen zusammenhingen, aber selbst sie wäre nie auf die Idee gekommen, dass die Gebrüder Loß, diese Massenmörder, im anderen Fall größeres Leid verhindern würden! Nach ihrer Festnahme hatten die beiden auch den Mord an dem Studenten gestanden. Nachdem sie quasi alle holländischen Camper liquidiert hatten, mussten sie sich gezwungenermaßen neue Opfer suchen. Da war ihnen dieser einsame, unscheinbare Mann auf dem Campingplatz ideal erschienen. Am erstaunlichsten aber fand Anna den Grund dafür, warum die Brüder die Leiche von Jonas Keller nicht sofort abtransportiert hatten: Die beiden waren laut eigener Aussage von einer neugierigen Polizistin unterbrochen worden, die plötzlich vor dem Wagen auftauchte, weswegen sie fluchtartig den Tatort verlassen mussten. Anna konnte es kaum glauben, als Ben ihr davon erzählte – ausgerechnet sie selbst hatte die Brüder Loß bei ihrem letzten Verbrechen gestört. Sie konnte sich noch gut an den Lieferwagen mit dem Aufdruck »24h-Campinggas.de« erinnern und daran, wie eilig es die zwei Männer plötzlich hatten. Nun, wo sämtliche Fakten auf dem Tisch lagen, fügte sich das Bild zusammen. Anna fand es unfassbar, auf welch unergründlichen Wegen alles miteinander verwoben war. Wer weiß, was passiert wäre, wenn sie früher auf dem Campingplatz aufgetaucht wäre? Wenn Keller nicht am CO_2 der Brüder erstickt wäre? Anna wagte es nicht, sich die Konsequenzen auszumalen … Es war Weihnachten, endlich hatte sie Zeit für friedliche Gedanken.

Obwohl sie erst vor zwei Tagen aus dem Krankenhaus entlassen worden war, hatte sie es dennoch geschafft, in der Stadt eilig alle Dinge für das Fest zu besorgen. Dazu gehörte auch der kleine Weihnachtsbaum, der geschmückt im Wohnzimmer stand. Daneben im Kamin prasselte ein behagliches Feuer. So ein Wetter kann ja auch ganz schön sein, wenn es drinnen mollig warm ist und der Backofen den Duft von Gänsekeulen verströmt, überlegte Anna und strich ihre Schürze glatt, die sie über ihrem blauen Kleid trug. Sie wollte beim Kochen nicht ihre Festtagskleidung verschmutzen, zu der sie eine Perlenkette und passende Ohrringe trug. Ihr feines blondes Haar hatte sie zu einer Hochsteckfrisur zusammengefasst. Eigentlich war alles perfekt vorbereitet. Der Tisch war gedeckt, der Rotwein stand bereit, die Knödel und der Rotkohl waren gegart, die Kruste der Gänsekeulen hatte eine appetitliche Bräune. Jetzt fehlte nur noch ihr Gast.

Genau in diesem Moment schellte es an der Haustür. Anna nahm schnell ihre Schürze ab, warf sie in eine Küchenschublade und eilte in den Flur. Ben stand in einem dunkelgrauen Wollmantel unter einem Regenschirm vor der Tür. Ein Eiszapfen an der alten Scheune löste sich hinter ihm und krachte auf das Hofpflaster. Anna und Ben schauten erschrocken in die Richtung. Dann schenkte Anna Ben ein Lächeln.

»Komm doch herein!«

Auch Ben hatte sich dem Anlass entsprechend gekleidet. Als er in der Diele den Mantel ablegte, sah Anna erstaunt, dass er einen Anzug trug. Sie hatte ihn noch nie zuvor in einem gesehen. Im Grunde hatte sie sich nicht einmal vorstellen können, dass Ben Ruste jemals einen Anzug tragen würde. Doch Anna musste bewundernd feststellen, dass er ihm hervorragend stand.

»Das Kleid und die Kette … Ich muss sagen, du siehst bezaubernd aus, Anna«, sagte Ben liebenswürdig.

Beim gemeinsamen Weihnachtsmahl hielt die harmonische Stimmung an. Ben entpuppte sich an diesem Abend ihr gegenüber wieder einmal als charmanter Unterhalter. Er hatte es nicht verlernt, der mürrische Kerl, dachte Anna erleichtert.

Sie lachten viel und erzählten sich, wie sie als Kinder Heiligabend verbracht hatten. Anna gestand Ben, dass sie damals bereits vor dem Fest im Schlafzimmerschrank der Eltern nach ihren Geschenken gesucht hatte, um sich zu überzeugen, dass auch alle Punkte auf ihrem Wunschzettel in Erfüllung gehen würden.

»Dann hattest du schon als kleines Mädchen eine detektivische Ader?«, schmunzelte Ben.

Anna musterte ihn. Er gefiel ihr. Er gefiel ihr sogar sehr. Seine Augen glänzten im Kerzenschein, in den Augenwinkeln bildeten sich feine Fältchen, wenn er lächelte. Die ergrauten Haare trug er halblang und zurückgekämmt. Sie musste sich eingestehen, dass sie Ben an diesem Abend besonders attraktiv, ja sogar anziehend fand. Ihm ging es nicht anders, denn Anna bemerkte, dass seine Augen immer wieder über ihren Körper wanderten.

Nachdem beide zusammen den Tisch abgeräumt und das Geschirr gespült hatten – Ben bestand darauf, ihr zu helfen –, setzten sie sich mit einem Glas Wein ins Wohnzimmer. Anna zündete die Kerzen am Weihnachtsbaum an.

»Echte Kerzen«, staunte Ben. »Meine Güte, ich kann mich gar nicht mehr daran erinnern, wann ich das letzte Mal echte Kerzen an einem Baum gesehen habe. Das ist wirklich sehr schön. Und sehr romantisch …«

Anna lächelte. Sie warf den Holzspan in den Kamin. »Ich habe ein Geschenk für dich. Nur eine Kleinigkeit«, sagte sie und überreichte Ben ein Paket in Geschenkpapier, das unter dem Baum gelegen hatte.

Freudig nahm Ben das Päckchen entgegen. »Darf ich es sofort auspacken?«

»Ich bitte sogar darum.«

Eifrig wie ein kleiner Junge riss Ben am Geschenkpapier, besann sich dann aber eines Besseren und öffnete es vorsichtig. »Nein, das ist nicht dein Ernst! Kannst du Gedanken lesen? Das hatte ich mir für das neue Jahr vorgenommen!« Er schaute freudig in die Pappschachtel. Darin lagen mehrere Tüten Haribo und eine Packung Nikotinpflaster. »Soll ich direkt heute damit anfangen?«, fragte er gut gelaunt.

»Heute Abend hast du ja schon tapfer durchgehalten. Bist nicht einmal vor die Tür gegangen«, lobte ihn Anna.

»Dann sollten wir das jetzt nachholen«, meinte Ben grinsend. »Denn ich habe auch ein Geschenk für dich.«

»Nicht schon wieder ein Auto?«, mutmaßte Anna.

»Nein, besser. Viel besser. Komm, lass dich überraschen.«

Mit gerunzelter Stirn folgte Anna Ben in die Diele, wo sie ihre Mäntel und Schuhe anzogen. Vor dem Bauernhaus spannte Ben den Regenschirm auf und bot Anna seinen Arm an.

»Was wird das denn jetzt?«, wollte sie ungeduldig wissen.

»Kein Kommentar. Einfach folgen.«

Ben holte eine Taschenlampe aus seiner Manteltasche hervor, schaltete sie ein und ließ den Strahl auf den Boden vor ihnen fallen. Er führte Anna über den glitschigen, überspülten Weg zum Kuhstall hinauf.

Vor Aufregung fing Anna nervös zu plappern an: »Ist dir eigentlich die Lösung zum Rätsel eingefallen?«

»Welches Rätsel?«

»Na, das ich dir am Tag meiner Entlassung im Auto gestellt habe.«

»Oh, tut mir leid. Das habe ich völlig vergessen. Wie war das noch mal? Ein Mann kommt am Fenster vorbei, kurz darauf ist er tot?«

»Genau!«

»Klare Sache: Ein Selbstmörder, der sich von einem Haus gestürzt hat und dabei an einem Fenster vorbeifliegt. Habe ich recht?«

»Du hast die Lösung im Internet gesucht. Gib es zu!« Anna stieß ihm ihren Ellenbogen freundschaftlich in die Seite.

»Nein, ehrlich nicht! Ist mir soeben eingefallen.«

»Ich glaube dir nicht.«

»Ich schwöre es!«

Ben legte seinen Arm um Annas Hüfte. Eng umschlungen gingen beide weiter den Hügel hinauf. Anna ließ sich von Ben zu dem Teil des Kuhstalls führen, in dem sie früher ihre Kälbchen aufgezogen hatte. Sie traten in den kleinen Nebenraum, in dem Anna in der Dunkelheit nichts erkennen konnte.

»So, einen Moment bitte die Augen schließen«, bat Ben sie und hielt ihr mit einer Hand die Augen zu.

Anna lugte zwischen seinen Fingern hindurch und sah, dass Ben das Neonlicht im Stall eingeschaltet hatte. Dann zog er die Hand weg.

Annas Herz machte einen Sprung. Vier Kälbchen reckten ihre feuchten Nasen über die Absperrung der Boxen und schauten Anna neugierig an.

»Oh, Ben!« Sie wollte sich bedanken, doch ihr fehlten die Worte. Freudentränen stiegen ihr in die Augen. »Wie hast du sie hierher bekommen, ohne dass ich etwas bemerkt habe?«

»Die kamen gestern an, als du zum Einkaufen in der Stadt warst. Ich hab sie mit dem Viehtransporter von Bauer Wernike hochbringen lassen. Gefallen sie dir?«

Die Zukunftspläne, die Anna für ihren Hof in Erwägung gezogen hatte, waren beim Anblick der Kälbchen weggewischt. Milchviehwirtschaft, das war ihre Bestimmung und würde es auch bleiben!

Anna ging auf die Kleinen zu und streichelte die Köpfe. Gierig leckten die Tiere ihre Handgelenke ab. Anna drehte sich zu Ben um und strahlte ihn an.

Ben trat auf Anna zu und wollte den Arm um sie legen, als sein Handy klingelte. Er verzog das Gesicht, zuckte entschuldigend mit den Schultern und nahm den Anruf an. »Schröder, ich habe frei heute!«

Anna sah, wie während des Gesprächs Adern vor Zorn auf Bens Stirn hervortraten.

»Schröder!«, brüllte Ben so laut ins Telefon, dass die Kälber erschrocken in ihren Boxen zurückwichen. Auch Anna zuckte zusammen. »Schröder, warum rufen Sie mich am Heiligabend wegen so eines Unsinns an? Nein, natürlich lassen Sie keine Straßensperren errichten, nur weil ein Transporter mit Weihnachtsbäumen gestohlen wurde! Meine Güte, wer ist denn so blöde und klaut Heiligabend einen Wagen voller Tannenbäume? Was glauben Sie wohl, Schröder, was die Bäume jetzt noch wert sind?« Ben schlug mit der flachen Hand auf einen Balken der Stallboxen. »Ach … wirklich? Vielleicht kommen die Diebe ja auch dahinter, dass der Baumverkauf gelaufen ist. Mein Gott, Schröder, wie dämlich muss man sein! Schalten Sie doch mal Ihren Kopf rechtzeitig ein! Es ist ein ganz normaler Autodiebstahl – und demzufolge auch eine normale Anzeige zu schreiben.« Ben wartete kurz Schröders Antwort ab, um sich schroff zu verabschieden: »Ja, danke. Wünsche ich Ihnen auch – obwohl von ›frohen Weihnachten‹ jetzt wohl nicht mehr die Rede sein kann!«

Ben legte auf und stampfte verärgert auf den Boden, bevor er sich in einem ruhigen Ton an Anna wandte: »Das war Schröder. Der hat heute Dienst.«

»Habe ich mitbekommen, war nicht zu überhören«, meinte Anna knapp.

Noch vor wenigen Augenblicken hatte sie vorgehabt, Ben zu küssen. Doch nun waren Zweifel in ihr aufgestiegen.

DIRK ZANDECKI
Mordsidyll

978-3-8392-1447-3 (Paperback)
978-3-8392-4207-0 (pdf)
978-3-8392-4206-3 (epub)

»Hohes Tempo und absurde Verwicklungen mit überraschendem Ende – erzählt vor einer vermeintlich idyllischen Kulisse.«

Es stinkt zum Himmel! Neben dampfenden Misthaufen tauchen auf einmal haufenweise Leichen im Sauerland auf! Die beschauliche Fassade Südwestfalens bröckelt, als die Bäuerin Anna einen entlassenen Häftling aus Rache niedersticht und damit eine Lawine kurioser Ereignisse auslöst. Plötzlich ist Anna in einen Krieg rivalisierender Mafiagruppen verwickelt und muss sich gegen mysteriöse Verfolger wehren. Der Olper Kommissar Ben Ruste, der nebenbei einen entführten Schützenvogel finden muss, sieht in diesem Fall kein Land …

GMEINER SPANNUNG

WWW.GMEINER-VERLAG.DE
Wir machen's spannend

MIKE STEINHAUSEN
Rachebrüder

978-3-8392-1759-7 (Paperback)
978-3-8392-4781-5 (pdf)
978-3-8392-4780-8 (epub)

»Ein schneller, actionreicher Krimi, der dem Leser keine Atempause gönnt.«

Annabelle Cüppers bittet den Ex-Polizisten Robert Kettner, von allen nur Steiger genannt, um Hilfe. Sie vermisst ihren Vater, der seit einer Woche spurlos verschwunden ist. Zunächst lehnt Steiger den Auftrag ab, doch als Manfred Cüppers tot aufgefunden wird und seine Tochter nicht an einen Suizid glaubt, schaltet sich Steiger ein. Dabei übertreffen die Ausmaße des Verbrechens sogar Steigers Vorstellungskraft.

STEFAN KELLER
Kölner Wahn

978-3-8392-1749-8 (Paperback)
978-3-8392-4761-7 (pdf)
978-3-8392-4760-0 (epub)

»Der fünfte Fall für Privatdetektiv Marius Sandmann«

Ein Obdachloser verbrennt im Keller eines Mietshauses. Die Polizei glaubt an einen Unfall – Privatdetektiv Marius Sandmann an Mord. Er stößt auf Gemälde, die der Obdachlose gemalt hat. Beeindruckende, beängstigende, brutale Bilder. Musste er ihretwegen sterben?

Als Sandmann sich auf die Suche nach Angehörigen dieses Outsider-Künstlers macht, entdeckt er ein schreckliches Familiengeheimnis und zieht die Aufmerksamkeit eines Mörders auf sich, der 20 Jahre unentdeckt geblieben ist.

MICHAELA KÜPPER
Witwenrallye

978-3-8392-1765-8 (Paperback)
978-3-8392-4793-8 (pdf)
978-3-8392-4792-1 (epub)

»Ein rasante rheinische Schatzsuche, bei der zwei Frauen über Leichen gehen.«

Privatdetektivin Johanna Schiller hat den Auftrag, die abtrünnige Frau von Exbankräuber Krämer aufzuspüren. Schnell hat sie Erfolg. Doch am Morgen nach dem Wiedersehen ist Krämer tot. War die Aufregung zu viel für sein krankes Herz? Bald hat Johanna eine andere Spur. Krämer erhielt von seinem Bruder kurz vor dessen Tod einen Brief mit dem Hinweis, wo sich die Beute aus dem gemeinsamen Überfall befindet. Ein Motiv für die jungen Witwen der Brüder? Eine wilde Schatzsuche durch das Rheinland beginnt.

Das Neueste aus der Gmeiner-Bibliothek

Unsere Lesermagazine

Bestellen Sie das kostenlose KrimiJournal in Ihrer Buchhandlung oder unter www.gmeiner-verlag.de

Informieren Sie sich ...

www ... auf unserer Homepage: www.gmeiner-verlag.de

@ ... über unseren Newsletter: Melden Sie sich für unseren Newsletter an unter www.gmeiner-verlag.de/newsletter

f ... werden Sie Fan auf Facebook: www.facebook.com/gmeiner.verlag

Mitmachen und gewinnen!

Schicken Sie uns Ihre Meinung zu unseren Büchern per Mail an gewinnspiel@gmeiner-verlag.de und nehmen Sie automatisch an unserem Jahresgewinnspiel mit »mörderisch guten« Preisen teil!